LITTLE MONSTERS

LITTLE MONSTERS

Kara Thomas

Traduzione di Marco Astolfi

GIUNTI

Giunti Editore si impegna per uno sviluppo sostenibile con l'utilizzo di carta certificata FSC® proveniente da fonti gestite in maniera responsabile.

Titolo originale: *Little Monsters*
Testo: © 2017 Kara Thomas
Immagini di copertina: smalto © Yvonne Röder / plainpicture; macchie di sangue © NikhomTreeVector/Shutterstock; texture © NewSaetiew/Shutterstock

Pubblicato in accordo con Sterling Lord Literistic, Inc. e The Italian Literary Agency.

Traduzione: Marco Astolfi
Redazione: Ilaria Mazzone
Impaginazione: Veronica Urbano

www.giunti.it

Via Bolognese 165 – 50139 Firenze – Italia
Via G.B. Pirelli 30 – 20124 Milano – Italia

Prima edizione: ottobre 2025

Per tutte le ragazze della mia vita
che sono la cosa più lontana dai mostri

Capitolo uno

Mi bombardano con una serie di messaggi cinque minuti dopo mezzanotte:

Stiamo arrivando.

Preparati.

Non si tratta di minacce, ma le mie amiche hanno un modo tutto loro di far sembrare anche la più semplice richiesta come un ordine definitivo. *Esci di nascosto.* Non ho scelta: se dico di no, troveranno il modo di farmi sapere quanto si sono divertite senza di me.

Però fa freddo e non è un freddo normale. È un freddo da pieno inverno a Broken Falls, nel Wisconsin.

Nessuno mi aveva messa in guardia contro gli inverni prima che mi trasferissi qui. I libri e i film hanno ragione: il Natale nel Wisconsin è magico, con granai illuminati da lucine bianche e alberi di Natale tagliati di fresco, dietro le finestre incorniciate dalle tende della nonna.

Ma tutto quello che viene dopo è semplicemente spietato. La neve è così fitta e il vento così forte che non ci si può muovere. Certe mattine, "sopra lo zero" è la cosa migliore che ti capita di sentire in tutta la giornata. E ci metti un secolo a raschiare via gli strati di ghiaccio dal parabrezza.

E febbraio… Febbraio è semplicemente il più stronzo dei mesi.

Ti fa sentire come se non rivedrai mai più il sole.

Il mio piano era di andare a letto presto per evitare gli inevitabili sms di Bailey e Jade. *Non stai dormendo, vero? Ti conviene essere sveglia!* Tanto più là fuori il tempo è grigio, quanto più le mie amiche smaniano per fare qualcosa.

Stanotte, però, il cielo è così terso che si possono contare le stelle come fossero diamanti.

Rispondo al messaggio: *Ragazze, sono troppo stanca.* ☹

Bailey: *Ma smettila!*

Bailey: *Stasera dobbiamo fare quella cosa.*

La pelle della nuca mi formicola. *Quella cosa.* È stata un'idea di Bailey; quasi tutto è un'idea di Bailey. Faccio un respiro profondo per calmare il mio cuore improvvisamente agitato. Potrei chiamarle, dirgli che non ci vado, ma mi prenderebbero in giro perché ho paura.

C'è un rumore di passi fuori dalla porta della mia camera. La lampada sul mio comodino è accesa. Probabilmente è Ashley, la mia matrigna, che viene a rimproverarmi perché sono rimasta sveglia così tardi.

«Kacey?» fa una vocina. Sicuramente non è Ashley, perché lei la sentono anche oltre la collina. Parla in continuazione e risucchia tutta l'aria, così la mia sorellastra riesce a malapena a dire mezza parola.

Mando un altro messaggio a Bailey: *Mi spiace, ma non posso venire.*

«Avanti» dico. Lauren sporge dentro la testa. Mi ricorda una bambola: capelli scuri con la frangetta spuntata, pelle di porcellana, testa tonda, un po' troppo grande per il suo corpo. Abbiamo gli stessi occhioni nocciola per i quali una matricola particolarmente crudele della mia vecchia scuola mi aveva soprannominata Bambistronza.

Sollevo il piumino per fare spazio a Lauren, che si sdraia accanto a me. «Tutto a posto?» le chiedo.

Lauren si stringe le ginocchia al petto. Indossa un pigiama di pile con le scimmiette. Ha qualcosa che la fa sembrare più piccola della maggior parte delle sue coetanee; piange ancora quando cade dalla bici e si sbuccia le ginocchia. Stanotte c'è una striscia rosa sul suo labbro superiore irritato per il freddo.

«Keelie mi sta mandando delle foto della festa di Emma» sussurra.

Vorrei tanto abbracciare mia sorella e spremere via tutta la sua tristezza. Emma Michaels abita in fondo alla strada. È la migliore amica di Lauren fin dall'asilo. Ma Lauren non è andata al pigiama party per il tredicesimo compleanno di Emma, perché Keelie March ha detto a Emma di non invitarla.

Keelie ha tredici anni, come Lauren, ma riempie il body di danza in un modo che fa venire voglia ai papà di aspettare le loro figlie in macchina. Quest'estate ho visto Keelie nel parcheggio, quando andavo a prendere Lauren dopo la lezione del sabato mattina con il mio fratellastro Andrew. Ho notato il modo in cui Keelie guardava Andrew con la coda dell'occhio, mentre sollevava la gamba sulla ringhiera della rampa in un perfetto allungamento. Il sudore luccicava su una scollatura che io non mi sogno nemmeno. Fuori faceva caldo; Keelie aveva dodici anni e sembrava che stesse per compierne venti, e fissava un ragazzo di diciassette come se fosse un ghiacciolo.

«Stanno bevendo dei cocktail» dice Lauren. «Per questo non mi hanno invitata.»

Penso alle bambole che Lauren tiene ancora in camera sua, disposte intorno a un servizio da tè come se stessero aspettando una festa che non ci sarà mai. So che non ci giocherà più, perché le sue compagne hanno già messo le loro in soffitta.

Quelle ragazze hanno tredici anni e stanno bevendo alcolici. Dovrei chiamare a casa di Emma e dire a sua madre cosa sta succedendo in quella camera da letto. Poi mi ricordo cosa succedeva in casa mia quando avevo tredici anni.

«Vuoi che blocchi il numero di Keelie dal tuo telefono?» chiedo a Lauren.

Lei scuote la testa, facendo scendere una lacrima sulla guancia. «Vorrei solo essere lì con loro.»

Sto per dirle: *Fanculo Keelie March e le sue amiche oche, tu hai me,* quando dei fari lampeggiano attraverso la finestra della camera. La mia stanza si affaccia su Sparrow Road, una strada chiusa che finisce più avanti con una rotonda. È quello che Bailey e Jade hanno definito il perfetto punto di carico per un'uscita di nascosto. E sembra che, nonostante i miei messaggi, siano venute lo stesso.

Bailey fa lampeggiare gli abbaglianti. Poi di nuovo il buio.

Lauren mi guarda, preoccupata. «Chi è?»

«Solo Bailey e Jade» rispondo, cercando il mio telefono. Gli dirò che Lauren è sveglia. Non posso certo uscire adesso.

«Dovete andare da qualche parte?» Percepisco il tono speranzoso della sua voce.

«No... volevamo solo...»

Sento la neve scricchiolare fuori dalla finestra. Vedo la faccia di Bailey, illuminata dalla luce del telefono sotto il mento. Fa una risata da film dell'orrore e io salto in aria per lo spavento, anche se la stavo già guardando. Jade appare accanto a lei. Si aggiusta i capelli raccolti in uno chignon lasco e picchietta sulla finestra con un dito.

Mi avvicino e alzo il vetro. Bailey preme la faccia contro la zanzariera, facendo un naso da maiale. «Sei pronta?» sussurra.

Mi fa trasalire. Bailey è rumorosa anche quando bisbiglia.

Penso alla signora Lao, la ficcanaso della porta accanto, probabilmente appollaiata sulla poltrona vicino alla finestra del soggiorno con una rivista di Sudoku. Una piccola radura con degli alberi ci separa dai Lao, ma in inverno, quando gli alberi sono spogli, il minimo rumore proveniente da casa nostra è sufficiente a far abbaiare Jerome, lo yorkshire terrier della signora Lao.

Jade è la prima a notare Lauren seduta sul mio letto. Dà una gomitata a Bailey, poi mi guarda, come a dire: *E lei? Che diavolo ci fa qui?*

«È venuta qui perché era sconvolta. Non riusciva a dormire.» Rubo un'occhiata a Lauren. Sta strappando i pelucchi dai pantaloni di pile, ma sotto la frangia i suoi occhi sono puntati su di noi.

«Non possiamo fare un'altra sera?» sussurro.

«No» dice Jade. «Mettiti i pantaloni. Vivi un po'.» Mi sorride alzando e abbassando le sopracciglia.

Ma quando guardo Bailey, non sta sorridendo. Potrei giurare che c'è un accenno di paura nel suo viso e per un attimo penso di essere fuori pericolo. Poi, però, dice: «Ho tutto quello che serve. Non tirarti indietro, Kacey».

Tirarmi indietro? Tanto per cominciare io non sono mai stata d'accordo con questa storia. Bailey mi fissa, sfidandomi a dire di no. Il suo messaggio è chiaro: se esco stasera, sarò perdonata per tutte le volte che sono rimasta a casa.

Dall'altra parte della strada si sentono dei deboli guaiti. È Jerome. La signora Lao deve averlo lasciato fuori a fare pipì.

Mi giro verso Lauren. «Noi usciamo solo per un po', va bene? Per favore, non dirlo a tua madre. Se vuoi, puoi restare in camera mia, ok?»

Lei si guarda le dita dei piedi. «Non glielo dirò.»

Tiro un sospiro di sollievo. Mi infilo i jeans sopra i pantaloni di pile del pigiama e il giaccone che avevo lasciato sulla sedia della scrivania. Ma il sollievo dura solo fino a quando non vedo la faccia di Lauren. È distrutta.

Mi saluta con un cenno della mano poco convinto, mentre tiro su la finestra, salgo sul davanzale e atterro goffamente dall'altra parte, nell'aria fredda della notte. Abbasso la finestra dietro di me, sentendomi la persona più schifosa del mondo, ma devo liberarmi delle mie amiche prima che sveglino la mia matrigna e che tutto vada a puttane.

M'infilo nel retro della Honda Civic di Bailey, con gli incarti appallottolati di Taco Bell sotto il sedere. Mentre armeggio con la cintura di sicurezza, Jade dice: «Farà la spia?».

«No» dico io.

Bailey si volta a guardare indietro, allontanandosi in retro dal marciapiede. Ma non appena guarda di nuovo davanti, pesta subito sui freni, strillando.

Lauren è di fronte all'auto, illuminata dai fari della Honda. Indossa il suo piumino viola e ci fa cenno di fermarci. Per poco non cado giù dal sedile. Io e Bailey abbassiamo tutte e due il finestrino.

«Posso venire con voi?» dice Lauren stringendosi le braccia attorno alla vita. «Giuro che non dirò niente.»

Sento una stretta al cuore. Lauren che viene con noi? Proprio stasera? È una pessima idea per un milione di motivi diversi. «Magari la prossima volta.»

Jerome ricomincia ad abbaiare; evidentemente la signora Lao se l'è dimenticato in giardino. Una luce si accende nel portico sul retro.

«Merda» fa Bailey.

Sento una morsa allo stomaco. Se la signora Lao ci vede… «Sali in macchina, dai.»

Lauren lancia un'occhiata alla casa e poi mi guarda. «Sul serio?»

Bailey spegne i fari. «Merda, merda, merda» ripete sottovoce.

Mi sporgo di lato e spalanco lo sportello posteriore per Lauren. «Sì! Monta su e basta.»

Lauren sale in macchina abbassando la testa e si siede sul sedile posteriore accanto a me.

«Guida come se avessi appena rubato un'auto!» grida Jade.

Bailey prende a tutta velocità la curva della rotatoria. Sbatto la testa contro il finestrino. Lauren trattiene il fiato, come se avessimo appena fatto una rapina.

Jade abbassa lo specchietto. I suoi occhi marroni messi in risalto dal nero dell'eyeliner alato incontrano i miei; è incazzata, ma cosa ci posso fare io? Sono loro che hanno deciso di trascinarmi fuori.

Ho le mani ghiacciate. Le bocchette dell'aria condizionata concentrano tutto il calore nella parte davanti dell'auto, lasciando me e Lauren al freddo. Anche gli occhi di Bailey incontrano i miei nello specchietto retrovisore. Spero che riesca a leggere quello che sto cercando di dirle: *Non è troppo tardi. Possiamo ancora tornare indietro.*

Ma lei stringe il volante e guarda dritto davanti a sé. La strada è coperta di neve compatta, gli alberi scheletrici che fiancheggiano la carreggiata si piegano in modo inquietante verso il centro. Quando si accorge dove siamo, Lauren impallidisce. «Dove stiamo andando?»

Esito. «Al fienile. Sei ancora convinta di venire?»

Lauren si strappa di nuovo i pelucchi di pile dai pantaloni. Alza la testa e annuisce.

Bailey si ferma ai piedi di Sparrow Hill e spegne il motore. «Andiamo.»

La stretta di Lauren attorno alla mia mano è come una morsa. Cominciamo a salire su per la collina, passando tra gli abeti bianchi e cercando di non scivolare sulle chiazze di neve ghiacciata.

All'inizio la mia sorellastra nuova di zecca era terrorizzata da me. Quando mi sentiva entrare in una stanza, scappava via come un gatto spaventato. Ora sono *sua* sorella. E non permette a nessuno di dimenticarlo, specialmente al mio fratellastro, Andrew. Il *suo* fratellastro.

Ora si fida di me tanto da farsi portare nel posto più spaventoso di Broken Falls, Sparrow Hill, o la Collina del Massacro, come la chiamano tutti, per quello che è successo nella casa dei Leeds prima che andasse a fuoco.

Jade, che ci precede di parecchi passi, si volta a guardarci. Quando vede l'espressione di Lauren un velo di preoccupazione le sfiora la fronte. «Se hai paura, puoi tornare indietro e aspettarci in macchina.»

«Sì, così qualche tipo losco la rapisce!» dice Bailey. Un fruscio davanti ai nostri piedi. «Merda! Qualcosa mi ha toccato.»

Sento la mano di Lauren irrigidirsi nella mia.

«Probabilmente era solo uno scoiattolo» dico. Guardo

mia sorella e abbasso la voce a un sussurro. «Davvero, non devi farlo per forza. Possiamo tornare a casa a piedi.»

Lei annuisce. Riesco a vedere le rotelle che girano nella sua testa. *Keelie March non sarebbe abbastanza coraggiosa da scalare la Collina del Massacro.* «No, andiamo avanti.»

Metto il piede su un punto scivoloso e di colpo non sento più il terreno sotto di me. Cado, tirando giù anche Lauren. Sento una fitta di dolore all'osso sacro.

Bailey e Jade si voltano di scatto. Ci vedono col culo a terra. Bailey scoppia a ridere – una risata piena, di pancia, che sale nella notte, sfiorando le cime degli alberi. Anch'io comincio a ridere, seguita da Jade e Lauren. Possiamo ridere quanto vogliamo, tanto la casa più vicina, quella degli Strauss, è a quasi un chilometro di distanza.

Va bene, mi dico. *Stiamo ridendo. Andrà tutto bene.*

Jade allunga la mano guantata e mi aiuta ad alzarmi. La neve mi entra nei calzini, attraverso gli stivali.

Senza la luna a guidarci, è troppo buio per scorgere il fienile. Bailey fruga nella borsa, tira fuori una torcia elettrica – una di quelle piccole con sopra il nome della ditta di idraulica di suo padre – e illumina un sentiero appena visibile. «Credo che sia a destra.»

Procediamo assieme, con lo scricchiolio dei nostri passi in sincrono. Quando Bailey si ferma davanti a me, so che l'ha visto.

Il fienile ha una faccia. Anni fa hanno scardinato la porta, lasciando un buco spalancato, come una bocca. Due finestre, in alto, formano gli occhi. Anche quelle con i vetri rotti. So che probabilmente sono stati alcuni ragazzi che erano venuti qui a cazzeggiare e a lanciare sassi, ma mette comunque i brividi.

La casa non c'è più, ma ho visto delle foto. Un edificio rosso e bianco, in stile scandinavo, dietro a cancelli in ferro battuto. Le finestre con le tende ai lati mi ricordavano la casa delle bambole nelle foto di mia madre da piccola, quella che le aveva costruito mio nonno.

Non ho mai scoperto che fine abbia fatto quella casa delle bambole. Però tutti sanno cosa è successo alla casa dei Leeds: è stata rasa al suolo da un incendio.

Quello che nessuno sa con certezza è chi è stato ad appiccare il fuoco. Quando i pompieri sono arrivati a Sparrow Hill, della casa non rimaneva altro che cenere e i corpi carbonizzati dei cinque bambini che ci abitavano. Fuori, seduto diritto su una panchina, c'era Hugh Leeds, il loro padre. Aveva un fucile accanto a sé e un'unica ferita da arma da fuoco nella fronte.

Sua moglie, Josephine, non è più stata vista.

La città ha lottato per anni per far abbattere il fienile, sgomberare la proprietà e venderla, ma senza il corpo di Josephine non si poteva dimostrare che fosse morta. Così il fienile, che per legge apparteneva ancora ai Leeds, è rimasto. Le macerie della casa sono state rimosse e degli alberi sono stati piantati intorno al suolo bruciato.

A seconda di chi lo chiede, Josephine Leeds è ancora qui, cammina su e giù per la Collina del Massacro, con la camicia da notte bianca insanguinata e sporca all'orlo. La gente la chiama la Dama Rossa e sostiene che può essere avvistata solo di notte.

È per questo che oggi siamo qui. Per vederla con i nostri occhi.

Per farci spaventare a morte. Perché cos'altro c'è da fare durante l'inverno a Broken Falls?

«Vai avanti tu.» Bailey mi ficca un dito tra le scapole.

Jade sbuffa dal naso. «Cos'è? Hai paura?»

Bailey la ignora e sale i gradini dell'ingresso. Alza la torcia, proiettando un pallido bagliore sul pavimento del fienile. «Dio, che strizza!» Le esce come se le avessero succhiato via il fiato.

Passo attraverso la bocca del fienile. Lauren sussulta non appena mi allontano da lei. Bailey, che non vuole mai essere da meno, si scrolla la paura di dosso e mi segue.

C'è del fieno sparso per terra, oltre a qualche involucro di preservativo e alcune lattine di birra qua e là. In fondo al fienile c'è un soppalco, con il pavimento che s'incurva sotto il peso del tempo e dell'incuria.

Rumore di passi, mentre Lauren e Jade ci raggiungono. «E adesso?»

Bailey si siede a terra, prende cinque candele dalla borsa e le dispone in una fila ordinata.

Jade lancia a Bailey il suo accendino e ghigna. «Ci tagliamo i palmi delle mani e facciamo un giuramento di sangue?»

«Se non lo prendi sul serio, non funzionerà» la rimprovera Bailey. Avvicina la fiamma dell'accendino allo stoppino della prima candela.

Mi siedo accanto a Bailey. Lauren prende posto al mio fianco, obbediente. Ha gli occhi spalancati. Io mi chino a sussurrarle all'orecchio: «In realtà non succederà proprio niente. Sono tutte storie».

Ma quando Jade si siede, la vedo rabbrividire. Bailey se ne accorge e alza un sopracciglio come a dire: *Visto?*

Jade si stringe le braccia sulla pancia. «Si muore dal freddo. Possiamo fare quello che dobbiamo fare e tornarcene a casa?»

Fuori si alza il vento. Una folata entra dalla porta; la fiamma si spegne. Bailey aggrotta la fronte e fa un altro tentativo. Rimaniamo in silenzio, guardando il suo dito che scorre sulla rotella dell'accendino.

Finalmente una fiamma. Bailey tiene gli occhi fissi sulle candele mentre le accende, ma io mi accorgo che le trema la mano.

L'ultimo stoppino si accende scoppiettando; la fiamma prende vita. Bailey si mette a sedere diritta con un'espressione soddisfatta. Tira fuori qualcosa dalla tasca posteriore: un pendolo d'argento con un cristallo blu appuntito, simile a un pugnale. Bailey l'ha trovato in soffitta mentre metteva via le decorazioni natalizie a gennaio. Aveva aperto per sbaglio una scatola di vecchie cose di sua madre.

Bailey fa un respiro profondo e tiene il pendolo sopra il cerchio di candele. Un colpo di vento attraversa il fienile, facendo oscillare la catenina.

«Come facciamo a sapere se funziona?» chiedo. «Il vento è così forte.»

Bailey mi guarda e si porta l'indice della mano libera alle labbra. La catenina si ferma, il cristallo all'estremità del pendolo smette di oscillare.

La voce di Bailey esce in un sussurro: «C'è qualcuno qui?».

Restiamo in silenzio con gli occhi fissi sul cristallo, fino a quando Jade annuncia: «Ho scoreggiato».

Bailey si sporge oltre il cerchio per darle uno schiaffo sulla coscia. Forte. Lauren scoppia a ridere.

«Hai rovinato tutto, cretina» dice Bailey a Jade. Sembra davvero arrabbiata.

«Per quello che m'importa.» Jade sgrana gli occhi. «Sei tu l'unica che crede a queste cazzate.»

Accanto a me Lauren si stringe le ginocchia al petto, nel suo pigiama di pile con le scimmie, senza spostare lo sguardo dalle candele. Non voglio tradirla. Non farò sapere alle altre che Bailey non è l'unica a credere a queste cazzate. Andrew, il mio fratellastro, mi ha raccontato che Lauren non è riuscita a dormire per giorni, quando la sua amica Chloe le ha detto di aver avvistato una strana sfera luminosa in Sparrow Road.

Un altro colpo di vento. Qualcosa sbatte contro l'esterno del fienile. Bailey caccia uno strillo. Jade drizza la schiena, voltandosi verso il rumore.

Il ronzio del sangue mi arriva fino al cervello. *Solo adrenalina.* «Era solo il vento.»

Poi sentiamo lo scricchiolio della neve. Il vento si alza di nuovo, ululando. Porta con sé un rumore di passi. Qualcuno che corre. Qualcuno – *qualcosa* – che si allontana in fretta dal fienile.

Bailey sussulta. «Che diavolo è stato?»

Lauren mi lancia le braccia intorno alla vita.

Jade si alza. «Vado a controllare» dice.

Mi alzo sulle ginocchia. Jade non dovrebbe andare da sola. «Vengo anch'io.»

«No, non andare!» grida Lauren. «E se ci fosse qualcuno là fuori?»

«Noi siamo di più» dice Jade. «E poi probabilmente era solo un animale.»

Non chiedo che tipo di animale, che non sia un uomo, si metterebbe a spiare quattro ragazze che fanno una seduta spiritica nel cuore della notte. Bailey si mette a sedere sui talloni, paralizzata.

Sposto lo sguardo da lei a Lauren. «Resta con lei, per favore.» Non so a quale delle due sto parlando.

Jade è già fuori dalla porta; io le vado dietro. «È stata un'idea stupida» borbotta, facendosi strada nel buio. I suoi piedi fanno a malapena rumore sulla neve. Grida tra gli alberi: «Ehi, testa di cazzo! Noi ce ne stiamo andando».

Mi copro il viso con la sciarpa, lasciando che sia Jade a gridare nel vento, e giro attorno al fienile, fino al punto in cui abbiamo sentito sbattere. La neve è compatta. Non ci sono impronte. Né animali, né umane.

Torno da Jade. «Non c'è nessuno qui fuori. Puoi smettere di urlare.»

Il vento si alza di nuovo, facendoci quasi cadere all'indietro. In quel momento inizia il cigolio, come del legno che si piega. Mi giro appena in tempo per vedere la neve sul tetto del fienile dei Leeds che sprofonda.

Lauren.

Mi metto a correre, gridando: «Uscite, uscite, uscite!».

Un corpo si scontra con il mio: Bailey. Tiene Lauren per mano. Mi aggrappo alle braccia di Bailey e di Lauren, per non perdere l'equilibrio, mentre un *CRAC* lacera il silenzio. Metà del tetto del fienile dei Leeds collassa, schiantandosi al suolo con un tonfo.

In quel momento Lauren inizia a urlare.

«Dobbiamo andarcene da qui» dice Bailey con voce affannata.

Stringo a me Lauren. «Ehi, tranquilla, va tutto bene. Era solo il vento.»

Lauren continua a fissare il fienile. Il suono che esce dalla sua bocca è così acuto da essere sentito nel raggio di un chilometro.

Jade ci raggiunge in un istante. «Falla stare zitta. Sul serio. O siamo tutte fottute.»

«Andiamo.» Bailey afferra Lauren. «Portiamola in macchina.»

Prima di voltarmi per seguirle, sbircio dentro il fienile. Tutto è immobile e silenzioso, un buco nel tetto lascia entrare la luce della luna. Sul pavimento, tutte e cinque le candele sono spente.

Capitolo due

Quando siamo nell'auto di Bailey, gli sportelli chiusi con la sicura, Lauren smette di urlare e inizia a piagnucolare. Prendo la sua mano gelida nella mia. «Non ti sei fatta male, vero?»

«Sta bene» dice Bailey, accendendo il motore e allontanandosi da Sparrow Hill.

«Non stavo parlando con te» dico, abbastanza infastidita da alzare la voce. «Quel tetto avrebbe potuto schiacciarvi tutte e due.»

Jade mi guarda. «Che idea geniale lasciarla venire con noi!»

«Cosa dovevo fare? Siete voi che avete deciso di andare in quel vecchio fienile malridotto.»

Lauren non piagnucola più. I suoi respiri sono corti e superficiali. Sta iperventilando. Bailey sterza sul lato della strada e parcheggia, facendomi rimescolare lo stomaco.

Si volta indietro per quanto glielo consente il sedile. «Ehi, guardami» dice. Allunga una mano all'indietro e dà una scossa al ginocchio di Lauren. La sua voce è gentile. «Devi smetterla di piangere. Se arrivi a casa isterica, ci metterai tutte nei guai.»

Lauren si asciuga il viso con la manica del giaccone. «Lo so. Mi dispiace. Voglio solo andare a casa.»

Bailey sospira e si volta in avanti. Inserisce la marcia e si scosta dal bordo della strada. Lauren ha il singhiozzo.

«Non posso portarla a casa così» dico. «È troppo turbata.»

Jade reclina il suo sedile sulle mie ginocchia e poggia i piedi sul cruscotto. «Sta bene. Ha solo bisogno di un minuto. Non è vero?» Si volta verso Lauren per chiedere conferma.

Mia sorella fa di sì con la testa, ma non la guarda negli occhi. Ha sempre trovato le mie amiche assurdamente cool: soprattutto Jade, con i suoi maglioni vintage di qualche taglia più grandi, i polsi carichi di braccialetti e l'eyeliner applicato in modo impeccabile.

Jade le sorride. Quando si volta, Lauren posa la testa sulle mie ginocchia, piangendo in silenzio. Questo è il culmine del suo stato di stress: era già sconvolta per la festa di Emma e ora è spaventata dal crollo del tetto e si vergogna di aver sclerato davanti alle mie amiche.

È quello che cerco di dire a me stessa. Ma non riesco a distogliere lo sguardo dalle nocche di Bailey, strette intorno al volante, bianche come la neve sulla collina.

Una volta tornata in camera mia, non mi preoccupo di mettermi a letto, perché tanto alle sei devo alzarmi per andare al lavoro. Nei fine settimana il Milk & Sugar, il caffè di Ashley, apre alle sette.

Quando viene a svegliarmi, Ashley non mi guarda in modo strano. Non dice nulla della mia escursione di mezzanotte. Provo un misto di sollievo e senso di colpa mentre l'aiuto a raschiare via il ghiaccio dal parabrezza del suo SUV e la lascio blaterare della tormenta che dovrebbe colpire la città domani mattina.

Ho ancora i nervi a fior di pelle per la notte scorsa e per non aver dormito, così mi spazientisco quando Ashley e un'altra macchina rimangano bloccate a uno stop alla fine della nostra strada perché non riescono a mettersi d'accordo su chi debba passare per primo. Perché qui la gente è educata. Quel tipo di educazione per cui, se alla fine del pranzo è rimasta soltanto una fetta di torta, la persona al tuo fianco farà una dissertazione di venti minuti sul perché devi essere *tu* a mangiarla.

Proprio la settimana scorsa Tom Cornwell, un uomo anziano che ordina sempre un uovo in camicia sul pane tostato, è scivolato sul ghiaccio fuori dal Milk & Sugar. A New York ho visto persone minacciare di fare causa per molto meno, invece Tom si è scusato con Ashley e ha rifiutato la colazione gratuita che lei ha cercato di imporgli.

Secondo la radio, oggi c'è un minimo storico di meno venti gradi, con una temperatura percepita di meno trenta. Lo sento nelle giunture delle dita una volta arrivati al caffè, mentre preparo le caffettiere, e nel gelo della tavoletta del water mentre faccio pipì in fretta prima dell'apertura.

Quando i clienti abituali cominciano ad arrivare, nel caffè c'è una strana energia. Non siamo pieni come di solito al sabato, probabilmente a causa del tempo. Le persone che entrano si lamentano perché c'è qualcosa che non va nel loro caffè, o perché il riscaldamento non è abbastanza alto mentre aspettano la loro colazione.

Perfino il vecchio Tom Cornwell ha la luna storta. Negli ultimi giorni deve aver sviluppato un'intolleranza al glutine, perché mi fa un cazziatone di cinque minuti per avergli portato un toast di pane normale. Ci manca poco che mi accusi di tentato omicidio e non lascia nemmeno cadere gli spiccioli del resto nel barattolo delle mance come fa di solito.

Rob, il cuoco, sbaglia qualsiasi ordine io riesca ad azzeccare.

Forse è colpa mia. Sono esausta. La poca energia che ho si esaurisce presto e alle dieci, mentre mangio sullo sgabello della cucina le uova strapazzate che Rob mi ha preparato per colazione, sono ormai un disastro, un'ameba. Non riesco a mangiare senza sentire lo scricchiolio del tetto del fienile. O l'urlo straziante di Lauren.

Se qualcuno scopre che ci siamo intrufolate in una proprietà privata – che eravamo lì quando il tetto è crollato – siamo nella merda fino al collo.

A mezzogiorno e un quarto Bailey entra nel caffè. Dovrei essere sollevata, visto come ci siamo lasciate ieri sera, ma quando la vedo mi agito e batto sulla cassa un importo sbagliato al cliente che sta pagando.

Sento gli occhi di Bailey su di me, mentre faccio uno storno e batto di nuovo l'ordine. Porgo all'uomo il numero da mettere sul tavolo, così posso portargli la sua omelette quando è pronta. Bailey si avvicina al bancone mentre il cliente se ne va. Sbadiglia, passandosi le dita tra i capelli biondo rame che le arrivano a metà della schiena. Il giaccone sbottonato lascia vedere la sua polo del lavoro con la scritta *Farmacia Amica* ricamata sul taschino.

«Rob può farmi una frittata di soli albumi con gli spinaci?» chiede sbadigliando di nuovo.

Lancio un'occhiata all'orologio. «Sì, ma non farai tardi al lavoro?»

«Non c'è problema. Ci vado solo perché così Bridget può finire di nuovo prima il suo turno.» Si stira le braccia dietro la schiena. «Può aspettare.»

Bridget Gibson è sulla nostra lista delle persone che non ci piacciono. Non perché è il capitano della squadra di danza, perché ha fatto il discorso di inaugurazione dell'anno scolastico ed è temuta da tutti. No, è per via di Cliff Grosso.

Cliff ha un anno più di noi. Futuro volto simbolo dei danni cerebrali nei giocatori della National Football League. Aveva una borsa di studio completa per l'Università dell'Ohio, fino a quando, la scorsa primavera, ha tamponato un'agente di polizia fuori servizio dopo aver bevuto.

Bailey era sul posto del passeggero. Ora Bridget Gibson esce con Cliff e ogni volta che il nome di lui viene fuori nei corridoi della Broken Falls High, si affretta a sottolineare che Cliff si trovava in quell'auto solo per fare sesso con Bailey Hammond. Così, adesso, è colpa di Bailey se Cliff era ubriaco al volante di un'auto.

Grido a Rob di preparare il solito per Bailey e anche un caffè nero da portar via. Quando sente il tintinnio del campanello in cucina, a conferma che Rob mi ha sentito, Bailey sussulta un po'.

Mi metto a giocherellare nervosamente con i bottoni sulla manica della mia camicia. «Tutto a posto tra noi?»

Bailey solleva il suo sguardo su di me. Il fard sulle sue guance non è uniforme, come se si fosse truccata in fretta. «Certo. Perché non dovrebbe?»

«È solo che... Lauren avrebbe potuto farci arrestare, con le sue urla...»

«Ormai è passata» m'interrompe Bailey. «Non parliamone più.»

Il campanello della porta tintinna. Bailey sussulta di nuovo e si gira per vedere chi è entrato: una donna che spinge un passeggino con un neonato dentro e tiene un bambino con la mano libera. «Cos'hai?» chiedo a voce bassa. «Sei così nervosa.»

«Si chiama caffeina, Kace. Ho già bevuto, tipo, tre tazze di caffè oggi.»

Bailey si fa da parte mentre servo la madre con i due bambini. La signora non sa cosa vuole e quasi scoppia a piangere per questo. Vorrei dirle che Bailey fa la babysitter, ma Bailey non mi guarda.

La donna affannata decide di prendere una tazza di caffè forte. Rob suona il campanello e mi passa un contenitore da asporto attraverso la finestra della cucina. «Per la nostra Bailey» mi dice sorridendo.

Bailey lo saluta con la mano e gli fa un sorriso. Nessuno di noi sa quanti anni abbia veramente Rob, ma di sicuro almeno cinque più di noi. Ricambia il sorriso di Bailey, aggiustandosi la bandana rossa che tutti dobbiamo indossare per tenere a posto i capelli.

«Bailey!» fa Ashley. Sentiamo la sua voce prima di vederla emergere dalla stanza sul retro, dove si trova il suo ufficio. Tiene sotto il braccio il taccuino che usa per fare l'orario settimanale. «Mi era sembrato di sentire una voce nota.»

«Salve, signora M.» Bailey raddrizza la schiena e si illumina, come se avesse premuto un interruttore, tutta guance rosse e sorrisi mentre la mia matrigna viene ad abbracciarla.

«Perché non vieni a trovarci più spesso?» dice. «Mi piacerebbe vederti per casa. Voi ragazze siete sempre in giro.»

Non immagini nemmeno, penso mentre Bailey mi lancia un'occhiata. «Volentieri» dice.

Ashley le rivolge un sorriso materno, poi va a raddrizzare la lavagna storta alla vetrina d'ingresso. Mi chiedo se forse me lo sono solo immaginato che Bailey era strana. Adesso sembra perfettamente normale. Poi mi ricordo del programma che ha preparato per me e Jade per il fine settimana e mi viene in mente che stasera c'è una festa.

«Ehi» dico a bassa voce, con la sua frittata ancora in mano. «La festa di Sully non è stasera?»

Il labbro superiore di Bailey ha un tremito e la sua espressione felice si trasforma in un broncio. «Vuoi andarci sul serio?»

Certo che no; preferirei starmene a letto o giocare a *Mario Kart* con Lauren e Andrew piuttosto che bere birra calda come piscio nella cantina gelida del villone di Kevin Sullivan, ma annuisco perché so che Bailey ci tiene.

Lei e Jade insistono per evitare le feste della scuola. Dicono sempre che sono stupide, ma in realtà lo sanno tutti che è perché Bailey non vuole vedere Cliff – o Bridget, che ha il coraggio di sibilare "vattene a casa, sciacquetta" alle spalle di Bailey dopo qualche sorso di vodka alla pesca. Però si dice che quello di stasera sarà un festone da paura; il fratello maggiore di Kevin è tornato dal college per il fine settimana e, a quanto pare, ha portato con sé un gruppo di fusti canadesi. Ci saranno tutti, tranne gli sfigati e i tonti.

Passo la frittata a Bailey e la guardo negli occhi.

«Va bene» fa lei, quasi con aria divertita. «Ti mando un messaggio quando veniamo a prenderti.»

Quando Ashley inizia a contare l'incasso della giornata, lancio un'occhiata al mio telefono. Di solito, alla fine del mio turno, lo schermo è pieno di messaggi di Bailey e Jade. *Quando esci dal lavoro? Cosa facciamo stasera?*

Ma oggi non c'è nulla. Nessun accenno alla festa a cui Bailey ha detto che saremmo andate.

Il silenzio non è mai un buon segno con Bailey e Jade. Mi chiedo se mi stiano punendo. Se il loro ignorarmi è la mia penitenza per aver permesso a Lauren di venire con noi ieri sera, per averci quasi fatto beccare.

Mentre torniamo a casa, poggio la guancia contro la cintura di sicurezza, mentre Ashley ciarla di programmi per la cena.

«Pensavo un cinese d'asporto, visto che tuo padre lavora.» C'è un "anche stasera" sottinteso alla fine della frase. Mio padre fa i turni di notte nella farmacia dell'ospedale cittadino, a quarantacinque minuti di distanza.

A un semaforo rosso, Ashley esamina la sua scriminatura nello specchietto. Sposta un ciuffo castano, finché non trova un fastidioso capello grigio e lo strappa. Ha cinque anni più di mio padre e questo la rende profondamente insicura.

Ma quando l'ho vista per la prima volta ho pensato: *Be', lei sì che ha l'aspetto di una mamma.*

Ecco la verità: la mia vera madre fa schifo. Ha sempre fatto schifo. Perfino quando ero piccola – tipo, proprio piccola – avevo capito che non era capace di fare la madre. Ricordo che ero seduta al tavolo della cucina della mia migliore amica per la cena, perché mia madre tardava di nuovo a venirmi a prendere, e guardavo con l'acquolina in bocca i panini al burro e le crocchette di patate, pensando: *Ecco com'è una vera cena. Ecco com'è una vera mamma.*

Quando penso a mia madre, penso alle cene a base di

Happy Meal, pagate con gli spiccioli racimolati nella sua auto. Penso all'abitacolo che puzzava di sigarette perché permetteva ai suoi fidanzati di guidarla e di fumarci dentro. Penso alla sorpresa sui volti dei miei insegnanti quando vedevano quanto fosse giovane, alla vergogna che mi arrossava le guance perché ero sempre l'ultima a essere prelevata al doposcuola.

Non era tutto negativo, specie quando eravamo noi due da sole e facevamo cose tipo guidare in pigiama fino alla gelateria a mezzanotte o starcene sedute in soggiorno e ritagliare tutte le supermodelle dalle sue riviste per trasformarle in bambole di carta.

Vorrei poter dire che è stata mia madre a rovinare tutto, ma sono stata io a cambiare. Sono cresciuta e non sopportavo più i suoi fidanzati, il loro odore, il modo in cui le parlavano, il modo in cui tutti sembravano usarla e lasciarla a pezzi. Ero arrabbiata e me la sono presa con lei.

Avevo tredici anni la prima volta che le ho detto: «Ti odio, cazzo» e lei mi ha detto che anche lei mi odiava, cazzo. Le liti finivano sempre con qualcosa di rotto in casa e con entrambe in lacrime, mentre lei mi diceva che mi voleva bene e mi prometteva che sarebbe migliorata.

Il fatto è che io voglio bene a mia madre, ma sto iniziando a pensare che sia possibile amare qualcuno e odiarlo allo stesso tempo.

Comunque, com'è che sono finita a Broken Falls con il padre che non avevo mai conosciuto e la famiglia adottiva che non sapevo nemmeno di avere? L'ultimo fidanzato di mia madre, quello che io chiamavo lo Stronzo Tatuato, era così pessimo che avevo deciso di vivere nel seminterrato di un amico piuttosto che dividere la casa con lui.

È stata coinvolta un'assistente sociale, sono state dette frasi come "nessuna possibilità di riconciliazione", e Russ Markham – l'uomo che conoscevo solo per la firma sugli assegni che mi mandava ogni anno per il mio compleanno – è stato contattato telefonicamente.

Ashley mi ha accolta con una cena speciale e un set di piumoni nuovi di zecca; Andrew mi ha parlato fino allo sfinimento del mio programma scolastico e mi ha promesso di presentarmi a tutti i suoi amici, quelli della squadra di corsa campestre, giocatori di calcio, ragazzi che si sarebbero laureati nelle università più prestigiose e ragazze che indossavano orecchini di perle.

Invece io ho scelto Bailey e Jade. O, meglio, sono state loro a scegliere me, mi hanno attirato nella loro orbita che sembrava ruotare al di sopra di tutti i classici drammi delle scuole superiori. Chi scopava con chi, chi si dava da fare per vincere il titolo di sorriso dell'anno. Niente di tutto questo era importante per loro. Sembravano vivere nel loro mondo appartato in cui la sola cosa che contava erano loro due.

Ho creduto davvero di poterne far parte, il giorno in cui Bailey ha accostato al marciapiede dove aspettavo Andrew dopo la scuola e mi ha detto: «Stiamo andando a casa mia». Sapevo che non era solo un invito a casa sua, ma qualcosa di molto più grande: due che diventano tre.

Ma tre è un numero dispari.

Quando si è in tre, c'è sempre qualcuno che resta fuori al freddo.

Quando io e Ashley torniamo a casa dal Milk & Sugar, Andrew è in soggiorno, curvo sul suo portatile. Sullo schermo del televisore, la pagina iniziale di Netflix è congelata, con la scritta: STAI ANCORA GUARDANDO "L'AEREO SPARITO NEL NULLA"? Mi fermo dietro il divano. «Questo sì che è un programma leggero.»

Andrew alza lo sguardo dal computer. Si scosta i capelli castano scuro dagli occhi. Quelli li ha presi da Ashley. Il resto l'ha ereditato dal padre morto, che era coreano. In un certo senso è stato rassicurante sapere che Andrew condivideva tanto sangue con i Markham quanto me. Mentirei se dicessi il contrario.

Andrew fissa il televisore come se avesse dimenticato cosa stava guardando. «Oh, lo tengo solo come sottofondo.»

Mi siedo sul bracciolo del divano e scorro velocemente il testo sullo schermo del suo portatile da sopra la sua spalla. Sta lavorando a una specie di saggio. «Per che cos'è?» chiedo.

«Per la borsa di studio.» Si strofina il viso con la manica della sua maglia termica. Immagino le sue occhiaie scure che lasciano delle strie nere sulla stoffa, come il mascara. «Per Notre Dame, l'Università dell'Indiana.»

Andrew ha già fatto domanda anticipata ovunque. È stato ammesso alla Madison, che gli ha dato una borsa di studio completa, e all'università dei suoi sogni, Notre Dame, solo che quelli non gli hanno dato un cazzo. Hanno detto che Ashley e mio padre guadagnano troppo, anche se il loro stipendio combinato non è neanche lontanamente sufficiente a coprire quattro anni alla Notre Dame.

Faccio un cenno al portatile. «Vuoi che lo legga?»

Lui ci pensa un attimo, poi mi fa un sorriso timido. «Sì, se non ti scoccia.»

Non ricordo quando abbiamo iniziato a leggerci i compiti l'uno per l'altra, ma mi piace controllare i saggi di Andrew. Mi fa piacere sentirmi necessaria. Mentre mi sistemo nel mio angolo del divano, sento lo sguardo di Andrew che mi sfiora. Mi volto a guardarlo. «Cosa c'è?»

Lui si fa scrocchiare una nocca. «Sembri nervosa o qualcosa del genere.»

Mi sudano i palmi delle mani. Magari ha sentito che uscivo di nascosto. «Non ho dormito molto stanotte.»

«Nemmeno Lauren» dice Andrew. «Stamattina non si è nemmeno alzata.»

Sono egoista da far schifo! Sono stata così presa a chiedermi se le mie amiche ce l'hanno con me che non mi sono nemmeno fermata a pensare a Lauren. Alla paura che deve aver avuto quando il tetto è crollato. E nel bel mezzo di una seduta spiritica, per giunta.

«Leggerò il tuo saggio più tardi. Vado a farmi una doccia» dico.

«Fai bene, perché puzzi.»

Me lo dice sempre. È una battuta ricorrente tra noi – cosa puzza di più, i suoi calzini dopo una gara di atletica o i miei vestiti dopo una giornata tra fumi di pancetta fritta? – ma mentre mi volto per andare in corridoio, vedo che mi sta ancora guardando.

Invece di fare la doccia vado a vedere come sta Lauren. Non riesco a togliermi dalla testa la sua faccia pietrificata dalla paura.

L'espressione sul suo viso non era molto diversa da quella che aveva quando mi ha visto entrare in cucina il giorno in cui mio padre è venuto a prendermi all'aeroporto e mi ha portato qui per la prima volta. Io, una teppistella con i capelli da punk, la pelle pallida e il labbro spaccato. Non me la sono presa per la sua reazione. Perché quando gli abitanti di Broken Falls hanno saputo che mi sarei trasferita dai Markham, avevano molte cose da dire su di me.

Dicevano che ero la figlia illegittima di Russell Markham, nata da una relazione che aveva avuto all'università, e che lui non sapeva nemmeno della mia esistenza. Che mia madre mi aveva cacciata di casa, a Rochester, New York, perché ero una drogata. Che mi ero spaccata il labbro inferiore mentre ero al riformatorio. Che Ashley mi avrebbe fatto lavorare nel suo caffè perché era l'unico modo per provvedere al mio mantenimento.

So che le persone hanno detto tutto questo perché me l'ha riferito Bailey molto più tardi. Me l'ha sussurrato all'orecchio con quella sua vocina da "non è divertente?" dopo che ci eravamo passate una bottiglia di whisky alla cannella a uno dei falò di Tyrell Long.

Nessuna delle stronzate che la gente diceva su di me era vera, ma mi faceva comunque soffrire il fatto che le due persone con cui avevo un legame di sangue – Lauren e mio padre – mi girassero intorno in punta di piedi come se fossi un fantasma, un'estranea con il loro DNA. Lauren mi lanciava un'occhiata e usciva di corsa dalla stanza.

So che adesso mi vuole bene, ma a volte penso che sia stata l'unica a vedermi per quello che sono veramente: un'estranea ovunque vada. Qualcuno di cui non ci si può fidare perché glielo si legge nello sguardo.

Avrei dovuto dimostrarle che si sbagliava. Avrei dovuto proteggerla, tenerla al sicuro.

Ricaccio giù il senso di colpa e salgo le scale. Mi sento ancora un'intrusa ogni volta che vado di sopra. Camera mia è al piano terra – in quello che prima era l'ufficio di Ashley, come se non mi sentissi già abbastanza in colpa per essermi trasferita qui – e c'è un bagno di fronte alla mia stanza. Non salgo qui sopra a meno che Lauren non mi inviti a guardare un video sul suo portatile.

La porta della sua stanza è chiusa. C'è una lavagna appesa all'esterno. In cima c'è scritto LA CREATURA MARINA DI OGGI È IL PESCE RANA PAGLIACCIO nella grafia di Lauren. Sotto c'è uno scarabocchio sbiadito in giallo e rosso.

Noto la data sulla lavagna. È da quattro mesi che Lauren non fa un nuovo disegno. Ha sempre desiderato diventare una biologa marina fin da piccola; il suo amore per le bizzarre creature del mare è proprio il genere di cose per cui Keelie March la prende in giro. Mi ha sempre rattristato il fatto che mostrare entusiasmo per qualcosa in terza media sia considerato da sfigati. Come se, una volta che hai passato la pubertà, ci si aspetta che tu sia morto dentro e che non ti interessi più niente.

Alzo il pugno e busso. «Laur? Stai bene?»

Silenzio. Busso di nuovo, più forte, aspettando di sentirmi dire in tono lagnoso: *Vattene via. Sono stanca.* Appoggio l'orecchio alla porta. Niente.

Apro piano la porta e sgattaiolo dentro; le luci sono spente e Lauren è una massa inerte sul letto. Scavalco mucchi di vestiti e, con il piede nudo, inciampo in qualcosa di duro, storcendomi la caviglia. Con un gemito scalcio via una delle scarpette da danza di Lauren.

Do una scrollata alla sua spalla. I miei occhi si adattano al buio; scosto il piumino che le copre il viso per metà. Ha la bocca aperta e, quando la scuoto, il suo corpo è floscio.

Il mio cuore smette di battere per un attimo. «Ehi, sveglia.»

Le metto una mano sul petto, aspettando che si alzi e si abbassi. Quando non sento niente, l'afferro per le spalle. Urlo il suo nome, ma la mia voce è sommersa dal ronzio del sangue che mi rimbomba nelle orecchie.

Sento dei passi e delle grida dal piano di sotto: Ashley che chiama il mio nome. Il mio stomaco precipita in caduta libera nel momento in cui Lauren apre le palpebre di scatto. Le sue pupille si fissano su di me e inizia a urlare.

«Via! Via!» Il suono è gutturale, come se fosse posseduta. «Toglietemela di dosso!»

La porta della camera si spalanca, sbattendo contro il muro; Ashley fa irruzione nella stanza. «Cosa c'è? Che succede?»

Faccio un passo indietro, inciampando di nuovo nella scarpetta da danza. «N-non lo so...»

Lauren si ritrae sul letto, facendo tremare la testiera. I suoi occhi hanno ancora quello sguardo spiritato. Quando Ashley la tocca, inizia a singhiozzare. «Non farmi male!»

«Su, su.» Ashley l'abbraccia. «Stavi solo sognando. Ssh. È tutto a posto. Stai bene.»

Lauren sbatte le palpebre con espressione stupita. Sposta lo sguardo da Ashley a me, a Andrew, che è fermo sulla soglia. La sua voce è flebile e lontana, come se fosse sotto una campana di vetro. «Cos'è successo?»

Deglutisco per schiarirmi la gola. «Credo di averti spaventata quando ho cercato di svegliarti.»

Ashley le sfrega la schiena facendo dei cerchi con la mano. «Non puoi dormire tutto il giorno, tesoro. Non c'è da stupirsi se poi stai sveglia di notte.»

Sento una mano sulla spalla: è Andrew. *Andiamo.*

Prima di uscire nel corridoio, mi volto a guardare Lauren, ancora rannicchiata contro la spalla di Ashley. I suoi occhi fissi su di me, le pupille enormi, come se vedesse qualcosa che la terrorizza.

Capitolo tre

Quando arriva il cinese d'asporto, Lauren non vuole scendere a mangiare – insiste che non ha fame – e Andrew si porta il piatto in camera per finire il saggio per la borsa di studio. Nemmeno io ho molta fame, ma non mi piace sprecare il cibo. Così mando giù a fatica la mia porzione di *noodles* e dico ad Ashley che vado a fare i compiti.

«È sabato» dice lei, come se si vergognasse di avere dei figli così sfigati.

«Non ci metto molto» dico. «Quando ho finito possiamo guardare un film assieme.»

Infilo gli avanzi nel frigorifero e mi rintano in camera, dove il mio cellulare è in carica sul comodino. Lo schermo è ancora vuoto.

Mi siedo a gambe incrociate sul letto e faccio un respiro profondo. È ancora presto. Bailey e Jade non partiranno per la festa prima delle dieci, come minimo. Sopprimo il prurito alle dita che mi spinge a mandare un messaggio a Bailey per raccontarle quello che è successo con Lauren.

Toglietemela di dosso.

Bailey è affascinata dalla figura di Josephine Leeds e dalla vicenda del fienile. Chiudo gli occhi e penso a tutte le storie che mi ha raccontato sul massacro. In città, dice, c'è gente convinta che Josephine Leeds sia riuscita a fuggire e viva ancora, vagando da sola nel bosco, resa pazza dal dolore. Secondo Bailey alcuni sostengono addirittura che sia stata Josephine stessa a uccidere i figli, inscenare il suicidio del marito e appiccare l'incendio prima di fuggire. Ma il vicino dei Leeds – un uomo che viveva a cinque chilometri da Sparrow Hill – è andato dalla polizia e ha detto che una donna scalza con una camicia da notte bianca aveva bussato alla sua porta la notte dell'incendio: era isterica e coperta di sangue. L'uomo era così terrorizzato che non l'ha fatta entrare in casa. Aveva tentato due volte di chiamare la polizia, ma non gli aveva risposto nessuno e, quando è uscito di nuovo nel portico, la donna era già sparita.

Queste sono tutte storie che senza dubbio ha sentito anche Lauren. Dopotutto è cresciuta qui.

Quando chiudo gli occhi, vedo Bailey con il pendolo in mano. Sento il tetto che crolla. Immagino gli eventi dal punto di vista della mia sorellina e un brivido mi corre lungo la schiena.

Quando finalmente mi addormento, è il rumore del vento che ulula a cullarmi, e non riesco a capire se viene dall'esterno o dall'interno della mia testa.

La luce del sole entra dalla finestra, costringendomi ad aprire gli occhi. È mattina.

Mi sono addormentata, cazzo. Mi sono persa la festa di Kevin Sullivan. Devo aver dormito anche quando Bailey mi ha mandato un messaggio per dirmi che stavano venendo a prendermi.

Mi uccideranno.

Fuori sta cadendo una neve farinosa. Controllo il telefono, ormai è diventato un riflesso automatico. Non ho mai avuto nessuno a cui rispondere, prima di incontrare Bailey e Jade.

Mi si rivolta lo stomaco. Lo schermo è vuoto!

Ma la festa?

Una parte del mio cervello grida: *Forse non ci sono andate.* Apro Instagram e scorro le foto della festa nel mio feed. Non seguo molte persone di Broken Falls, il che rende ancora più evidente che tutti, tranne me, erano alla festa di Sully ieri sera.

Mi fermo quando leggo JadeInTheShade. Jade e Bailey sono guancia a guancia accanto al tavolo da beer pong. È Jade a scattare il selfie; gli occhi di Bailey sono puntati su qualcosa in lontananza. Emoji con sorrisi a bocca aperta. Tredici like.

Sono sempre stata in grado di percepire l'arrivo di un problema, quasi come si anticipa un mal di testa. La vena sulla mia tempia si mette a pulsare. *Mi hanno scaricata.*

Quando mi alzo, il silenzio che c'è in casa rende ancora più grande la voragine che ho nelle viscere. Domenica è il mio giorno libero.

Vado in cucina, strascicando i piedi. Sull'isola c'è un biglietto di Ashley.

Cari ragazzi: Per favore, NON uscite oggi. È stata annunciata una brutta tormenta. Vi voglio bene!

Vado al piano di sopra, controllo che Lauren stia bene e la trovo che dorme tranquilla. Non ci sono incubi della Dama Rossa a farla urlare stamattina.

Il senso di colpa è come una fitta. Decido che mi farò perdonare con dei pancake.

Quando mi sono trasferita qui non sapevo cucinare. Non

avevo capito che il cibo era una forma di affetto, che uno stufato o una torta potevano avere lo stesso effetto di un abbraccio.

Tiro fuori il mixer rosso di Ashley dall'armadietto sotto l'isola della cucina e mi metto al lavoro. Aggiungo anche due gocce di colorante alimentare rosso all'impasto, visto che San Valentino è tra due settimane.

Mentre i pancake cuociono sulla padella, sento dei passi al piano di sopra. Poi lo sciacquone del bagno. Qualcuno si è svegliato. Lauren o mio padre.

Il mio cuore batte un ritmo costante contro le costole. Questa è la prima volta che sono da sola con Lauren da ieri, quando le ho chiesto cosa fosse successo nel fienile e lei si è arrabbiata con me. Adesso mi lancia un'occhiata mentre entra in cucina, ma non dice nulla.

«Ehi, Scimmietta.»

Lauren si lascia cadere sullo sgabello più vicino al soggiorno – sempre lo stesso, come ho imparato in fretta la mia prima settimana qui – e si tira le maniche del pigiama di pile fin sopra le mani. «Cosa sono quelli?»

«Pancake.» Ne capovolgo uno, rendendomi conto che, più che a un cuore, somiglia a un sedere bitorzoluto. Che delusione. «Quanti ne vuoi?»

«Neanche uno.» Lauren poggia il mento sulle mani. Il suo sguardo gira per la cucina, evitandomi, poi si ferma sulla finestra sopra il lavandino. Fuori, la figura scura di Andrew è ancora ingobbita sulla pala da neve.

Cerco un piatto nella credenza, mentre i bordi dei miei pancake stanno rosolando. *Cos'è successo davvero nel fienile, Lauren? Tu e Bailey avete visto qualcosa?* Sono domande così semplici.

Ce le ho sulla punta della lingua mentre poso il piatto sul ripiano dell'isola.

«Li hai fatti rosa» dice Lauren, accorgendosene.

Mi fermo, con una mano sullo schienale dello sgabello. «Già.»

Lauren si torce sulla sedia. Si tira giù le maniche. «Pensi che potremmo fare dei popcorn rosa?»

«Sì. Potremmo mettere il colorante nella glassa, credo.» Mi concedo un piccolo sorriso.

Divido la pila di pancake e ne passo la metà nel piatto di Lauren. Lei scuote la testa. «Non ho molta fame.»

Io mangio i miei pancake mentre ricordo a Lauren dove si trovano tutti gli ingredienti per i popcorn. Metto da parte il piatto; nemmeno io ho più fame. Lauren è silenziosa, mentre misuriamo l'acqua, il burro e lo zucchero per la glassa, ma ci sono tratti della solita Lauren che affiorano ogni tanto; quando Andrew scende al piano di sotto, con i capelli appiccicati sulla testa, e crolla su uno sgabello vuoto dell'isola, lei gli dà un colpetto sulla mano perché ha rubato una manciata di popcorn.

«Sei proprio *maleducato*» dice, e io mi rilasso un po'. Lauren sta bene. Noi stiamo bene. Non importa se le mie amiche mi odiano; ho tutto quello che mi serve proprio qui, in questa cucina.

Eppure, una voce oscura si fa strada nella mia testa e mi dice di godermela finché dura.

Tre centimetri di neve e un paio di partite a *Mario Kart* più tardi, il mio telefono squilla. È Jade. Il cuore mi balza in gola, perché Jade non mi chiama mai. Non c'è mai niente di così importante da dirmi che Bailey non mi abbia già detto per prima.

«Giocate voi.» Mi alzo dal divano e lascio Lauren e Andrew a lottare per decidere chi farà Toad in questa partita. Premo *Accetta chiamata* e la voce roca di Jade riempie l'auricolare.

«Bay è lì da te?» mi chiede.

«No. Perché dovrebbe essere qui?»

«Kace» dice. «C'è qualcosa che non va.»

Terzo anno
Marzo

Se stai leggendo queste pagine, sono morta.

No, scherzo. Però è vero che, se qualcuno dovesse trovare un quaderno con due cuccioli di golden retriever in copertina e dentro pagine piene di tutti i miei problemi – *E se mi viene il ciclo mentre corriamo in palestra e mi cola lungo la gamba? E se le audizioni per* The Music Man *sono aperte al pubblico e mi tocca cantare davanti a tutti?* – potrei anche pensare di uccidermi.

Comunque, ho riesumato questo quaderno perché sto attraversando un periodo un po' di merda e immagino che scriverne sia uno sfogo salutare. Non sono così stupida da farlo su un blog o roba del genere. La povera Alexa Ryan ha scritto sul suo blog che si costringeva a vomitare ogni giorno dopo la lezione di danza, solo che si è dimenticata di rendere il blog privato e le altre ragazze l'hanno letto. Qualcuno l'ha inoltrato ai genitori e Alexa è stata mandata in un ospedale psichiatrico a Madison. Per un po' praticamente non si è parlato d'altro.

Ora a Broken Falls tutti parlano di me. Jade dice che ne sto facendo una tragedia, ma l'incidente d'auto e la guida in stato di ebbrezza di Cliff sono la definizione stessa di tragedia, e se c'è una cosa che fa andare avanti Broken Falls sono proprio le tragedie. (E le domeniche in cui giocano i Packers.) Insomma, cos'altro c'è?

Non avrei mai pensato di essere io stessa la causa di una tragedia. Ma prova a metterti nei miei panni: l'estate del secondo anno fai un voto a te stessa per farti notare. Sei stanca di essere Hammy Bailey Hammond, una studentessa con una media del 7- e una brava ragazza sotto tutti i punti di vista. Il tipo che la gente chiama "bellezza classica" che, come tutti sanno, significa "saresti stata considerata sexy cinquant'anni fa, forse". Così convinci Jade a tagliarti di dieci centimetri i capelli che avevi sempre tenuto lunghi fin dalla terza elementare e passi tutte le mattine dell'estate davanti alle videocassette di body fitness di tuo fratello finché magicamente non ti spunta il sedere.

Eppure, il primo giorno del terzo anno, nessuna testa si gira quando entri in classe alla prima ora. Ti senti stupida per esserti aspettata che lo facessero. E poi, poco prima di pranzo, ti metti al posto che ti è stato assegnato per la terza ora – storia locale – e nientemeno che Cliff Grosso si siede accanto a te in una nuvola di Axe. Ti scansiona come se ti vedessi per la prima volta, anche se è da dodici anni che frequentate la stessa scuola. Ti guarda con quegli occhi blu ghiaccio e dice: «Ehi, come va?» e tu arrossisci dalla pancia alle dita dei piedi, perché a quanto pare sei così patetica. Passi metà dell'anno a chiacchierare del più e del meno con lui prima della campanella, facendo finta che non te ne freghi niente del fatto che lui ti sorrida ogni volta che il signor Cannobbio si rende ridicolo usando la parola "orgasmo" come sinonimo di eccitazione. Con finto disgusto lo guardi passare da una ragazza all'altra, perché una brava ragazza come Bailey Hammond *non* penserebbe mai alla sensazione delle labbra ben collaudate di Cliff Grosso sulle sue.

Forse ero stanca di essere una brava ragazza. Forse è per questo che, quando mi sono trovata da sola con lui alla festa di Tyrell lo scorso fine settimana, ho riso quando ha fatto una battuta sul signor Cannobbio e non ho voltato la testa quando si è chinato su di me. In quel momento ho deciso che mi andava bene perdere la mia verginità con Cliff Grosso, anche se la perdono tutte con lui. Ho continuato a baciarlo anche se la bocca gli sapeva di birra e cibo messicano. Quando mi ha proposto di trovarci un posto appartato a casa di Tyrell, gli ho detto di no, perché non mi andava di perdere la verginità mentre metà della mia classe giocava a beer pong dietro la porta. Allora gli ho chiesto: «C'è qualcuno a casa tua?». Anche se tutti sanno che al padre di Cliff non gliene frega niente di quante ragazze si porta a casa.

Sarebbe stato come strappare via un cerotto, questa storia della verginità. È proprio quello che pensavo sarebbe successo. Non mi ero resa conto di quante birre avesse bevuto Cliff fino a quando non si è preoccupato di rallentare a un semaforo arancione e *bam*, ha tamponato una tipa che, guarda caso, era un'agente della polizia di Broken Falls.

Vabbè. Ora Cliff ha una guida in stato di ebbrezza sulla sua fedina penale e la gente dice che potrebbe perdere la borsa di studio per l'Università dell'Ohio. E indovina a chi danno la colpa? Ho pensato che forse non era poi così grave, quando sono arrivata in classe e

Meghan Constanzo si è precipitata da me per chiedermi se stavo bene, se mi ero fatta male. «Dio, per fortuna è stato solo un tamponamento!» Io e Meghan Constanzo ci siamo scambiate sì e no dieci parole in tutto da quando la conosco. Ho sorriso molto educatamente e l'ho guardata mentre tornava a sedersi al banco con una delle sue amiche di tennis che mi ha lanciato un'occhiata, prima di voltarsi verso Meg e dire solo con il labiale: *Quella lì?*

Sì, questa qui. Sorpresa! La ragazza pateticamente mediocre che ha dato il suo primo bacio a un tipo che suonava la tromba nella banda della scuola e si infilava le dita nel naso era "la ragazza" nell'auto di Cliff Grosso. E tutti sanno cosa succede nella macchina di Cliff Grosso. Mentre lo baciavo pensavo davvero che questa esperienza mi avrebbe trasformata, o almeno avrebbe cambiato il modo in cui la gente mi vedeva. Perché è sexy quando le brave ragazze si comportano male. La gente ancora parla di quanto sia stato epico quando Meghan Constanzo ha vomitato nella piscina di Sully dopo il ballo dell'anno scorso. Perché questo è il tipo di cose che si possono fare quando si è Meg Constanzo e letteralmente tutti ti adorano. Io ho sopravvalutato quello che poteva essermi perdonato, credo.

Perché io sono solo una nullità. Ci sono ragazze come Meghan, che sono adorate, e ragazze come Bridget Gibson, che sono temute, e poi ci sono ragazze come me e Jade, che sono delle nullità. La gente non ha alcuna opinione su di noi. Non siamo sfigate o perdenti, non siamo inesistenti: solo che la gente non ci considera.

Voglio tornare a essere una nullità.

Comunque, Meg e la sua amica sembravano così comprensive che ho pensato che il resto della giornata sarebbe andato bene. Poi, stavo aspettando in fila alla mensa e Axel Schulz, che ha ancora la sua borsa di studio all'Università del Wisconsin, mi è venuto addosso. Il suo hamburger è scivolato dal suo vassoio sui miei stivali. L'aveva fatto apposta. Quando l'ho capito è stato come un pugno nello stomaco.

Stavo per dirgli: *Vaffanculo, stronzo!*, ma lui mi ha preceduta. «Fanculo, Hammond.»

Ho pagato il mio sandwich e ho lasciato il vassoio al tavolo con Jade. Le ho detto che sarei tornata subito, che stavo bene – non era successo nulla – e mi sono avvicinata alla sorvegliante della mensa chiedendole il pass per andare in bagno. Al tavolo vicino alla porta, Axel mi ha guardato e si è messo a ridere con i suoi amici. «Peccato che Cliff non sia riuscito a scoprire se la moquette è dello stesso colore delle tende.» Ho sentito qualcun altro dire "martellata e inchiodata", che è il termine che i ragazzi del football usano per quello che è essenzialmente uno stupro.

Quando sono arrivata in bagno ho bagnato un fazzoletto di carta e ho tamponato la macchia di unto arancione che il pranzo di Axel aveva lasciato sul mio Ugg. E ho pensato: *Dio, ti prego, fa' che in questa scuola ci sia almeno qualcuno che non pensi che io sia solo una puttana rovinavite.*

E poi sono andata a lezione di storia locale. Pensavo di saltarla, perché dovevo comunque sedermi accanto a Cliff, ma poi ho scoperto che quel giorno non si era nemmeno presentato a scuola.

Suona la campanella e poi dal nulla entra questa ragazza – treccia ossigenata con le punte tinte di viola, ai piedi delle Vans con degli strani scarabocchi a pennarello sui lati – e si siede al posto vuoto di Cliff. Così, senza nemmeno chiedere se poteva sedersi lì o dire: *Ehi, sono nuova* o altro. Ho pensato: *Chi diavolo è questa qui?*

E poi qualcosa ha fatto *clic* nella mia testa: una voce che avevo sentito all'inizio della settimana, qualcuno aveva detto che la sorellastra di Andrew Kang sarebbe arrivata da New York per trasferirsi qui. Non sapevo nemmeno che Andrew avesse una sorellastra, e pensavo di sapere tutto su di lui. Tutti sanno tutto di tutti da queste parti. La gente non ha fatto che parlare della sorellastra per tutta la settimana, da quando si è saputo che sarebbe arrivata. A tutti importava solo che fosse sexy, perché non sia mai che qualcuno sia interessante per prima cosa.

Comunque, adesso era lì, seduta nel posto accanto al mio, quello di solito occupato da Cliff. L'ho guardata mentre scarabocchiava all'interno della copertina di un quaderno. Non sono riuscita a vedere cosa stesse scrivendo, ma quando si è accorta che la stavo fissando ha smesso e, sedendosi dritta, ha cominciato a guardare davanti a sé.

Ho pensato: *Interessante!*

Il signor C. si è fermato al banco della ragazza strana e le ha mormorato qualcosa a bassa voce. Lei ha fatto di sì con la testa. Il signor C. le ha sorriso, poi si è voltato per dirci di stare zitti e ha iniziato a spiegarci il nostro progetto per il trimestre.

Subito Bridget Gibson si è alzata dal fondo dell'aula e ha chiesto se potevamo lavorare in coppia. Quando il signor C. ha detto di no, lei ha iniziato a lamentarsi: «Ma *aveva detto* che avremmo fatto almeno un progetto in coppia». A quel punto la classe ha iniziato a rumoreggiare in segno di assenso, e il signor C. è diventato rosso, come se temesse un ammutinamento, e ci ha detto di smetterla e di aprire i nostri libri di testo. Ma Bridget era implacabile. Ha messo addirittura il broncio. «Ma ci *aveva promesso* che avremmo potuto fare qualcosa con un compagno.» Perché Bridget è fatta così: pensa che tutti le debbano qualcosa, anche un povero cristo che è costretto a guadagnarsi trentamila dollari l'anno insegnando a un gruppo di stronzi.

E il signor C. ha ceduto, così, di punto in bianco. «E va bene. Ma questo non è un progetto da svolgere in classe. Avete cinque minuti alla fine dell'ora per trovare il vostro compagno, e poi farete tutto nel vostro tempo libero.»

Bridget ha sorriso vittoriosa e ha stretto il suo mignolo a quello di Alicia Rivera, al banco accanto al suo. Una goccia di sudore mi è scivolata lungo la nuca. *Un compagno di studio.* Non era una buona giornata per trovarmi qualcuno che volesse fare il progetto con me. Ho pensato di dire al signor C. che volevo lavorare da sola, ma poi mi sono ricordata che la sorellastra di Andrew Kang era seduta accanto a me.

Quando il signor C. ha concluso la lezione e ci ha detto di trovare i nostri partner, sono rimasta al mio posto per un po'. Sapevo bene che *lei* era lì, in mezzo al trambusto di sedie e corpi in movimento. Guardava fuori dalla finestra, rovesciandosi il labbro inferiore con il pollice.

Ho picchiettato la penna sul suo banco per attirare la sua attenzione. «Ti va di lavorare insieme?»

Lei ha fatto roteare la penna tra le dita, con un'aria troppo depressa per prendersi la briga di valutarmi. «Sì. Ok.»

Aveva le lacrime agli occhi. Allora ho capito che anche lei stava passando un periodo di merda.

«Sono Bailey. Stai bene?»

«Kacey» ha detto lei. «E no. Non proprio.»

Ho sentito gli occhi di Bridget che mi trafiggevano la schiena e ho pensato a come Kacey mi avesse salvata dall'umiliazione di lavorare da sola. *Non sto bene nemmeno io,* volevo dirle.

Forse era destino che ci trovassimo oggi. Forse siamo le "ragazze che non stanno bene" e dobbiamo salvarci l'un l'altra.

Capitolo quattro

C'è qualcosa che non va. Mi tasto con due dita la vena che pulsa sulla tempia. «Che cavolo stai dicendo?»

«Non lo so. Bailey non è più tornata a casa dopo la festa di Sully ieri notte.»

«Aspetta, doveva tornare a casa sua?» Bailey rimane sempre da Jade dopo le feste; ha un rigido coprifuoco alle undici e mezza e sua madre non sa mai nulla; crede davvero che Bailey stia mantenendo la promessa di comportarsi bene dopo l'incidente di Cliff Grosso. È convinta che Bailey trascorra la maggior parte dei suoi fine settimana da Jade a preparare cupcake e a guardare reality di merda in tv. Non che se ne vada di nascosto alla gelateria di Pleasant Plains o di tanto in tanto a qualche festa.

«Alle dieci ha detto tipo che era stata beccata e doveva tornare a casa» dice Jade. C'è un "ma" non detto che rimane lì in sospeso.

«Cosa?» chiedo.

«Cathy mi ha chiamata stamattina. Ha detto che Bay non risponde al telefono e mi ha chiesto quando sarebbe tornata a casa.»

«Bay ti ha mentito?»

Jade non risponde. Mi rendo conto del tono in cui l'ho chiesto. Accusatorio. Perché ieri Bailey aveva mentito anche a me, giusto? Aveva detto che mi avrebbe mandato un messaggio prima che lei e Jade partissero per la festa.

«Te l'ho detto» fa Jade. «C'è qualcosa che non va. Ho bombardato Sully di chiamate, ma non risponde. Sto pensando di andare lì, così Cathy può continuare a chiamare la gente.»

Vuole che vada con lei da Sully, è chiaro. Ma Jade non chiede mai nulla. «Posso essere pronta tra circa dieci minuti» le dico.

«Va bene.» Il sospiro di sollievo di Jade riempie la linea. «Sarò lì tra cinque minuti.»

Jade vive dall'altra parte di Sparrow Hill, al capo opposto della città, quindi stava già venendo da me quando ha chiamato.

Questo pensiero mi riempie un po' la voragine che avevo nello stomaco. Qualsiasi cosa stia succedendo a Bailey, la risolveremo assieme. Non mi hanno esclusa del tutto, Jade ha ancora bisogno di me.

Qualunque sia stato il mio crimine, è stato perdonato. Per ora.

Quando Jade riattacca, guardo il mio schermo. Una sera Bailey mi aveva preso il telefono, aveva scattato una foto di lei che faceva una smorfia grottesca, tipo "faccia da scema", e l'aveva salvata come sfondo. Non mi sono mai presa la briga di cambiarla, perché mi faceva ridere ogni volta che la guardavo.

Le mando un messaggio: *Dove sei? Non è divertente.*

Esco di casa prima che Andrew possa bloccarmi e chiedermi cosa c'è che non va. La risposta sarebbe troppo complicata.

Passando accanto alla Mazda parcheggiata di Andrew, mi fermo a guardare dei segni freschi di pneumatici dietro all'auto. I solchi si stanno riempiendo di neve. Ieri sera o stamattina non l'ho sentito andare da nessuna parte. Per mezzo secondo penso che possa essere andato alla festa, poi però mi viene da ridere.

Con le medicine che prende, Andrew non può bere, e quando gli ho chiesto perché non va comunque alle feste, mi ha risposto che preferirebbe farsi la ceretta alle gambe piuttosto che essere l'unica persona sobria a un party.

Jade è già qui. Mi aspetta accanto al marciapiede nel furgone del padre, il motore acceso. Warren lavora di notte per la compagnia elettrica. Quando dorme, Jade può usare il suo furgone a patto che faccia sempre il pieno. Di sua madre non so nulla, tranne quello che mi ha detto Bailey: che si è uccisa quando Jade aveva cinque anni – è stata lei a trovarla nella vasca da bagno – e che non devo mai e poi mai tirare fuori l'argomento con lei.

«Tesoro» dice Jade mentre salgo sul furgone. «Sto andando fuori di testa.»

Jade ha l'eyeliner sbavato e lo chignon sbilenco. Le prendo una mano guantata tra le mie e gliela stringo. Poi mi torna in mente la foto di ieri sera con lei e Bailey – quella in cui avrei dovuto esserci anch'io – e ritraggo subito le mani.

Non so se Jade se n'è accorta, ma non dice nulla. «Quando arriviamo da Sully, prima lo pesto perché non risponde al telefono e poi lo costringo a chiamare tutte le persone che ha in rubrica, finché non la troviamo.»

In giro ci sono già degli spazzaneve che cercano di portarsi avanti con il lavoro in vista della tormenta. Quando passiamo accanto al Milk & Sugar, sprofondo nel mio sedile. A volte di pomeriggio Ashley pulisce le vetrine, quando ci sono pochi clienti, e non voglio che mi becchi in macchina con Jade con questo tempo.

Jade non dice nulla di ieri sera, né mi chiede cosa ho fatto. Chissà se ne hanno parlato, se hanno deciso di comune accordo di lasciarmi a casa.

La prima volta che sono uscita di nascosto con Bailey e Jade, siamo andate al Taco Bell di Pleasant Plains. Abbiamo riso dei ventenni ubriachi che farfugliavano le loro ordinazioni nell'altoparlante del drive-through, immaginando che un giorno anche noi avremmo avuto quel tipo di libertà. D'estate andavamo di nascosto al lago, ci immergevamo nell'acqua fino a metà coscia e ridevamo sotto la luna. Bailey non voleva mai tornare a casa.

Alla fine ho capito che preferivo le mie serate davanti al fuoco in taverna, a fare lunghe partite di *Risiko* con Andrew e Lauren fino a mezzanotte. Avevo finalmente trovato una versione di me stessa con la quale potevo convivere, avevo trovato un posto da cui non mi sentivo costretta a fuggire.

Così ho mentito a Jade e Bailey, dicendo che Ashley mi aveva beccata a rientrare di nascosto una notte. E che dovevo darmi una regolata: non potevo uscire con loro ogni fine settimana. Però non è servito a scoraggiarle: cercano sempre di trascinarmi fuori di notte.

Ma alla notte non piace svelare i suoi segreti. E se Bailey ci è scomparsa dentro, potremmo non sapere mai che cosa le è successo.

Kevin "Sully" Sullivan abita in un villone da cafoni arricchiti a Prairie Circle. Sua madre è sempre via per lavoro e suo fratello va all'università in Canada, quindi Sully per lo più è lasciato libero di fare quello che vuole, il che equivale a popolarità istantanea.

Personalmente penso che Sully sia un viscido. È un tipo basso, che cerca costantemente di compensare la sua altezza con il facile accesso all'alcol. Alle sue feste ronza sempre intorno alle ragazze come un moscerino, scattando foto per una sua particolare collezione personale.

Le dita dei piedi mi si torcono negli stivali mentre imbocchiamo il vialetto dei Sullivan passando accanto a un fusto di birra capovolto. Che desolazione!

Questi villoni di Prairie Circle hanno tutti un garage per due auto. Entrambe le porte sono aperte e la Ford Escape di Sully è in bella mostra. Jade ci parcheggia dietro. Smontiamo e ci incamminiamo per il lungo vialetto di ciottoli.

Quando raggiungiamo la porta d'ingresso, Jade mette le mani a coppa attorno agli occhi e scruta attraverso il vetro. Poi suona il campanello. Una, due, tre volte. Alla fine gira la maniglia. La porta si apre scricchiolando. Nessuno chiude a chiave la porta di casa a Broken Falls, cosa che mi ha sempre spaventato.

La casa di Sully è un disastro: ai nostri piedi ci sono bicchieri di plastica rossi e un bidone dell'immondizia traboccante di bottiglie di liquore vuote lasciato vicino alla porta, come se chi stava per portarlo fuori ci avesse rinunciato all'ultimo momento. Il contenuto di quello che sembra un intero sacchetto di Doritos è sbriciolato sul tappeto del soggiorno accanto all'ingresso. Restiamo nell'atrio, in attesa di segni di vita. Poi sentiamo un rumore di lattine provenire dal seminterrato.

«Sapevo che era in casa.» Jade inizia a scendere le scale in fondo all'atrio. Mi fermo a scuotere la neve dagli stivali prima di seguirla; non c'è motivo di essere maleducati.

Sully è curvo sui resti di quello che sembra essere stato un tavolo per preparare i cocktail, con in mano un sacco della spazzatura tipo Babbo Natale. Alza lo sguardo su Jade e me. «E voi due che ci fate qui?»

«*Qualcuno* non rispondeva al telefono» sbotta Jade.

Sully si tocca la tasca posteriore. «Oh. Non ho idea di dove sia.»

Jade contrae la mascella. «Quindi non hai sentito Bay stamattina?»

«No. Perché?»

«Ieri notte non è tornata a casa» dico.

Lo sguardo di Sully si sposta su di me, come se si fosse accorto solo adesso della mia presenza. «Merda. Be', io non lo so dove sia.» Sully fa un cenno a Jade. «Non è andata via con te?»

«Mi ha detto che non poteva perché doveva andare subito a casa. Non ti ricordi che Tyrell mi ha dato un passaggio quando è finita la festa?»

Sully sbatte gli occhi. Ci sono delle lentiggini sulle sue palpebre.

«Ci hai salutato!» Jade fa un verso disgustato.

«A dire il vero, ero ubriaco sfatto» dice Sully. «Non ricordo nemmeno che Bay se n'è andata.»

«Be', qualcuno doveva trovarsi fuori quando se ne è andata via» dico. «Forse le hanno parlato.»

Jade tira fuori il telefono e compone un numero. Pochi istanti dopo, un bicchiere di beer pong inizia a vibrare contro il tavolo. Sully si precipita in quella direzione e pesca il suo telefono. «Com'è finito qui dentro?»

«Non capisci cosa sta succedendo?» sbotta Jade. «Bay è scomparsa e l'ultima volta è stata vista *qui*.»

Sully spalanca gli occhi, poi si guarda in giro, osservando i resti della notte scorsa. «Nessuno ha chiamato la polizia, vero?»

Penso al fusto di birra ancora sul vialetto. Strappo il telefono dalla mano di Sully. Apro la cartella delle foto. Forse era troppo ubriaco per ricordarsi che Bailey se n'è andata, ma magari le ha fatto delle foto se era fuori vicino al fusto.

Sfoglio la galleria, alla ricerca di immagini esterne della casa. C'è una foto di una ragazza del primo anno, illuminata dal flash della macchina fotografica, tenuta a testa in giù mentre beve la birra da un tubo di gomma sopra il fusto. Faccio uno zoom, notando una macchia blu ai margini dello schermo.

La Honda Civic di Bailey. *Bailey*, con una mano sulla maniglia della portiera del guidatore.

Non è sola. Qualcuno della stazza di un giocatore di football le sta afferrando la spalla. Ha la testa rasata.

«Jade» dico.

Lei mi strappa il telefono di mano e ingrandisce la foto. Il colore svanisce dal suo viso.

«Chiama subito Cliff Grosso» ordina a Sully.

«Non ho il suo numero» fa lui, riluttante.

«Allora cosa ci faceva alla tua festa?»

«È venuto con Bridget. Non l'ho invitato io.»

Le orecchie di Jade diventano rosse. «Allora chiama Bridget!»

Mentre Sully armeggia con il telefono e Jade lo sovrasta come una madre arrabbiata, raggiungo il tavolo da beer pong – lo stesso su cui Jade e Bailey sorridevano proprio ieri sera – e passo un dito sulla superficie. Bailey non stava guardando l'obiettivo. Sembrava perfino distratta, forse.

Ma Bailey non avrebbe mai lasciato una festa solo perché aveva *visto* Cliff. Non sarebbe stata la prima volta che lo incontrava per caso. Broken Falls è una piccola cittadina e, dopo aver perso la borsa di studio, Cliff è rimasto a lavorare nel negozio di caccia dello zio. Bailey doveva sapere che Cliff sarebbe venuto alla festa di Sully; lo chiama sempre "il perdente ex quarterback che non ha niente di meglio da fare che andare alle feste delle superiori con la sua ragazza delle superiori".

«Non risponde.» Sully si stringe nelle spalle. «Probabilmente stanno ancora dormendo tutti.»

Jade si passa le mani sul viso. «Dio, sei così inutile. Prova con Val.»

Val Diamond è il braccio destro di Bridget. Mi avvicino a Jade mentre Sully obbedisce e fa la telefonata. «Pensi che sia per questo che se n'è andata? Perché ha visto Cliff?»

«Me lo avrebbe detto» dice Jade. «Sarei andata via con lei.»

«Forse non voleva, tipo, rovinarti la festa.»

Jade sgrana gli occhi. «Se fossi venuta, sapresti che non c'era proprio niente da rovinare. La festa faceva schifo.»

Le parole rimangono sospese nell'aria in mezzo a noi: *Se fossi venuta*. Buttate lì così, come se la mia assenza ieri – il fatto che mi abbiano lasciata a casa – fosse la cosa più naturale del mondo. Deglutisco per schiarirmi il nodo in gola. «Be', se non mi aveste esclusa, sarei stata qui con voi.»

«Esclusa?» Un guizzo attraversa gli occhi di Jade. «Bay ti ha mandato un messaggio chiedendoti a che ora dovevamo passare a prenderti e tu non hai mai risposto.»

La mia testa è come una boccia per pesci. No, Bailey non mi aveva mandato nessun messaggio. Tiro fuori il telefono dalla tasca e mostro a Jade la mia conversazione con Bailey.

Lei si mordicchia l'interno della guancia e mi guarda. «È quello che mi ha detto lei. Cioè, magari il suo messaggio non ti è arrivato.»

Ne dubito. Non glielo dico, anche se so che Jade lo sta già pensando. Nessuna delle due vuole ammettere ad alta voce quello che sta diventando ovvio. Perché fa male.

Ieri sera Bailey ha mentito a entrambe.

Lasciamo la casa di Sully con il numero di telefono di Cliff Grosso strappato a una riluttante Val Diamond. Non ho mai avuto problemi con Val, ma tra lei e Bailey ci sono dei precedenti che non ho mai saputo fino in fondo. So solo che una volta erano migliori amiche e che Val ha scaricato Bailey in terza media quando è entrata nella squadra di danza e ragazze come Bridget Gibson hanno iniziato a considerarla.

Quando siamo chiuse nel furgone del padre di Jade, mi lecco il pollice e mi pulisco la punta dello stivale sporca di neve. Jade sta tentando per la terza volta di chiamare Cliff Grosso.

«O il suo telefono è morto o sta schiacciando il tasto *fottiti*» dice. «Kace, a questo punto sono davvero spaventata.»

«Atteniamoci ai fatti» dico io. «Non sappiamo se le è successo qualcosa di brutto.»

Jade mi guarda spalancando gli occhi, come per dire: *Stai scherzando?* Perché i fatti sono questi: Bailey ha mentito a Jade, quando ha lasciato la festa. Cliff Grosso l'ha seguita fino alla macchina. E per qualche motivo non è mai arrivata a casa.

Mi viene un'idea. «Perché non andiamo da Cliff?»

«A casa sua?» Jade sbatte le palpebre. Ha l'eyeliner sbavato e dei riccioli dorati che le sfuggono dallo chignon in cima alla testa. «*Vuoi* farti sparare?»

Cliff Grosso vive da solo con suo padre, Jim, e perfino *io* so cos'è successo cinque anni fa quando un gruppo di liceali ha cercato di attraversare il bosco dietro la loro proprietà. Jim Grosso ha preso il fucile da caccia dalla mensola del camino e ha sparato nel sedere a uno dei ragazzi. Credo sia stato un miracolo che il ragazzo potesse ancora camminare, ma Jim non è stato punito per tutta la faccenda, perché a quanto pare qui nel Wisconsin è lecito sparare per difendere la tua proprietà.

«Possiamo anche solo passare di lì con il furgone» suggerisco. «Per vedere se c'è la sua auto.»

Jade si gratta via un grumo di rossetto color prugna dall'angolo della bocca. «Ok, ma passiamo solamente davanti.»

Poi svolta a destra, verso Pleasant Plains, su per Cypress Hill, dove abita Cliff Grosso.

Durante la salita nessuna delle due dice niente. Jade deve concentrarsi sulle cattive condizioni della strada, mentre io cerco di non pensare a Bailey morta in un fosso da qualche parte. Ci deve pur essere un'alternativa.

C'è una minima possibilità che sia andata a casa con Cliff Grosso. Una sera stava quasi per andarci a letto e da quella volta è passato quasi un anno. Cliff avrebbe potuto non incolparla più per la storia dell'incidente. E se ieri notte avesse litigato con Bridget e poi avesse deciso di andare con Bailey per ripicca?

Bailey potrebbe aver accettato, o per togliersi la soddisfazione di far incazzare Bridget o perché era annoiata.

Il problema di crescere in una cittadina come questa è

che certa gente si becca la noia come un virus. Ed è così anche per Bailey, tanto da averla fatta salire in macchina con Cliff Grosso la scorsa primavera dopo che aveva bevuto. Tanto da averla costretta a uscire di nascosto ogni fine settimana in cerca di qualcosa – di che cosa, non credo lo sappia nemmeno lei.

Ripenso alla sua idea di fare la seduta spiritica nel fienile e un brivido mi attraversa. Alzo il finestrino.

Quando arriviamo in cima a Cypress Hill, Jade si ferma all'imbocco del vialetto dei Grosso. È troppo rischioso salirci con questo tempo, anche con la trazione integrale. Scendo dalla macchina e mi faccio schermo con la mano davanti agli occhi. In cima alla collina, una fila di cipressi blocca la vista della casa.

«È violazione di domicilio» dice Jade.

«Ormai siamo qui» dico. «Non ci può certo sparare per aver suonato il suo campanello.»

Quando arriviamo in cima siamo senza fiato. Il vialetto gira intorno alla baita. Non ci sono auto in vista, ma il fumo sbuffa dal camino della casa, bianco come garza contro il cielo rosa-arancio.

Jade prosegue sul vialetto spalato. Io tiro fuori il telefono e la seguo. Sarò anche esagerata, ma digito il 911 sulla tastiera, non si sa mai. Un gatto dal pelo chiaro quasi quanto la neve ci sfreccia davanti e sparisce dietro l'edificio. Il rumore mi fa saltare in aria per lo spavento.

Jade si scherma gli occhi e scruta attraverso la finestra del garage. «La Jeep di Cliff è qui.»

Nel bosco di fianco alla casa si sentono delle strida basse. Un gufo delle nevi, forse. Tremo, come paralizzata. Jade sale sul portico e suona il campanello. Nessun rumore di passi. Solo silenzio. Jade suona di nuovo, poi prova a girare la maniglia. La porta è chiusa a chiave.

Un colpo di vento porta con sé un aspro odore metallico. Mi copro la bocca con la sciarpa. Jade si sposta sul lato dell'edificio. La seguo. Una finestra alta – probabilmente quella del bagno – è aperta. Jade ci grida dentro «Ehilà.»

Il silenzio che segue mi attraversa come una corrente.

Jade tira fuori il telefono e si toglie la muffola per far scorrere le dita sullo schermo.

«Cosa stai facendo?» chiedo.

«Chiamo Bailey. Se è lì dentro, priva di sensi, almeno sentiremo la sua stupida suoneria.»

«Ma la sua macchina non è...»

Jade mi zittisce. C'è così tanto silenzio qui sulla collina che riesco a sentire chiaramente il primo squillo del telefono di Jade. Ma c'è anche un altro rumore, più lontano.

«Sento qualcosa» sussurro.

Jade indica la casa, aggrottando le sopracciglia. Scuoto la testa. È un suono tintinnante, come delle campane, che viene dal bosco accanto alla casa dei Grosso.

Mi muovo in direzione del suono. *Non è la suoneria di Bailey*. Ma è pur sempre un telefono e squilla proprio adesso che Jade la sta chiamando. Il pensiero mi fa torcere le dita dei piedi. Mi faccio strada tra gli alberi, calpestando foglie marroni, fradicie sotto la neve che si scioglie.

«Chiamala di nuovo» dico, a voce abbastanza alta perché Jade mi possa sentire.

Lei aggrotta la fronte e comincia a venire verso di me.

Il tintinnio ricomincia. È la suoneria *Wind chimes*. La sento alle mie spalle. Quando mi giro, mi trovo di fronte a un albero di balsamo dai rami spogli. Ai suoi piedi, su un letto di aghi di pino morti, c'è un telefono in una custodia con una foto scrostata dell'aurora boreale.

Eravamo con lei quando l'ha comprata: Bailey è fissata con l'aurora boreale e quando, l'estate scorsa, ha visto la custodia del telefono al mercatino delle pulci di Pleasant Plains, ha dato di matto, anche se Jade le aveva detto che sembrava robaccia scadente.

Il sangue mi ronza nelle orecchie. Prendo il telefono di Bailey. Mi chiede un codice di accesso. Digito la sua data di compleanno: 2704. Accesso consentito. Il telefono è quasi scarico, con la batteria al cinque per cento.

Mi tolgo un guanto e apro il registro delle chiamate. Bailey ha decine di telefonate perse e di messaggi. Tutte da numeri con il prefisso di Broken Falls, tranne il mio. Apro il mio messaggio.

Dove sei? Non è divertente.

Sopra il testo c'è il mio numero, ma non il mio nome. Il mio cuore si ferma per un attimo. *Perché mi ha cancellato dai suoi contatti?* Sfoglio la rubrica del telefono.

Tutti i contatti di Bailey sono spariti. Cancellati. Il cuore mi batte più forte.

Scorro le schermate. Apro la galleria. Nessuna foto. So per certo che Bailey ne aveva come minimo quattrocento qui dentro. Selfie. Noi tre che facciamo facce stupide. Cose che mangiava al ristorante.

Alzo lo sguardo verso Jade: sta fissando il terreno coperto di aghi di pino, con la faccia pallida. «Qualcuno ha cancellato tutto» le dico.

«Kacey. Lo vedi anche tu?»

Seguo il suo sguardo sul suolo: a qualche metro di distanza, dove le chiome degli alberi hanno protetto gli aghi di pino dalla tormenta, ci sono delle macchie rosse e la neve intorno è come pressata. Qualcuno ha trascinato qualcosa qui.

Jade sembra paralizzata. Seguo la scia sulla neve, il tunnel creato dal corpo – perché deve per forza trattarsi di un corpo, un peso morto – evitando di andare troppo vicina alle strisce di sangue. *Non toccare nulla,* mi dico. *È la scena del delitto.*

«Kacey, fermati!» grida Jade.

La ignoro, lasciandola lì, tra gli alberi. L'odore di prima, quel sentore metallico, mi arriva di nuovo a zaffate. Mi copro il viso e seguo le tracce di sangue girando l'angolo dell'edificio.

La neve sul retro della casa dei Grosso mi arriva fino ai polpacci. Mi reggo alla parete per non cadere. Sulla neve che copre le assi della terrazza c'è una macchia rossa. Anche se ho il viso coperto, quando respiro, ho un conato di vomito.

Salgo sulla terrazza. In fondo, accostato contro il lato della casa, c'è qualcosa, tipo un contenitore dalla forma squadrata. Mi premo una mano sulla sciarpa, temendo di spruzzare vomito ovunque se sento ancora l'odore del sangue.

È un congelatore. Qualcuno ha rimosso la neve dal ripiano dello sportello per metterci qualcosa dentro.

Chiudo gli occhi stringendo le palpebre. La neve filtra attraverso i guanti mentre sollevo il coperchio. Mi costringo a guardare all'interno e lascio uscire il respiro che avevo trattenuto fino a quel momento. Dentro c'è il corpo di una cerva con una ferita sul collo. Gli occhi sono spalancati per lo shock, come se la freccia proveniente dalla balestra l'avesse colta di sorpresa.

«Kacey!»

Lascio ricadere il coperchio del congelatore mentre Jade emerge dal lato della casa. Sposta lo sguardo da me al sangue e si ferma di colpo.

«Un cervo» dico. «È solo un cervo.»

«Ho chiamato sua madre.» Jade si stringe addosso il giaccone. «Ha detto di andarcene via subito da qui e di andare dritte alla stazione dello sceriffo per consegnare il telefono.»

Il telefono di Bailey, ancora stretto nella mia mano senza guanto. «Ci sono sopra le mie impronte digitali» dico.

Jade spalanca la bocca. «Che t'importa?» sbotta, strappandomelo di mano, e mi fissa con un'espressione strana.

Mi sento raggelare sul posto. L'odore del cervo morto mi dà la nausea. Mi costringo a camminare, sapendo bene che Jade non si farà problemi a lasciarmi qui, se necessario. Avanzo a fatica nella neve, con il cuore che mi batte così forte che potrebbe anche scoppiare in mille pezzi.

Capitolo cinque

Non sono più stata in un distretto di polizia da quando, lo scorso gennaio, un agente del Dipartimento di Polizia di Syracuse mi ha riconosciuta fuori da un minimarket.

Ero scappata di casa un mese prima, poco prima di Natale, ma non sono stata molto furba e Dawn, la mia assistente sociale, mi ha beccata subito. Quando ha visto il mio labbro inferiore spaccato e infetto, le ho mentito, dicendo che era stato l'ultimo fidanzato di mia madre, e lei mi ha mandata alla casa famiglia per ragazze Nuovi Inizi mentre i servizi sociali si occupavano dei dettagli per il mio trasferimento a Broken Falls, una città di cui non avevo mai sentito parlare, in casa di Russ Markham, un uomo che non avevo mai incontrato.

Missy, la mia compagna di stanza nella casa famiglia, era stata sballottata da un affidamento all'altro da quando aveva due settimane di vita. Io ho capito subito perché nessuno l'aveva adottata non appena l'ho incontrata e mi ha ringhiato di stare alla larga dalla sua roba. Durante le sedute settimanali di terapia di gruppo si vantava di essere andata in riformatorio per la prima volta a dodici anni, per aver puntato un taglierino contro un compagno di classe.

La mia prima e unica notte a Nuovi Inizi, mi sono svegliata con Missy sopra di me, le sue ginocchia contro il mio petto. Di sicuro qualcuno aveva frugato nella sua roba e, anche se insistevo che non ero stata io, mi ha detto che sarebbe potuta andare in prigione per possesso di stupefacenti e che se avessi detto una sola parola a qualcuno mi avrebbe tagliato la gola nel sonno.

Avevo già intenzione di scappare, ancora prima di questa storia con Missy. Pensavo che nascondermi a casa di amici a New York e dormire sul pavimento dei loro scantinati fosse meglio che farmi spedire in una cittadina di bovari in mezzo al nulla a vivere con degli estranei che avrebbero deciso già al primo sguardo che ero una piantagrane.

Ma sapevo di non essere abbastanza sveglia o forte per farcela da sola, almeno fino a quando non avessi compiuto diciotto anni. Sarei finita di nuovo in un posto come Nuovi Inizi, dove un'altra ragazza come Missy mi avrebbe sussurrato all'orecchio che voleva tagliarmi la gola mentre dormivo.

La mia assistente sociale ha preso con me il volo per Madison, nel Wisconsin. Era la prima volta che salivo su un aereo. Dawn è rimasta in silenzio per tutto il decollo.

«Non hai una famiglia tua di cui occuparti?» le ho chiesto. Dawn stava sfogliando una di quelle riviste che vendono articoli tipo tappetini d'erba artificiale per far fare al cane la pipì in casa. Sapevo già, dopo aver fatto qualche ricerca su Facebook, che Dawn viveva con la sua ragazza, Renee, una donna che salvava levrieri in età da pensione.

Dawn ha serrato la mascella. Ho pregato Dio di non aver detto per sbaglio qualcosa di orribile; magari lei e la sua ragazza volevano dei figli ma non potevano averne.

«Non ti lascio» ha risposto lei. Poi non ha aggiunto altro.

Con una stretta al cuore sono tornata a leggere il mio libro, una delle poche cose che ero riuscita a non smarrire negli anni di continui traslochi da una casa all'altra. Una raccolta di fiabe che era appartenuta a mia madre quand'era piccola, anche se non so perché qualcuno dovrebbe dare questa roba a una bambina.

Non erano la versione della Disney, dove tutte le protagoniste alla fine trovano un principe. Erano le storie vere, quelle originali. Quelle in cui la strega del mare taglia la lingua alla sirenetta e lei decide di gettarsi giù dalla barca piuttosto che pugnalare il principe addormentato. Quelle in cui Cenerentola ordina ai suoi uccellini di beccare via gli occhi alle sorellastre cattive.

Credo di essermi affezionata a quel libro perché anche da bambina sapevo che tutte le altre storie erano delle cazzate. Non c'era nessun principe pronto a salvarmi, ma solo un'assistente sociale con il rossetto sui denti e una cassa piena di documenti sul sedile posteriore dell'auto.

Nella realtà le principesse non esistono. Io conosco un sacco di storie di ragazze in pericolo e so che raramente hanno un lieto fine.

La porta dell'ufficio dello sceriffo è gelata. Jade batte i pugni sulla maniglia. Il rumore mi scuote il cervello. *Come è possibile?* mi chiedo. *Sta succedendo davvero?*

La donna dietro la scrivania sta pinzando dei documenti con una spillatrice e non alza lo sguardo dal suo lavoro. Come la maggior parte di Broken Falls, l'ufficio dello sceriffo non è stato rinnovato dagli anni Settanta. Le pareti sono rivestite con pannelli di legno. Nelle fioriere ci sono alberi di plastica, le pietre all'interno coperte da un visibile strato di polvere.

«Mi scusi.» Jade batte la mano sul bancone. La donna continua a pinzare. I suoi capelli scuri sono raccolti all'indietro, così tirati che fanno male solo a guardarli. Si abbinano alle sottilissime sopracciglia pinzettate. Porta troppo fondotinta, che probabilmente non le serve. È più giovane di quanto pensassi. Avrà ventidue anni. Venticinque al massimo. Sul suo distintivo c'è scritto *Ellie Knepper*.

Jade mi sibila all'orecchio: «È sorda o cosa?».

Ellie Knepper posa la spillatrice, poi guarda Jade e sorride. «No, tesoro, ci sento benissimo.»

Io metto il telefono di Bailey sul bancone, che è giallo pipì e si intona alle piastrelle del pavimento.

Ellie guarda il telefono e poi me. «Che cos'abbiamo qui?»

«È della nostra amica» dico. «Sua madre vi ha chiamato per denunciare la scomparsa.»

Ellie guarda di nuovo il telefono di Bailey e dice: «Ok».

Sento le vibrazioni di Jade accanto a me, come una bomba a orologeria pronta a esplodere. Jade è una delle persone più intelligenti che io conosca, ma non ha la dote della pazienza tipica degli abitanti del Midwest. La sua faccia diventa rossa, i fiocchi di neve impigliati tra i suoi riccioli si sciolgono. «Si chiama Bailey Hammond.»

«Ah, mi suona familiare. Sì, ho parlato con sua madre stamattina.»

«Allora come mai non la state cercando?» chiede subito Jade.

Ellie Knepper giunge le mani e ci appoggia sopra il mento. «Se mandassimo qualcuno per ogni adolescente che non torna a casa in tempo, non avremmo nessuno per le vere emergenze. Il novanta per cento delle volte tornano a casa entro dodici ore.»

«È ovvio che non se n'è andata da sola, perché avrebbe portato questo con sé.» Indico il telefono di Bailey.

«E dov'è che l'avete trovato?» chiede Ellie Knepper, mostrando finalmente un po' di curiosità.

«La casa di Cliff Grosso» dice Jade.

«Oh» dice Ellie. «Il ragazzo che mi ha tamponato.»

Io e Jade ci guardiamo in faccia. È ovvio che Ellie è l'agente che Cliff ha investito. In questa città il numero di agenti delle forze dell'ordine si può contare sulle dita di una mano. A Broken Falls non ne servono molti. L'unico motivo per cui qualcuno qui chiama il 911 è perché ha investito un cervo. L'ultima persona scomparsa qui probabilmente è stata proprio Josephine Leeds.

Il pensiero mi fa correre un brivido lungo la schiena.

«Quindi lei sa chi è Bailey» dice Jade. «Non è il tipo che se ne scappa così, da sola. Dovete mandare qualcuno a cercarla.»

«Tesoro, non ho nessuno da mandare fuori» dice Ellie. «È domenica pomeriggio e c'è gente che collassa per infarto sul vialetto di casa spalando la neve. C'è già stato un tamponamento a catena sulla Main Street a causa della tormenta. Dovete tornare a casa prima che la situazione peggiori.»

«Non ha sentito quello che abbiamo detto?» Jade mi guarda per avere conferma. «La nostra amica è scomparsa da tutto il giorno.»

Ellie sospira. «Appena avrò qualcuno libero, lo manderò dai Grosso, ok? Ma voi due dovete tornare a casa.»

«E che ci dice del telefono?» chiedo. «Qualcuno ha cancellato tutto... contatti, foto, tutto.»

Ellie Knepper mi lancia un'altra occhiata curiosa. E sento che la mia profonda diffidenza nei confronti dei poliziotti si risveglia.

«Ci darò un'occhiata» dice. «Voi ragazze siate prudenti, ok?»

Jade non si muove, come se avesse messo radici. Non l'ho mai vista piangere, ma l'espressione del suo viso mi spaventa a morte. Mi dice che le lacrime stanno per arrivare, che la situazione è molto, molto grave.

«Fidatevi di me» dice Ellie. «L'unica cosa che potete fare adesso è andarvene a casa.»

La neve che cade fuori dalla stazione dello sceriffo sta prendendo velocità. Ho già visto tormente come questa; tra un'ora sarà difficile guidare per colpa del *whiteout*, il "tempo lattiginoso". La paura di rimanere intrappolata, di morire di freddo in questo furgone, mi trapana il cervello.

«Dovremmo davvero tornare a casa» dico. «Se rimaniamo bloccate in...»

«Io a casa non ci vado.» Jade guarda dritto davanti a sé. «Devo tornare da Bay e parlare con sua madre. Se vuoi, ti porto a casa, ma non ho intenzione di dare retta a quella tipa lì dentro. Non ci ha nemmeno prese sul serio.»

Mi mordicchio l'interno della guancia. «Forse aveva solo troppo lavoro da fare.»

«Dammi della pazza, ma io credo che una persona scomparsa sia più importante di un paio di idioti che sbandano fuori strada.»

Persona scomparsa. «Jade» dico, cercando di sembrare calma. «Sono passate solo poche ore. Forse tornerà a casa.»

Se lo dico ad alta voce, magari succede davvero. Forse

Bailey ha dimenticato il suo telefono alla festa e qualcuno l'ha rubato, cancellando tutto con l'intenzione di rivenderlo. Poi magari ha cambiato idea, o si è fatto prendere dal panico, e l'ha gettato via.

La mia stupida teoria crolla come una torre di Jenga quando Jade dice: «Bailey non perde mai di vista quel telefono». Ha ragione: lo tiene sempre a qualche centimetro di distanza. In tasca, nel portabicchieri della sua auto, o sotto il cuscino, quando dorme.

«E i tabulati del telefono?» chiedo. «Sua madre non può andare su Internet e vedere con chi ha parlato ieri sera?»

«È stata la prima cosa che mi è venuta in mente quando l'ho sentita. Ci ha provato, ma non ha la password dell'account di Bailey per accedere al suo piano e la compagnia telefonica non ha voluto dargliela. Ha detto che doveva dimostrare che la polizia ha aperto un'indagine sul caso, e ovviamente non l'ha fatto.»

I genitori di Bailey sono all'antica; i loro cellulari sono ancora ingombranti telefoni pieghevoli. Dopo anni di battaglie con i suoi per avere un telefono con accesso a Internet e invio di messaggi illimitati, Bailey ha finalmente ottenuto il permesso di avere un piano telefonico con un account tutto suo una volta che poteva pagarselo. E l'ha fatto.

Le mani di Jade tremano mentre tossisce nelle maniche. «Questa faccenda del telefono mi sta davvero spaventando. Hanno cancellato tutto come per resettarlo o roba del genere.»

Tengo la punta delle dita davanti alle bocchette del riscaldamento. La parola mi risuona in testa. *Cancellato.*

Come se qualcuno avesse cercato di eliminare ogni traccia di Bailey.

Lauren deve aver sentito il furgone di Jade fermarsi davanti a casa, perché, quando entro, è nell'ingresso che mi aspetta con la sua coperta di pile sulle spalle.

«Avete trovato Bailey?» mi chiede.

La guardo, perplessa. «Come fai a sapere che la stavamo cercando?»

«Sei sparita senza dire niente.» Lauren aggrotta la fronte. «Ti ho sentito parlare con Jade prima di uscire. Che cosa sta succedendo?»

Mi tolgo il berretto e la sciarpa; il collo e le orecchie mi fanno male per il freddo. «Non lo so. Davvero.»

Lauren si ritrae, ferita dalla mia reticenza.

«Fammi controllare una cosa» dico. «E poi ci prendiamo una cioccolata calda.»

Scalcio via gli stivali e, lasciando lì Lauren, vado verso la mia stanza e il mio portatile. Apro il sito del telegiornale locale, ma non c'è nulla su Bailey. Solo uno grande banner rosso in alto che recita TORMENTA: AGGIORNAMENTI MINUTO PER MINUTO!

Poco dopo sento bussare. Andrew apre la porta e mi guarda preoccupato, appoggiandosi allo stipite.

Deglutisco. «Hai sentito cosa sta succedendo?» gli chiedo.

Andrew fa di sì con la testa. «Eri alla festa?» mi chiede.

«No. Dovevano passare a prendermi per andare lì, ma non mi hanno più scritto.» Non so perché gli racconto questa parte. Non so se sia rilevante. «E *tu*? Ci sei andato?» chiedo.

Andrew mi guarda, stupito. «Io? Stai scherzando?»

«Ho visto le tracce di pneumatici. Sei andato da qualche parte.»

«Sì. In farmacia, a ritirare le mie medicine.» Ha le palpebre pesanti, come se avesse dormito poco. «Dove sei andata venerdì sera?»

Mi faccio scrocchiare una nocca. «Come fai a sapere che sono uscita?»

Aspetto che mi corregga, che dica che sa che è venuta anche Lauren, ma non lo fa. «Ho sentito la portiera di un'auto sbattere fuori.»

«Niente di che» dico. «Abbiamo solo fatto un giro in macchina.»

Non so se mi crede, ma, quando si gira per uscire dalla stanza, mi sembra di vedere qualcosa di simile alla delusione sul suo viso.

Quando torna a casa, Ashley ha già saputo di Bailey. A quanto pare al caffè non si parlava d'altro. Paula Schulz – la pettegola con le mèches che Ashley ha assunto quest'estate – l'aveva sentito dai suoi figli.

Il figlio maggiore di Paula, Axel, è il migliore amico di Cliff Grosso. «È un vero peccato» mi aveva detto Paula in tono di disapprovazione, parlando della famiglia Grosso nella sua rassegna di gossip quotidiano. «È bastato un singolo errore a rovinare il futuro di quel povero ragazzo.»

E dalla sua voce si capiva benissimo quello che era troppo vigliacca per dire: *È bastata quella Bailey Hammond a rovinare il futuro di quel povero ragazzo.*

Rimango in camera mia fino a quando non fa buio, guardando la tormenta fuori dalla finestra. Penso a Jim Grosso, che ha sparato nel culo a quel ragazzo solo perché aveva messo piede nella sua proprietà. Ho conosciuto uomini come lui, che diventano violenti quando pensano che qualcuno abbia preso qualcosa che gli appartiene. Uno dei fidanzati di mia madre è tornato a casa da un bar con un occhio nero. Aveva dato un pugno a un tipo solo perché quello aveva osato guardarla.

Jim Grosso, l'ho visto solo di sfuggita: quando Ashley va nella sua macelleria a comprare la carne per la cena dopo il lavoro, io l'aspetto sempre in macchina. Ma la faccia di Cliff ce l'ho ben impressa nella mente. La sua bocca, sempre contorta in una smorfia di rabbia.

Chissà cos'è capace di fare quando quella rabbia viene a galla. Come potrebbe reagire dopo una notte di alcol, se si trovasse davanti la ragazza che secondo lui gli ha tolto tutto. Non ci voglio nemmeno pensare.

Le ore passano e io resto nella mia stanza a guardare lo schermo vuoto del mio telefono. Non voglio affrontare le mille domande della mia famiglia. Mi sto nascondendo di nuovo, come facevo nelle prime settimane dopo il trasferimento a Broken Falls.

Per il primo mese o giù di lì, la mia strategia era di starmene alla larga da tutti. Così, magari, i Markham si sarebbero dimenticati della mia esistenza. Mi intrufolavo in cucina quando sapevo che non c'era nessuno, come un ladro che irrompeva in casa solo per bere il loro costoso latte di mandorla e mangiare manciate di ciliegie fresche.

Ashley era troppo impegnata a gestire il Milk & Sugar e mio padre troppo assorbito dal ciclo lavora-dormi-lavora per starmi addosso. Lauren era come un gatto che scappava via dalla stanza quando mi sentiva arrivare. Andrew, invece, non si accontentava di lasciar correre. Aveva deciso che voleva essere mio amico e non si sarebbe fermato finché non avessi ceduto. Un sabato mattina stavo lavando la ciotola dei cereali, quando è entrato di corsa in cucina e, quando mi ha visto, si è fermato di colpo. «Ehi, che stai facendo?»

Ho sentito la faccia che mi diventava rossa. «Pulisco le cose che ho sporcato?»

«Vuoi venire a correre?»

«Tipo, di proposito?» Non correvo mai, a meno che qualcuno non mi stesse inseguendo o non fossi obbligata a farlo dallo Stato di New York per non prendere un'insufficienza in educazione fisica.

«Sì, perché no?» Andrew si è chiuso la zip del pile fino al mento. «È una bellissima giornata.»

Non che avessi di meglio da fare.

Quando sono tornata in cucina con le mie Vans, Andrew mi ha rimproverata, dicendo che erano terribili per i miei piedi. Ho dovuto prendere in prestito le scarpe da ginnastica di Ashley; abbiamo tutte e due il trentanove.

Quando ho visto che Andrew fissava la scritta scarabocchiata sul fianco delle mie scarpe – *Sono nata con il diavolo dentro* – una vampata di calore mi è salita alle guance: era la stupida canzone di un gruppo da cui ero ossessionata in prima superiore. La ascoltavo in loop nelle notti in cui la musica era la mia unica fuga da mia madre, dai suoi fidanzati e dalle cose orribili che uscivano dalle loro bocche.

«E così ti piace correre?» ho chiesto a Andrew mentre mi allacciavo le scarpe *da corsa* di Ashley, come le chiamava lui, cercando disperatamente di distogliere l'attenzione dalle mie Vans decrepite con le loro scritte inquietanti.

«Abbastanza. Più che altro sento di doverlo fare.»

«Perché?» Se mi avesse detto che lo faceva per rimanere magro, gli avrei dato un pugno nelle palle. Pesavo quattro o cinque chili più di lui, pur essendo più bassa di quindici centimetri.

«In autunno farò la corsa campestre» mi ha detto. «Una volta giocavo a calcio e ho paura che i miei compagni pensino che sto diventando pigro.»

«Perché hai smesso di giocare a calcio?»

«Mi hanno cacciato dalla squadra per aver saltato troppi allenamenti.»

Non riuscivo a concepire l'idea che Andrew fosse stato cacciato da qualcosa. Era un tipo così competitivo e ambizioso, tutto concentrato sul successo. Prima che potessi chiedergli perché avesse saltato così tanti allenamenti, ha fatto un cenno alle scarpe. «Ti vanno bene?»

«Sì. Certo.»

L'ho seguito fuori di casa. Quando ha girato a destra ho capito che stavamo andando verso ovest e che saremmo passati per la Collina del Massacro. Ho risparmiato il fiato per parlare una volta che ci saremmo avvicinati. Il fienile non era visibile dalla strada, ma la cima della collina era ancora coperta di neve.

«Tu ci credi alla storia della Dama Rossa?» gli ho chiesto.

Andrew non era nemmeno sudato; mi sono resa conto che stava correndo più piano del solito perché era con me. «Cioè, tutti sanno che il massacro è successo per davvero. Ma non credo che ci sia niente di soprannaturale o roba del genere.»

«Ma la Dama Rossa?» ho detto. «Come spieghi che sia scomparsa nel nulla?»

«La gente scompare di continuo.» Andrew ha scrollato le spalle. «Il più delle volte perché è morta. Triste ma vero.»

Per qualche motivo, quel pensiero mi ha messo addosso

una profonda tristezza. Un senso di perdita che non riuscivo a descrivere.

«E se non fosse sempre vero?» ho detto, l'aria fredda come una lama nei miei polmoni.

Andrew si è voltato a guardarmi. «Che vuoi dire?»

«Aspetta un attimo.» Mi sono fermata accanto alla staccionata di legno che proteggeva la proprietà degli Strauss. Ho inspirato una boccata d'aria, avidamente, con una mano sul cuore. Il petto di Andrew si alzava e si abbassava con ritmo regolare.

«Cioè, forse è assurdo pensare che la Dama Rossa sia riuscita a scappare e che viva da qualche parte felice e contenta» ho detto quando sono riuscita a riprendere fiato. «Ma le altre persone che sono sparite... non è che il mondo intero si mette a cercare ogni persona che scompare.»

Non mi ero mai sentita così stupida in vita mia. Ma ho continuato: «Non lo so, forse a volte succede semplicemente che il mondo inghiotte le persone. Forse la gente si dilegua e basta.»

«Non ci avevo pensato.» Andrew si è appoggiato a un paletto della staccionata. Io ho strappato un filo d'erba accanto alle mie scarpe da ginnastica.

«Posso andare lassù?» gli ho chiesto.

«Al fienile? Perché?»

«Per curiosità.»

«Di giorno è piuttosto deludente. È solo un fienile. Non ci sono spiriti maligni in agguato.» Si è fatto serio in volto e con una voce cupa ha aggiunto: «Quelli escono solo di notte».

Ma io me l'ero già lasciato alle spalle. Il sole stava sorgendo sopra la collina, inondando tutto di luce dorata. I polpacci mi facevano male, ma ho raggiunto lo stesso la cima e poi sono crollata su un ceppo, con il petto che si alzava e si abbassava per l'affanno.

Ho pensato a quello che era successo quassù – la brutalità di quello che Hugh Leeds aveva fatto alla sua famiglia – e mi è venuta la nausea. Ho pensato alle cose che avevo quasi fatto a mia madre.

Un brivido mi ha attraversato mentre immaginavo Josephine Leeds intrappolata nel fienile. Le sue urla quando ha sentito i colpi di pistola dall'interno della casa. È stato in quel momento che ho deciso che tutte le storie di fantasmi si sbagliavano: il male non è uno spirito, un mostro o un fantasma. Vive dentro le persone normali e non conosce la differenza tra giorno e notte.

Capitolo sei

Lo squillo acuto del telefono di casa fa irruzione nel mio sonno. Mi giro, vedo l'ora sul decoder della tv via cavo – le quattro e mezza di mattina – e mi rizzo a sedere di scatto. C'è solo un motivo accettabile per chiamare a quest'ora: è morto qualcuno.

Il cuore mi martella nel petto. *Bailey. L'hanno trovata. Oppure è tornata a casa.*

Il telefono smette di squillare. Sporgo le gambe oltre la sponda del letto e tasto il comodino, cercando il telefono nel buio. Lo schermo si illumina, ma non ci sono chiamate né messaggi di Jade. Se avessero trovato Bailey morta, Jade l'avrebbe saputo e me l'avrebbe detto.

Accendo la lampada del comodino in cerca delle pantofole sul tappeto. Me le infilo, salto giù dal letto e spalanco la porta. Ashley è fuori dalla mia stanza, con una mano pronta a bussare. Nell'altra tiene il telefono di casa. Ha gli occhi rossi.

Deglutisco. «Ci sono novità su Bailey?»

«Oh tesoro, no, mi spiace. Ma c'è una buona notizia.» Si siede sul bordo del letto. «È scoppiato un tubo a scuola e oggi non devi andare a lezione. Probabilmente ci vorrà il resto della settimana per ripararlo.»

Forse si aspetta che questo mi faccia sentire meglio, ma io riesco a pensare soltanto a Bailey e al fatto che non è tornata a casa.

«Hai saputo qualcosa dalla signora Hammond?» Mi tolgo le pantofole e m'infilo di nuovo nel bozzolo che mi ero creata con il piumino e le lenzuola, avvolgendole strette attorno al mio corpo. Fa così freddo.

«Ieri sera i Diamond hanno stampato migliaia di volantini e manifesti con la foto di Bailey nel loro negozio. Gratis» dice Ashley. «Val sta spargendo la voce su Internet per trovare volontari che li appendano in giro.»

«Scommetto che a Jade sta venendo un colpo. Bailey e Val non si parlavano nemmeno più.»

Ashley mi guarda. Apre la bocca, poi la chiude subito.

«Cosa c'è?» le chiedo.

«È solo che… mi ricordo di essere stata anch'io un'adolescente. Tutti quei segreti! Le cose che dicevo alle mie amiche e che non avrei mai detto ai miei.»

Non rispondo, perché capisco dove vuole arrivare. Pensa che io le stia nascondendo qualcosa. Qualcosa che Bailey potrebbe avermi detto e che potrebbe essere utile per ritrovarla.

«Sei sicura che Bailey non ti abbia detto nulla?»

Un ricordo mi si accende nel cervello, come una scintilla. Dovevamo lavorare assieme per un compito di storia locale: *Organizza un viaggio e fai un preventivo per visitare i luoghi notevoli del Wisconsin*. Stavamo calcolando il costo della benzina e i pedaggi dell'autostrada quando Bailey ha lasciato cadere la penna e ha detto: «A volte vorrei solo salire in macchina, prendere l'autostrada e andare via da qui, cazzo».

Ma non lo dico ad Ashley. Potrei darle delle speranze che Bailey stia bene. E la speranza è la cosa più pericolosa che si possa offrire a qualcuno.

Mi lavo i denti e mi apposto davanti alla tv del soggiorno.

Il telegiornale locale parla quasi solo della tormenta. Però, da una ricerca sul mio telefono, scopro che Ed e Cathy Hammond sono riusciti a inserire la foto di Bailey sul sito web del *Broken Falls Register.*

Ragazza di diciassette anni scomparsa da Broken Falls dalla tarda notte di sabato.

La foto scelta da Ed e Cathy è piuttosto insolita. Invece di uno dei suoi milioni di selfie o della sua foto scolastica, ne hanno scelta una con Bailey su una sedia da giardino nel nostro cortile. Scattata al barbecue che abbiamo organizzato per il compleanno di Lauren.

Sorride a bocca chiusa, perché non le piace mostrare i denti di sotto. Li odia. È convinta di essere orrenda, un troll, ma io ho sempre voluto essere un po' come lei. Ha la pelle morbida, come se la spalmasse con latte e miele, una spruzzata di lentiggini dorate sul naso che si intonano ai suoi capelli biondo rame. C'è qualcosa di sano e naturale nel suo aspetto.

Io sono l'opposto. Le persone mi fissano e io ho la sensazione di aver fatto qualcosa di sbagliato. Non importa come mi pettino o che vestiti mi metto, sembro sempre il tipo di ragazza che viene beccata a rubare eyeliner al centro commerciale.

Penso alla conversazione che ho avuto con Andrew quel giorno a Sparrow Hill: *Non è che il mondo intero si mette a cercare ogni persona che scompare.*

Un pensiero inaspettato si fa spazio nel mio cervello: *Se Bailey è davvero scomparsa, per lo meno è il tipo di ragazza che tutto il mondo si metterà a cercare.*

Nel primo pomeriggio tutte le strade sono state spalate, le linee abbattute dalla tempesta ripristinate, in parte grazie anche al padre di Jade, che ha fatto gli straordinari per ripararle.

Io e Jade siamo sul sedile posteriore della Mazda di Andrew. Ho lasciato che Tyrell, il suo migliore amico, si sedesse davanti con lui. Stiamo andando a Pleasant Plains per appendere i manifesti con la foto di Bailey. Ne abbiamo uno scatolone pieno, qui sul sedile tra me e Jade. E la scritta sul fianco – STAMPERIA DIAMOND – è il motivo per cui Jade ha il broncio.

Quando abbiamo ritirato i manifesti dalla stamperia, la signora Diamond ci ha detto che Val e Bridget stavano già organizzando una veglia con delle candele. A Jade sono venuti gli occhi storti.

«Vogliono solo dare una mano» le dico in auto.

«Lupi travestiti da agnelli, Kace» risponde. Poi alza la testa di scatto, come un cane che ha sentito un fischietto. «Che cosa gli hai appena detto?» chiede a Tyrell, dando un colpo al suo poggiatesta.

Tyrell alza le spalle. Si passa una mano sulla testa rasata, ma non si volta. «Niente.»

«Stronzate. Se l'hai detto a lui, puoi dirlo anche a noi.»

Tyrell sospira girandosi verso di noi. «La gente dice che Bay potrebbe essersi uccisa.»

Vedo le nocche di Andrew diventare bianche mentre stringe il volante. Io sono l'unica in quest'auto a sapere che il secondo anno, quando ha perso una settimana di scuola e di allenamenti di calcio, non è stato perché aveva lo streptococco. Lo avevano ricoverato in ospedale perché era così depresso da non riuscire ad alzarsi dal letto.

«Chi lo dice?» chiedo. «È una voce di merda da mettere in giro.»

«Non lo so. La gente» dice Tyrell.

Gli occhi di Jade lampeggiano. Senza dubbio Tyrell intende Val e Bridget.

«Be', la *gente* non sa un cazzo. Farebbero meglio a tenere chiuse le loro stupide bocche. Bay non era depressa.»

Il resto del viaggio fino a Pleasant Plains lo passiamo in silenzio. Andrew ferma la Mazda in un parcheggio comunale. Mentre scendiamo e lui chiude a chiave, lo sorprendo a farsi scrocchiare le nocche. Il suo tic nervoso.

Gli metto una mano sulla spalla e gliela stringo. Tyrell e Jade, dall'altra parte dell'auto, non possono sentirci. «Stai bene?» gli chiedo.

«Sì.» Andrew scuote via la mia mano dalla spalla. «Perché non dovrei?»

Il modo in cui Andrew mi liquida mi brucia. È davvero così sconvolto dalle voci su Bailey o è solo arrabbiato con me per ieri sera, perché non gli ho detto dove siamo andate davvero venerdì?

«Faremo prima se ci dividiamo» dice Tyrell.

«Certo» dico io, con un groppo in gola. «*Divide et impera.*»

Tyrell si offre di fare assieme a Andrew i negozi a ovest dell'incrocio principale, mentre io e Jade ci occuperemo di quelli a est. Il mio caffè mattutino mi sguazza come un acido nello stomaco, mentre io e Jade ci separiamo dai ragazzi e aspettiamo di attraversare la strada.

Il padre di Bailey si è raccomandato di chiedere sempre il permesso prima di appendere un manifesto nella vetrina di un negozio. Gli abitanti di Pleasant Plains, per quel che ne so, non sono affatto cordiali come farebbe pensare il nome della loro città. Sono più sgarbati di quelli di Broken Falls, più orientati agli affari, ed è più probabile che ti caccino dal loro bar se fai un po' di casino.

Tra poche ore, quando farà buio, Main Street sarà piena di famiglie che escono a cena e che passano in fretta davanti al senzatetto che staziona fuori dal negozio Tutto a un Dollaro. I ventenni che hanno bevuto troppi margarita al ristorante messicano andranno in cerca di una rissa. È il tipo di individui che gli abitanti di Broken Falls chiamano "loschi".

Una volta io e Jade siamo venute qui da sole, per visitare il negozio di articoli per belle arti. Il nostro insegnante, il signor White, ce ne parlava sempre. «Quando varcherete quella porta,» ci aveva avvertito «vi sembrerà di essere in paradiso.» Io e Jade abbiamo deciso di andarci un giorno d'estate, mentre Bailey era al lavoro. Jade ha passato mezz'ora nel reparto delle tempere, mentre io guardavo le matite colorate e lo spettro completo dell'arcobaleno delle argille polimeriche, sentendomi davvero come se avessi trovato il paradiso.

Quando Bailey ha scoperto che eravamo andate da qualche parte senza di lei, ha smesso di mandare messaggi a tutte e due per due giorni. Poi, all'improvviso, ci ha chiesto di andare al mercatino delle pulci, come se non fosse mai successo nulla.

Tornare nel negozio di belle arti adesso non mi dà una

sensazione particolarmente paradisiaca. Il proprietario non sembra interessato a Bailey o alla nostra situazione e, quando gli chiediamo se possiamo appendere il manifesto nell'ingresso, si limita a fare spallucce. Tornate fuori, un'insegna al neon dall'altra parte della strada attira la mia attenzione: LETTURA DEI TAROCCHI. Il negozio si chiama Cristalli Incantati e si trova di fianco a un parrucchiere.

«Ehi.» Faccio un cenno verso il negozio. «Guarda.»

«No» dice Jade. «C'è brutta gente là dentro.»

«Be', non dovremmo assicurarci che tutti vedano la sua foto?»

Jade esita. Si tira su la sciarpa sulla bocca. Riesco a vederle solo gli occhi, ma borbotta qualcosa di incomprensibile, che io interpreto come un sì.

Attraversiamo la strada e, quando apro la porta del piccolo negozio, l'odore d'incenso mi fa lacrimare gli occhi. Vorrei coprirmi il naso per non iniziare a starnutire, ma ho paura di offendere la signora dietro il bancone che ci sta fissando.

«Buongiorno, ragazze» dice, sotto la sua grande massa di capelli. «Dovete comprare qualcosa per voi o per un'amica?»

Jade stringe le palpebre, guardando con sospetto i braccialetti in rame, bronzo e argento che le arrivano quasi fino ai gomiti e tintinnano a ogni suo movimento.

Mi faccio avanti, con in mano il manifesto di Bailey. «La nostra amica è scomparsa» dico. «Possiamo appenderlo da qualche parte?»

La donna mi sfila il manifesto dalla mano. Guarda il volto di Bailey. «Che bella ragazza.»

Non lo sono tutte? penso. Mi scrollo di dosso quel pensiero, senza sapere bene da dove sia venuto. Jade si tossisce sulla spalla. Dice con voce roca: «Possiamo appenderlo sì o no?».

La donna mi restituisce il manifesto. «Certo. Forse uno in vetrina e uno in bacheca?»

Indica una bacheca vicino alla porta. È tappezzata di volantini dai colori fluo, che pubblicizzano sessioni di Reiki e guarigione tantrica. Mentre appendo il manifesto di Bailey, uno cattura la mia attenzione. MEDIUM A DOMICILIO – COMUNICATE CON I MORTI ATTRAVERSO UNO SPIRITISTA CERTIFICATO.

Faccio scorrere il dito sulle striscioline di carta con su stampato un numero di telefono.

«Offro anch'io servizi del genere.» La padrona del negozio è alle mie spalle. «Sapete, potrei leggere le carte per la vostra amica. Quella scomparsa. Potrebbe fornirvi qualche informazione utile su dove si trova adesso.»

Jade sbuffa dal naso. «Non dirà mica sul serio!»

La donna si avvicina a Jade, rivolgendole un sorriso triste. «Lo so che ti manca tanto, ma devi smetterla di rimproverarti.»

Jade aggrotta la fronte, ma vedo qualcosa guizzare nei suoi occhi. Curiosità, forse. «Di che cosa sta parlando?»

«Credi che, se fossi rimasta con lei l'altra sera, la tua amica non sarebbe scomparsa.» La donna fa un passo avanti. «Non volevi separarti da lei.»

Jade scuote la testa. «L'avrà letto sul giornale. C'è scritto che Bailey se n'è andata da sola dalla festa.»

Metto una mano sul braccio di Jade, pronta a spingerla fuori dal negozio, ma sento delle dita ossute che mi stringono la spalla.

La donna mi sta guardando. «La tua aura è marrone.»

«Se lo dice lei» rispondo, stupidamente.

«Tu sai cosa le è successo» continua lei, senza mollare la presa. «Nel profondo della tua anima, conosci la risposta.»

Mi libero dalla sua presa e sfodero la mia occhiataccia più minacciosa. «Che cosa intende dire?»

Jade mi strattona, trascinandomi fuori dalla porta. I suoi occhi esigono risposte. «Di che diavolo stava parlando?»

Scuoto la testa. La mia lingua si è intorpidita. «Non lo so. Ti giuro che non lo so.»

Quando Jade non mi vede, lancio un'ultima occhiata al negozio Cristalli Incantati. Dietro la vetrina, la donna sta studiando con espressione pensierosa la foto di Bailey appesa alla bacheca.

Non diciamo nulla a Andrew o a Tyrell di quello che ci è successo nel negozio di spiritismo. Ma, quando arriviamo alla macchina, mi accorgo che Jade sta piangendo in silenzio mentre si appoggia alla fiancata.

Mi avvicino a lei. «Ehi...»

Jade scuote la testa. «Dammi solo un minuto, ok?»

Faccio di sì con la testa e la lascio in pace, soffiando fiato caldo sulle mie mani. Jade si sente davvero responsabile? Se Bailey ha insistito per andarsene da sola, Jade non dovrebbe sentirsi in colpa... o forse non è senso di colpa. Forse è il fatto che la nostra migliore amica è scomparsa e c'è la possibilità che non torni mai più. Jade sta piangendo perché è triste, ed è quello che fanno le persone normali quando sono tristi.

Mi passo una mano sulla guancia fredda e asciutta. *Che cosa c'è di sbagliato in me? Che razza di persona non piange quando una sua amica scompare?*

C'è qualcosa di rotto dentro di me. Quella donna inquietante nel negozio... quel tipo di truffatori sono molto bravi a leggere le persone, vero? Ecco perché ha fatto quel commento sulla mia aura e sul fatto che sapessi cos'era successo davvero a Bailey. Era in grado di vedere la cosa orribile che vive dentro di me, che mi fa pensare solo a me stessa e alla mia sopravvivenza. Mi chiedo se la veda anche Jade.

Che razza di persona non piange quando una sua amica scompare?

Terzo anno
Aprile

Ho una nuova amica! È parecchio stramba, ma di questo scriverò più avanti.

Prima voglio prendermi un attimo per essere riconoscente, perché non capita spesso di fare amicizia al terzo anno. Specialmente con una ragazza. Le ragazze sono così strane: hanno i loro gruppi, le loro tribù, e, se cerchi di entrarci quando si sono già formati, rischi solo di essere derisa o compatita.

In realtà dalla terza media siamo solo io e Jade, da quando Val mi ha scaricata per le sue nuove amichette della squadra di danza. E no, non mi è ancora passata. Voi non potete capire: quando eravamo piccole, io e Val ci facevamo la doccia assieme. Passavamo ore nel mio seminterrato a giocare a "genitori"; io ero il padre, che provvedeva alla famiglia picchiando un martello di plastica sul banco da lavoro giocattolo del mio Fratellone Prodigio, mentre Val cullava il suo bambolotto neonato e con la mano libera si accarezzava il cuscino che aveva infilato sotto la camicia per far finta di essere incinta.

E poi, non appena Val ha avuto l'occasione di diventare popolare, io sono quella che ha dovuto sacrificare. Ho passato così tante notti a piangere e ad ascoltare i vecchi album di mio padre – album folk degli anni Sessanta – e poi, per anni, mi sono chiesta cos'avessi fatto di male per meritare di essere abbandonata dalla mia migliore amica in un modo così insensibile. Non saprò mai perché, credo. A volte immagino di metterla alle strette, di afferrarla per le spalle e scuoterla, esigendo una risposta. *Perché? Perché non ero abbastanza per te?*

Grazie a Dio Jade si era trasferita a Broken Falls, perché altrimenti sarei stata assorbita da qualsiasi gruppo mi avesse accettato. Ed essere una perdente o una sfigata è peggio che essere una nullità. La gente potrebbe anche pensare che io e Jade facciamo le sostenute perché ce ne stiamo sempre per conto nostro, come se pensassimo di essere troppo giuste per Broken Falls, ma, in realtà, sono stati loro a decidere che eravamo nullità. Siamo divertenti alle feste (sempre che ci invitino) e in aula ridono alle nostre battute (quando le facciamo), ma per il resto è come se non esistessimo.

E alla fine va bene così: siamo Bailey&Jade. Jade&Bailey. Inseparabili. Proprio come piace a noi.

Ma adesso siamo diventate tre. Bailey, Jade e Kacey.

Io e Jade usciamo spesso con lei, ora che non devo più restare a casa per quello che è successo con Cliff. I miei genitori hanno accorciato la mia punizione di un mese perché sono stata una brava ragazza. Come ho fatto a convincerli che ero una brava ragazza? Tornando dritta a casa dopo la scuola e il mio turno alla Farmacia Amica, facendo tutti i compiti, poi anestetizzandomi il cervello davanti alla tv con i reality fino a collassare sul divano. In altre parole, diventando una copia di mio padre.

Dunque, ieri, durante la pausa pranzo, Kacey continuava ad attorcigliarsi sul dito la punta viola sbiadita della sua treccia. Tra un sorso e l'altro del suo tè freddo Jade ha detto: «Posso sistemarteli io» indicando i suoi capelli.

Kacey ha smesso di attorcigliarsi la treccia e l'ha studiata come se non fosse sua.

«In farmacia vendono quella tonalità» ha detto Jade. «Posso tingerteli di nuovo. Oppure no. Come vuoi tu.»

«No...» Kacey ha ripreso a giocherellare. «Più che altro preferirei che sparisse.»

«È Jade a tagliarmi i capelli» sono intervenuta. «Potrebbe spuntarti la parte colorata, no?»

Ho guardato Jade, che si è limitata a scrollare le spalle. Kacey continuava a giocherellare con la treccia, nervosa, come se, invece di un taglio di capelli, le avessi suggerito un'appendicectomia.

Ma dopo la scuola l'ho trovata che mi stava aspettando accanto alla macchina, con un'espressione da "facciamolo" sul viso. Siamo andate a casa di Jade. Il primo anno Jade mi aveva fatto la frangia nel mio bagno e mia madre si era lamentata per settimane per aver trovato i miei capelli sotto il lavandino, quindi sapevo che era meglio non farlo da me.

Una volta che ci siamo chiuse nel bagno di Jade, Kacey ha ricominciato ad avvolgersi la treccia sul dito. Jade gliel'ha presa delicatamente. «Taglio via solo il viola. Sono circa cinque centimetri.»

«Va bene.» Kacey si è seduta sulla tazza del water,

con le ginocchia contro il petto, mentre Jade tirava fuori un paio di forbici d'argento da sotto il lavandino. Io sono rimasta nell'angolo del bagno a spostare le piastrelle scollate ai miei piedi come se fossero pezzi di un puzzle. Il padre di Jade aveva iniziato mesi fa il progetto di ristrutturazione, ma poi l'aveva lasciato a metà, da fattone fumato qual è. Lui e Jade mangerebbero solo Oreo e noodles istantanei se lei non andasse a fare la spesa.

Quando ha sentito le forbici chiudersi intorno ai suoi capelli – *zac, zac* – Kacey ha avuto un piccolo sussulto. Le ciocche viola sono cadute a terra come se una bambina avesse sforbiciato la criniera del suo My Little Pony.

Jade ha dato un colpetto sulla schiena di Kacey. «Specchio.»

Kacey si è alzata e ha fissato il suo riflesso, gli schizzi di acqua secca sullo specchio formavano un cerchio intorno al suo viso. Ha esitato poi ha detto: «Puoi tagliarmeli più corti? Voglio che sparisca tutto».

Avevo visto Jade fare solo delle rifiniture, quindi non mi andava di assistere all'inevitabile disastro. «Vado a prendermi una Coca Zero» ho detto. «Ne volete una?»

Jade ha fatto di sì con la testa, mentre lavorava al nuovo taglio con la lingua che le spuntava tra le labbra.

Sono rimasta in cucina per un po', guardando sconsolata gli scaffali vuoti della credenza. *Vuoi vedere che Jade mangia tutti i giorni alla taqueria, pranzo e cena,* ho pensato. *Mi toccherà infilare di nascosto ramen e maccheroni al formaggio negli armadietti.* Ho preso tre lattine di Coca Zero dal frigo e le ho disposte a piramide tra le mie braccia.

È stato in quel momento che ho notato la borsa di Kacey, accanto alla mia sul tavolo della cucina. Ho lanciato un'occhiata in fondo al corridoio: nessun segnale dal bagno.

Ho visto il quaderno che spuntava dalla borsa, quello su cui Kacey disegnava sempre durante le lezioni di storia. Ho messo giù le lattine e fatto scorrere un dito lungo il dorso. Poi ho sollevato la copertina cartonata senza toglierlo dalla borsa.

All'interno c'era una scritta in inchiostro nero con una grafia intricata. Ho dovuto girare leggermente il quaderno per decifrare le parole: SONO NATA CON IL DIAVOLO DENTRO.

In quel momento ho sentito la voce di Jade: «Bay! Ho sete!».

Un brivido mi ha attraversato. Ho chiuso la copertina, sistemando il quaderno esattamente com'era prima. Mentre tornavo in bagno nella testa mi risuonavano le parole: *Sono nata con il diavolo dentro.*

Che cazzo, Kacey.

«Allora, che ne pensi?» ha chiesto Jade, raggiante sulla soglia del bagno, facendo girare Kacey come una bambola in mostra. Quando Kacey si è fermata, aveva le guance rosse. Jade le aveva fatto un caschetto spettinato, le punte dei capelli appena sbiondati le sfioravano il mento con una piega niente male.

«Sei sexy» ho detto.

Kacey ha sorriso a bocca chiusa, lisciandosi le punte dei capelli lungo la mascella. Sembrava una ragazzina innocente, un'altra persona rispetto a quella che era entrata nell'aula di storia il mese scorso: la punk con i capelli sporchi, le punte viola e il piercing al naso. Come se avesse subito una trasformazione.

Più tardi, quando sono tornata a casa, ho cercato su Google quella citazione: SONO NATA CON IL DIAVOLO DENTRO. Sapete chi l'ha detta? H.H. Holmes. Il serial killer.

Mentre cercavo di dormire continuavo a vedere nella mia mente la faccia di Kacey. Ho pensato ai Markham, che dormivano tranquilli nei loro letti, mentre Kacey rimaneva sveglia a scrivere quelle parole inquietanti sulla prima pagina del suo quaderno.

Cosa stai nascondendo, Kacey Young? E perché stai cercando di convincere tutti di essere qualcun altro?

Capitolo sette

Quando torniamo a casa da Pleasant Plains, ho due nuove mail nella casella di posta: una è della scuola, che ci informa di "due incidenti non correlati nella comunità di Broken Falls". Il primo: l'esplosione di un tubo nell'edificio della scuola a causa della tormenta di neve, e l'assicurazione che gli operai stanno lavorando giorno e notte per rendere l'edificio "di nuovo agibile in modo che le lezioni possano riprendere normalmente".

La seconda questione è Bailey.

> Siamo profondamente allarmati per la situazione di una delle nostre studentesse dell'ultimo anno. Quando le lezioni riprenderanno regolarmente, i nostri psicologi saranno a disposizione degli studenti per aiutarli a elaborare qualsiasi emozione difficile. Chiunque abbia notizie di Bailey Hammond è invitato a chiamare l'ufficio dello sceriffo di Broken Falls. Si tratta di una questione molto seria e tutte le mail con informazioni inviate a questo indirizzo saranno inoltrate alla polizia.

Non ho nemmeno il tempo di togliermi i calzini sudati che già suona il campanello.

«Vado io» grido.

Sui gradini dell'ingresso c'è Ellie Knepper, l'agente di ieri. Sgancio la catenina della serratura e apro la porta.

«Ciao. Tua madre è in casa?» Si toglie i guanti, soffiandosi il fiato sulle mani nude.

«Matrigna» dico, ma Ashley mi ha già raggiunto nell'ingresso.

«Buon pomeriggio, signora. Sono l'agente Ellie Knepper.»

Ashley fa un passo avanti, incerta, e stringe la mano di Ellie. «Ashley Markham.»

«Oh, lo so. La vedo sempre al caffè quando vengo per la mia dose di latte alla cannella.»

Ashley fa un piccolo sorriso, toccandosi con due dita il ciondolo che ha al collo. «Davvero? Credevo che la maggior parte degli agenti fosse fedele alla tavola calda di Pete.»

«Sì, ma io il cibo di Pete lo trovo troppo unto: fa venire l'ulcera. Scusi se la disturbo, ma… posso fermarmi per una tazza di caffè?» Ellie sembra un po' a disagio, imbarazzata. Come se la richiesta del caffè fosse solo l'inizio di un copione.

Mi fa temere quale sarà la scena successiva.

Ashley sorride. «Certo. Normale o forte?»

«Forte, grazie.» Ellie si scalda di nuovo le mani con il fiato ed entra in sala da pranzo. Immagino di doverla seguire.

Si appoggia a una delle sedie e si apre la cerniera del giaccone mentre Ashley traffica in cucina. Mi siedo di fronte a Ellie, contenta che sia qui, ma infastidita perché ci ha messo così tanto. «Quindi state finalmente prendendo la cosa sul serio?» la incalzo. «Sono già passate quasi quarantotto ore.»

Ellie tende le labbra in un sorriso severo. Mi chiedo se mandarla in giro al freddo per interrogare un gruppo di mocciosi delle superiori sia la punizione per aver cacciato via me e Jade ieri.

Dalla cucina sento la caffettiera gorgogliare e Ashley che versa il caffè. L'agente Knepper tira fuori un piccolo bloc-notes giallo e toglie il tappo a una penna.

Ashley mi mette una mano sulla spalla, porgendomi una tazza di caffè fumante. La porgo a Ellie, che se la porta al naso, inspira e sorride come se le avessi dato dell'oro liquido. «Ah, fantastico, grazie.»

«Avete mandato qualcuno a cercare Bailey?» sbotto. Poso i talloni sul poggiapiedi dello sgabello e mi stringo le braccia intorno alla vita. «Cioè, se lei è qui, chi dovrebbe trovarla?»

«La neve rende difficile le ricerche sul campo.» Ellie batte la penna sul bloc-notes. «Ma non ti preoccupare. Stiamo facendo tutto il possibile per trovare Bailey.»

Ashley mette davanti a Ellie un cartone di latte e un bricco di panna alla vaniglia. «Non so cosa preferisce.»

«Il latte va benissimo. Ma sa cosa mi servirebbe davvero?» Ellie rivolge ad Ashley un sorriso rassicurante. «Un annuario recente della Broken Falls High.»

Ashley ci pensa su per un attimo. «Credo che mio figlio ne abbia uno di sopra. Vado a prenderglielo.»

«Mi sarebbe davvero utile. È tutto il giorno che ne cerco uno.»

Mentre Ashley ci lascia da sole, studio la curva delle labbra di Ellie sul bordo della tazza. Dubito che abbia cercato l'annuario per tutto il giorno e non sia riuscita a trovarne nemmeno una copia.

«A cosa le serve l'annuario?» chiedo quando Ashley non è più a portata d'orecchio.

Ellie posa la tazza, stringendola con entrambe le mani. «In questo momento si stanno facendo molti nomi. Io mi trovo meglio se li associo a delle facce.»

Adesso è la *mia* faccia che sta sondando, come se volesse scrutarmi dentro con i suoi occhietti castani. «Quindi tu sei amica di Bailey da quando ti sei trasferita qui?»

Annuisco. «Più o meno, sì.»

«Va d'accordo con la sua famiglia?»

«Sì, credo. Perché le interessa della famiglia? Non dovrebbe farmi delle domande su Cliff Grosso?»

Ellie picchietta la penna sul mento. «Abbi pazienza. Devo vagliare tutte le eventualità. Anche quelle noiose. In che rapporti è Bailey con i suoi genitori?»

«Buoni, credo.»

«E con sua madre in particolare?»

«Cosa vuol dire?» Mi strappo la pellicina attorno all'unghia del pollice. Poi mi rendo conto che è disgustoso e smetto subito.

«Andavano d'accordo?» chiede Ellie. «Quando avevo la tua età, io e mia madre litigavamo sempre, eravamo come cane e gatto.»

Da quando la conosco, a Bailey è sempre piaciuto sparlare di sua madre, ma lei e Cathy litigavano per cose tipiche da adolescenti, come il coprifuoco e i voti bassi di Bailey. Io e mia madre, invece, "andavamo d'accordo" come Israele e Palestina.

Faccio spallucce. «Ogni tanto litigano, credo.»

«Su che cosa?»

«Le solite robe. Stupide questioni madre-figlia.»

«E suo fratello maggiore?»

«È all'università.» Devo fare un respiro profondo per trattenermi dall'afferrare Ellie per il colletto e scuoterla. «Ma perché continua a insistere sulla famiglia quando l'ultima volta che è stata vista era con un ragazzo che la odiava?»

La Knepper mi guarda per un lungo istante. Sbatte le sue ciglia corte e scure. «Quindi è per questo che tu e Jade Becker siete andate a casa dei Grosso, giusto? Di chi è stata l'idea?»

«Di tutte e due, credo. Non l'ha vista la foto sul telefono di Kevin Sullivan? Quello era sicuramente Cliff. Ecco perché siamo andate lì. È stata l'ultima persona a vederla prima che sparisse.»

Ellie soffia sul suo caffè. «Stiamo cercando di interrogare tutti quelli che erano alla festa. È una bella impresa. A quanto pare è stata un vero successo.» Quando nota che abbasso lo sguardo mi chiede: «Tu non ci sei andata, vero?».

Scuoto la testa.

«Perché no?»

Per qualche motivo non voglio che Ellie Knepper mi compatisca. O forse sono solo troppo imbarazzata per ammetterlo: *Le mie amiche mi hanno tirato il pacco.* «Ero stanca per il lavoro. E avevo sentito della tormenta… non so, non avevo voglia di uscire.»

«Che ragazza responsabile.»

Non riesco a capire se mi stia prendendo in giro. Ellie sembra troppo ingenua, troppo pura per fare del sarcasmo. Il senso di colpa è come una fitta nelle costole. Avrei dovuto essere a quella festa.

«E Cliff Grosso?» sbotto. «Ha spiegato come mai il telefono di Bailey era nella sua proprietà?»

Ellie batte la penna sul bloc-notes. «Non posso darti informazioni di questo tipo. È un'indagine aperta.» In altre parole, non mi può dire niente di Cliff. «Quand'è stata esattamente l'ultima volta che hai parlato con Bailey?» mi chiede.

«È passata al caffè sabato prima di andare al lavoro.»

«Ti è sembrata turbata? Agitata?»

Ammutolisco. Non posso dire alla Knepper che probabilmente Bailey era incazzata con me senza spiegarle il motivo: che ci eravamo introdotte in una proprietà privata e per la ragione più stupida di tutte, fare una seduta spiritica nel fienile infestato dai fantasmi sulla collina. E mentre eravamo lì abbiamo pure rischiato di rimanere schiacciate sotto il tetto. Oh, e la mia sorellina è venuta con noi e gridava così forte che ci ha quasi fatto beccare.

Se Ellie viene a sapere che Lauren era con noi, potrebbe dirlo ad Ashley e a mio padre. E così sapranno che sono *io* la ragione per cui mia sorella ha smesso di dormire e di mangiare.

Sento una stretta alla gola. «Forse era un po' strana. Non lo so. Sinceramente, non lo so.»

La Knepper si sporge sul tavolo, avvicinandosi. «So che sei spaventata, ma qualsiasi cosa tu possa dirci – qualsiasi cosa Bailey abbia detto o fatto che ti è sembrato strano – potrebbe essere d'aiuto.»

Il guizzo di un ricordo: un anno fa eravamo nell'auto di Bailey, parcheggiata fuori dallo Starbucks di Pleasant Plains, io stavo bevendo un tè al frutto della passione sul posto del passeggero, dopo che avevamo finito di progettare il nostro viaggio per il corso di storia locale.

A volte vorrei solo prendere l'autostrada e andare via da qui.

«Odiava questo posto» dico. «Mi ha detto che se avesse potuto, se ne sarebbe andata.»

Ellie Knepper mi fissa. «Ok. Questo è utile.»

Nel mio cervello c'è come il timer di una bomba che sta per esplodere. Devo avere lo sguardo perso nel vuoto, perché la Knepper finisce di scrivere sul suo bloc-notes e dice: «Non ti trattengo ancora per molto. Ma devo chiedertelo... voi tre... sembra che siate inseparabili, stando a tutti quelli con cui abbiamo parlato».

Deglutisco. «Sì. Facciamo sempre tutto assieme.»

«Voi ragazze avete mai litigato?» Ellie batte le ciglia. Mi chiedo se sia un tic nervoso. Mi si torcono le dita dei piedi.

«No» dico. «Mai. Non eravamo quel tipo di amiche.»

Ellie annuisce, con la mano sulla tazza di caffè da cui ha bevuto due sorsi in tutto. «Be', mi sei stata molto utile, Kacey. Mi terrò in contatto.»

«Aspetti.» Penso ad Ashley di sopra, che sta rovistando nella stanza di Andrew in cerca del suo annuario. «L'annuario.»

Ellie mi fissa con uno sguardo curioso. «Oh, non c'è problema. Sarà per la prossima volta.»

Si alza ed è già sulla soglia quando guardo il suo caffè, appena toccato, e mi sento male. Mi sento ingannata. Voleva soltanto che Ashley si togliesse di mezzo per poter parlare da sola con me.

Voi ragazze avete mai litigato?

Non avevo mentito, non esattamente. La risposta era troppo complicata perché Ellie Knepper potesse capire.

Bailey poteva essere volubile, spesso se la prendeva con

me o Jade, se aveva fame o se era annoiata. Ma la sua crudeltà era come quando un genitore ti sculaccia: riusciva sempre a farmi credere che lo faceva per il mio bene. *Smettila di fare la bambina. La gente penserà che sei una bacchettona.*

Una volta si è arrabbiata con me. Era la sera del saggio di danza di Lauren alla scuola superiore di Sun Prairie. Andrew, Ashley e io l'avevamo raggiunta dietro le quinte con un mazzo di fiori.

«Dov'è papà?» ha chiesto Lauren, facendo guizzare su di noi i suoi occhioni, simili a quelli di una bambola per colpa delle ciglia finte.

Dal tremito nella sua voce si capiva che aveva notato il posto vuoto nella nostra fila durante il suo numero.

«È rimasto bloccato al lavoro. Domani verrà a tutti e due gli spettacoli.» Ashley le ha dato un bacio sulla fronte. Lauren si è scostata, guardando il gruppo di ragazze alla nostra destra. Ho riconosciuto Keelie March. Ho colto le parole "cena fuori" e "Emma ci darà un passaggio".

«Ehi, sei stata bravissima, Scimmietta» ha detto Andrew, a voce abbastanza alta da coprire quelle di Keelie e delle sue amichette. Volevano che Lauren sapesse dei loro piani, quelli da cui l'avevano esclusa. Ho ficcato le mani nelle tasche del mio cardigan, spaventata da come avrei voluto andare da Emma Michaels e scuoterla. *Non vedi che ti stanno usando?*

Lauren si è staccata dalla tempia uno dei brillantini adesivi che l'avevo aiutata ad applicare dietro le quinte durante l'intervallo. Facevano parte del suo costume da tip tap: un completo alla marinara in ciniglia blu con cappellino abbinato, di cui si vergognava perché tra il pubblico ci sarebbe stato un ragazzo che le piaceva, il fratello minore di una dell'ultimo anno.

«Possiamo andarcene, per favore?» ha supplicato e, quando siamo arrivate alla macchina, stava piangendo in silenzio.

Andrew si è schiarito la gola e mi ha lanciato un'occhiata. «Non so voi, ma io sto morendo di fame.»

«Io avrei voglia di un gelato» ho detto, stando al gioco.

«Andate pure voi tre.» Sulle labbra di Ashley c'era un sorriso triste, come se avesse capito che essere viste in gelateria con la madre dopo il saggio era peggio che venire escluse dalla cena delle compagne di danza. «Io sono stanca morta.»

Dopo che abbiamo fatto le ordinazioni in gelateria, Lauren si è un po' tirata su. Ci ha raccontato che una bambina dell'asilo della classe a cui insegnava si era fatta la pipì nel tutù appena prima del suo numero, anche se Lauren aveva chiesto tre volte se qualcuno doveva andare in bagno prima di salire in scena.

Stavamo ridendo così tanto che mi sono accorta di Bailey e Jade accanto al nostro tavolo solo quando Andrew ha detto: «Ehi, che ci fate qui?».

Bailey mi ha sorriso e ha detto a bassa voce, in modo che potessi sentirla solo io: «Grazie per averci risposto ai messaggi, eh».

Ho tastato il telefono nella tasca del cardigan. «Avevo lasciato il silenzioso.»

Subito mi sono ricordata che quella mattina Bailey era passata al caffè per la sua solita frittata di albumi e un caffellatte. «Cosa fai stasera?» mi aveva chiesto. E, quando le avevo detto che dovevo andare al saggio di Lauren, mi aveva risposto: «Allora mandaci un messaggio quando è finito».

«Allora, che programmi avete?» ho chiesto, sperando che il panico non trapelasse nella mia voce. *Non è una tragedia; non avevi detto che saresti uscita con loro.*

«Niente di che» ha detto Bailey. «Ci è venuta fame.»

«Io mi prendo una cioccolata» ha detto Jade. «Voi volete qualcosa?»

Andrew ha mescolato con il cucchiaino lo sciroppo della sua coppa di gelato. «No, a posto così.»

Bailey mi ha salutata con un cenno della mano mentre seguiva Jade al bancone. Andrew mi ha sussurrato all'orecchio: «Cosa volevano?».

«Non lo so.» Non gli ho detto il dubbio che mi assillava: ci avevano seguiti fino a lì?

Né Bailey né Jade hanno più parlato di quella sera, ma adesso, ripensando al modo in cui Bailey mi ha guardata, mi sento come una voragine nello stomaco. Ellie Knepper mi ha guardata allo stesso modo quando le ho detto che non avevo mai litigato con le mie amiche.

Ho come la sensazione di non aver superato un test di cui non sapevo nemmeno l'esistenza.

Mi chiudo in camera e chiamo subito Jade. Risponde al primo squillo. «Hai saputo qualcosa?»

«No. Ma quella poliziotta, la donna di ieri, se n'è appena andata da casa mia.» Guardo il vialetto fuori dalla finestra, la neve che cade sul rettangolo di marciapiede dove Ellie Knepper aveva parcheggiato la sua auto.

«Ha parlato anche con me oggi.» La voce di Jade è stentata. «Stasera dovrebbero fare un comunicato sul telegiornale per annunciare che è ufficialmente scomparsa e che ci sarà una veglia. Hai sentito di Cliff?»

Sento lo stomaco che mi precipita nei piedi. «No. Cos'è successo?»

«Pare che qualcuno abbia sentito lui e Bridget litigare di brutto alla festa di Sully. Bridget gli ha chiesto spiegazioni dopo che era stato visto mentre parlava con Bailey vicino alla sua macchina.» La voce di Jade si fa più stridula. «Cliff ha lasciato la festa da solo, tutto incazzato.»

La mia testa è come intorpidita. Penso al sangue di cervo nel cortile dei Grosso. Cliff crede di aver perso la borsa di studio e adesso probabilmente anche la ragazza per colpa di Bailey. Ma può davvero odiare Bailey al punto di volerla eliminare?

«Mi odio così tanto» sussurra Jade. «Mentre succedeva tutto questo, io ero di sopra a farmi una stupida canna. Se non le avessi dato retta, se avessi insistito perché tornasse a casa con me...»

«Ma come potevi immaginarlo?» Penso a Ellie Knepper, che non voleva parlare di Cliff. Come se avesse già una teoria sua, un quadro più ampio. Tiro un filo di lana allentato nella coperta sul mio letto. «Ehi... hai detto alla poliziotta quello che abbiamo fatto venerdì sera?»

«No. Non me l'ha chiesto.»

Guardo la porta della mia camera da letto. «Ho bisogno che tu mi faccia un favore» sussurro. «Se la polizia ti chiede del fienile, non dire che Lauren è venuta con noi. Se Ashley viene a saperlo, andrà fuori di testa.»

«Aspetta un attimo.» Sento un fruscio all'altro capo, poi il rumore di una porta che si chiude. «Perché dovrebbero chiederci cosa abbiamo fatto venerdì sera?»

«Non lo so, se stanno cercando di ricostruire tutti i movimenti di Bailey... Jade, promettimelo. Un conto è che sono uscita di nascosto, ma se ho coinvolto anche mia sorella...»

«Cavolo, ok, tranquilla! Allora non diciamo proprio che ci siamo andate. Cioè, tecnicamente stavamo violando una proprietà privata e potremmo finire nei guai per il tetto. Se ci chiedono cos'abbiamo fatto venerdì sera, diciamo solo che abbiamo fatto un giro in macchina come al solito.»

Mi sudano le mani. Mentire ad Ashley è una cosa, ma mentire alla polizia è tutta un'altra storia. È una strada pericolosa da percorrere.

«Ehi, devo andare» dice Jade cupamente prima che io possa rispondere. «Bay sta per fare il suo debutto in tv.»

Capitolo otto

Tutti hanno visto il notiziario.

I social media di Bailey sono inondati di commenti.

Per favore, torna a casa!

Preghiamo per te...

In alcuni hanno taggato anche me e Jade. *Pensiamo a voi ragazze. Tenete duro!* Messaggi di solidarietà da ragazze della squadra di danza o da gente del primo anno che non conosco nemmeno. All'improvviso Bailey è diventata la persona più popolare della scuola.

A letto, aggiorno in modo ossessivo la pagina con l'articolo della scomparsa sul mio telefono. Il servizio in tv è stato inutile, solo un flash della foto di scuola di Bailey, poi un selfie preso dal suo profilo. Un appello a chiunque avesse informazioni di chiamare la linea speciale istituita dall'ufficio dello sceriffo.

L'articolo non dice nulla che non sapessi già.

> La polizia sta ancora cercando l'auto di Bailey Hammond, una Honda Civic blu. L'ultima volta che è stata vista indossava un maglione grigio scollato e dei leggings neri. L'ufficio dello sceriffo considera sospetta la sua scomparsa.

Non si fa cenno al telefono di Bailey, né al fatto che qualcuno abbia cancellato tutti i contatti e le foto.

Il decoder sotto la tv nella mia stanza dice che è mezzanotte. Ci sono dei passi fuori dalla mia porta. Il cuore mi salta in gola. Non mi viene un colpo solo perché sento Lauren che chiama il mio nome con quella sua vocina.

«Avanti» dico a voce bassa. Lauren s'infila nel mio letto senza dire niente.

«Non riesci a dormire?» le chiedo.

Scuote la testa.

«E come mai, Scimmietta?» È una domanda così stupida. Ovviamente è per la storia di Bailey, o perché è rimasta traumatizzata quando l'abbiamo portata nel fienile. Si tira giù le maniche del pigiama per nascondere le unghie, che si è rosicchiata a sangue. L'attiro a me e l'abbraccio.

Lauren mi guarda da sotto le ciglia scure. «Chloe ha detto che ha visto qualcosa.»

Chloe Strauss vive nella fattoria alla fine della strada, dall'altra parte di Sparrow Hill. Ha un anno più di Lauren; Ashley mi ha detto che, quand'erano piccole, giocavano assieme, ma i loro incontri finivano sempre con Lauren in lacrime.

Quando Emma e le altre amiche di Lauren hanno smesso di venire a trovarla, Chloe è spuntata di nuovo. Come un'eruzione cutanea. La prima volta che è venuta quando io ero in casa, Ashley ha preparato alle ragazze formaggio grigliato per pranzo. Chloe, seduta sullo sgabello, ha guardato tutto il tempo Ashley che cucinava, facendo dondolare avanti e indietro le gambe, e l'ha tempestata di domande su ogni fase della preparazione. *Ma è Muenster quello? Mia madre usa il formaggio normale.*

Chloe è viziata e saccente, ma peggio ancora è una bugiarda. Il tipo di ragazzina che si inventerebbe spudoratamente qualsiasi cosa pur di attirare l'attenzione della gente. Sento il mio corpo raggomitolarsi sulla difensiva al pensiero che Chloe abbia detto qualcosa su Bailey.

«Cos'ha detto di aver visto Chloe?»

«Ha visto la Dama Rossa» dice Lauren. «Domenica mattina.»

Un sussulto di panico. «Hai detto a Chloe che siamo andate al fienile?»

Lauren scuote la testa. «No. Lo giuro. È stata lei a tirare fuori l'argomento.»

«Che cosa ha detto di preciso?»

Lauren si mordicchia il labbro inferiore. «Che si è alzata alle tre del mattino per dare da mangiare a Fiocco di Neve e, mentre andava nella stalla, ha visto una donna che usciva di corsa dal fienile su Sparrow Hill. Era coperta di sangue.»

Non è dissimile da ogni altro presunto avvistamento della Dama Rossa. E puzza come lo sterco dello stupido cavallo di Chloe. «E come mai era in piedi alle tre del mattino?»

«Lei e suo padre sono dovuti andare fino in Minnesota per incontrare l'uomo che ha comprato Fiocco di Neve. Chiediglielo tu, se vuoi. Non sta mentendo.»

Lauren ci aveva detto che gli Strauss avevano deciso di vendere l'amato cavallo di Chloe. Quindi Chloe poteva benissimo essere nella stalla domenica mattina presto, come aveva detto.

«Se Chloe ha visto una donna insanguinata correre giù per Sparrow Hill, perché non ha chiamato la polizia?»

Lauren aggrotta la fronte e sporge il labbro inferiore in segno di protesta. «Se vedi la Dama Rossa, non devi dirlo a nessuno.»

«Be', allora perché lei l'ha detto a te? Non mi sembra molto intelligente.» Sento che sto per perdere la pazienza. Ma c'è qualcos'altro che mi assilla: il modo in cui mi ha guardato quella strana donna del negozio di spiritismo.

«Senti, se Chloe ha davvero visto qualcosa, dovrebbe dirlo alla polizia» dico. «Potrebbe essere utile per ritrovare Bailey.»

Lauren si mordicchia l'interno del labbro inferiore. «Tutti dicono che è morta.»

Mi ripeto che mia sorella ha tredici anni e non è più una bambina piccola. «Potrebbe essere morta.»

Lauren si stringe a me. «Credi... credi che abbia qualcosa a che fare con i passi fuori dal fienile?»

Deglutisco. «Laur, io e Jade siamo andate a controllare. Non c'erano impronte. Credo che il vento ci abbia tirato un brutto scherzo, facendoci sentire delle cose.»

Lauren sembra poco convinta. «Posso restare qui stanotte?»

«Tua madre potrebbe pensare che è strano, se lo scopre» dico. «Si preoccuperebbe molto e potrebbe capire cos'abbiamo fatto.»

«Non lo scoprirà. Ti prego.» Lauren sbatte le palpebre; ci sono delle lacrime agli angoli degli occhi. «Dalla mia stanza si vede il fienile. Ho paura.»

«Va bene» mi arrendo. Non ce la faccio a vederla così sconvolta. «Ma solo per stanotte.»

Lauren poggia la testa sulla mia spalla, sollevata. Mi sento svuotata. Mi ci vuole tutta l'energia che mi resta per avvicinarla a me e confortarla. Non so dirle le parole che ha bisogno di sentire: che chiunque abbia preso Bailey non può farci del male. Perché non ne sono convinta nemmeno io.

Torna al fienile.

Mi rizzo a sedere di colpo, sbattendo la schiena contro la testiera del letto. Mi porto la mano al petto; il cuore che batte come quello di una cavia da laboratorio. Lauren non c'è più. Dev'essere tornata in camera sua prima che Ashley si svegliasse.

Al piano di sopra sento il rumore smorzato dell'asciugacapelli di Ashley. La tv via cavo dice che sono le 5 e 45. Attraverso le fessure delle persiane, vedo che il cielo si è schiarito fino a diventare di un grigio lattiginoso. Quindi probabilmente nevicherà.

Sgattaiolo giù dal letto. Lascio la luce spenta, in caso Ashley scenda a fare colazione. Nel buio cerco le scarpe da ginnastica, poi mi rendo conto che la neve sarà troppo alta e opto per i miei stivali, anche se sono grossi e ingombranti. Mi infilo un pile e mi copro il viso con lo scaldacollo. Con Andrew scherzavo sul fatto che il suo lo faceva assomigliare a Bane di Batman, quindi ovviamente lui me ne ha regalato uno per Natale. Ora non riesco a immaginare di uscire al freddo senza mettermelo.

Scosto il tessuto dall'orecchio e apro piano la porta della mia camera, aspettando che Ashley di sopra accenda di nuovo l'asciugacapelli. Quando sento il rumore, attraverso il corridoio ed esco di casa.

La strada per Sparrow Hill è ripida e ci vogliono ottocento metri per arrivare in cima. Sento la pendenza nelle cosce. Comincio a scaldarmi sotto tutti gli strati che indosso. Mi tolgo lo scaldacollo e lo infilo nella tasca del giaccone.

Il sole si sta alzando sopra la collina. Sento un fruscio tra i larici sopra di me, seguito dallo scuotersi dei rami. Alzo lo sguardo in tempo per vedere un gufo bianco e grigio che spicca il volo con le ali spiegate.

Quando arrivo in cima sono già sudata. Apro la cerniera del giaccone e lo scuoto, per far passare un po' di aria. Le guance mi bruciano per il freddo. Mi faccio strada tra pigne e aghi di pino, cercando il più possibile di evitare la radura a una cinquantina di metri dal fienile.

Hanno raso al suolo quello che restava della casa dei Leeds e hanno piantato sette abeti rossi – uno per ogni membro della famiglia – a formare un macabro cerchio.

Il fienile si trova dietro quegli alberi. La luce dorata filtra attraverso di esso. Per un attimo non riesco a credere che sia questo l'edificio che ci spaventa tutti quanti; proprio ora, con il sole che si riversa sulla neve, inondando le pareti di una luce color ambra, il fienile dei Leeds sembra bellissimo.

Sento un brivido attraversarmi. Non so cosa sono venuta a cercare qui. Forse avevo solo bisogno di vedere il fienile alla luce del giorno, per spogliarlo di ogni minaccia.

Entra. La neve mi arriva alle caviglie e penetra dentro gli stivali. Rabbrividisco per il freddo, ma non mi fermo. Supero l'ingresso. Le assi scricchiolano sotto i miei piedi. Un'altra nevicata forte e il fienile potrebbe crollare del tutto. Mi riparo gli occhi dal sole che entra dal buco nel soffitto.

Il cerchio di candele della nostra seduta spiritica è ancora al centro della stanza. Quando lo vedo, sento lo stomaco che mi precipita nei piedi. Abbiamo lasciato così tante tracce del nostro passaggio. Sul fondo del fienile, accanto alla finestra, c'è qualcosa, come una macchia. Probabilmente è la luce che mi sta giocando brutti scherzi. Deglutisco e faccio un passo avanti. La paglia sul pavimento fruscia sotto i miei stivali.

Il cuore mi batte più in fretta. Mi avvicino. Chiudo gli occhi, stringendo con forza le palpebre, nel tentativo di cancellare la vista dalla mia mente. Non può essere vero. Dev'essere un'allucinazione causata dalla paura.

Ma quando riapro gli occhi è ancora lì. Una striscia color ruggine sul muro accanto alla finestra che di sicuro venerdì notte non c'era.

Una macchia di sangue.

Faccio un passo indietro, coprendomi la bocca con una mano, e l'asse sotto i miei piedi collassa. Sprofondo giù, con forza. Il fieno intorno a me è chiazzato di sangue secco. Mi sfugge di bocca un grido strozzato di paura. Mi isso fuori dal buco puntando i talloni e, quando sono di nuovo in piedi, corro verso la porta. Fuori, mi strappo via un guanto con i denti e rovisto nella tasca della giacca finché non trovo il biglietto da visita. *Agente Eileen Knepper, Dipartimento dello sceriffo di Broken Falls.*

Lascio squillare il telefono per un'eternità. Poi lo guardo pensando di premere *termina chiamata.* Non dovrei nemmeno essere qui.

«Dipartimento di polizia di Broken Falls, agente Knepper.» Un rumore, come se stesse masticando, riempie la linea. Me la immagino che sta facendo colazione con i fiocchi d'avena, tipo. «Con chi ho il piacere di parlare?»

«Sono Kacey Young. L'amica di Bailey...»

«Ma certo! Abbiamo parlato ieri. Tutto a posto?»

«Ehm, non credo proprio.» Mi premo una mano sul petto. *Respira.* «Mi trovo a Sparrow Hill. Sono entrata nel fienile e ho visto del sangue.»

La linea tace. Sento quella parola crepitare tra di noi. *Sangue.*

«Quanto sangue?» chiede la Knepper con voce improvvisamente seria.

Sento il rumore di un ramoscello che si spezza e mi volto in quella direzione. Non c'è niente.

«Kacey, sei lì?»

«Sì. C'è una... macchia di sangue. È secco.»

La linea tace di nuovo. Sento un rumore di tasti, prima che la Knepper parli di nuovo. «Ho bisogno che tu te ne stia lì tranquilla mentre mando qualcuno da te, va bene? Puoi farmi questo favore? Puoi tornare giù per la collina e aspettare vicino alla strada?»

Noto qualcosa che luccica ai miei piedi e mi chino per controllare meglio. È il pendolo di Bailey. Dev'esserle caduto l'altra notte mentre correva fuori. Lo raccolgo e me lo metto in tasca.

«Sì» dico a Ellie Knepper. «Aspetterò lì.»

Torno nel fienile, stringendo il pendolo nella mano che tengo in tasca. Raccolgo le candele della seduta spiritica, le porto fuori e le copro con uno strato di neve sotto l'albero più vicino.

Sono ai piedi di Sparrow Hill. I raggi del sole mi battono obliqui sul viso. Uno stormo di oche vola sopra la mia testa, starnazzando a turno. Sono qui da un pezzo. Ho pensato anche di tornare a casa e di aspettare lì la polizia, ma Ellie Knepper mi ha detto di non muovermi.

Il mio telefono dice che sono quasi le sette. Nessun messaggio da Ashley o da mio padre. Immagino la mia matrigna al bancone del Milk & Sugar, che si lecca il pollice per contare il fondo cassa prima di aprire. Non si è nemmeno accorta che non c'ero, quando è uscita per andare al lavoro.

Deve aver pensato che stessi ancora dormendo, dopo una notte passata a preoccuparmi per Bailey, e non voleva disturbarmi.

Sento la neve che scricchiola sotto degli pneumatici. Un'auto della polizia avanza piano, tagliando le curve dei tornanti anche se Sparrow Road è una strada a una sola corsia. Man mano che si avvicina riesco a scorgere un uomo al volante con dei baffi da tricheco biondi.

Spegne il motore. Esce dall'auto e viene verso di me.

«Sceriffo Bill Moser.» Allunga un'enorme manona guantata.

Lo sceriffo. Ho chiamato lo sceriffo per distoglierlo dalla ricerca di Bailey.

«Kacey Young.» Gli stringo la mano.

Mi guarda perplesso. «Pensavo che Ellie avesse detto che aveva chiamato la figlia di Ashley Markham.»

«Sono la sua figliastra. E io e mio padre abbiamo cognomi diversi...»

Moser diventa rosso. «Bene, vediamo cosa abbiamo qui.» Inizia a salire la collina e io gli cammino al fianco, stando attenta a non superarlo.

«Allora» ansima. «Quanti anni hai?»

«Diciassette.»

«Ah, quindi sei al terzo anno.»

«Al quarto.»

Moser si ferma per riprendere fiato. «Ho una nipote della tua età che va alla Broken Falls High. Conosci Bridget Gibson?»

Per poco non inciampo sui miei piedi. All'improvviso mi è chiaro perché Ellie Knepper faceva di tutto per non parlare di Cliff Grosso. È il ragazzo della nipote dello sceriffo.

«Sì, la conosco» dico. «È al mio stesso anno.»

«Allora, che ci facevi quassù tutta sola? Visto quello che sta succedendo.»

Il mio cervello mi avverte di non dirgli nulla di Chloe Strauss, né di quella donna insanguinata. «Una passeggiata mattutina. Abito in fondo alla strada.»

Moser continua ad ansimare. «Sei salita a piedi fino al fienile?»

«Mi sembrava di aver sentito qualcosa. Tipo il verso di un animale. Così sono andata a controllare.»

Non riesco a capire se lo sceriffo non si beve la mia storia o se fa tutte queste domande per il gusto di farle. Tiene gli occhi a terra. La gente qui non ama le cose spiacevoli. Quando vanno a caccia, guardano il cervo negli occhi e si scusano prima di spararagli. È probabile che sia questo il motivo per cui Moser non accenna alla tragedia che è avvenuta quassù tanti anni fa.

«Il sangue» dico. «È come se fosse spalmato sul muro. E ce n'è un po' per terra.»

«Be', andiamo a vedere.»

Quando arriviamo in cima alla collina, rimango indietro mentre Moser arranca verso il fienile. Si appoggia allo stipite per riprendere fiato. «Sai, ci sono molti animali qui» dice. «Il sangue potrebbe appartenere a uno di essi. Hai detto di aver sentito un verso, no?»

Il sangue mi defluisce dalla testa. Ho fatto male a mentire, ma ormai ci sono dentro.

Moser si riprende. Entra nel fienile. La sua voce riecheggia tra le pareti. «Sì, qui ci sono molti predatori. Volpi, ermellini, coyote... Una volta ho visto perfino una lince.» Un attimo di silenzio. E poi: «Oh, cavolo!».

Sono seduta sul posto davanti nell'auto di Moser. «Non c'è bisogno di morire di freddo qui fuori» ha detto. «Promettimi solo di non scappare via con la mia macchina.» Ha fatto una risatina nervosa. È da più di un'ora che aspetto. A questo punto Lauren e Andrew dovrebbero essere già svegli; se si sono accorti che non sono in camera mia, probabilmente pensano che sia al caffè a lavorare. Ho dato a uno degli agenti il numero di cellulare di Ashley, ma non deve averla ancora chiamata.

Le bocchette di ventilazione dell'auto mi soffiano l'aria calda in faccia. Premo una mano sul vetro freddo del finestrino. Ho i calzini bagnati. L'agente che Moser ha chiamato come rinforzo se n'è andato con i miei stivali, sigillandoli in un sacchetto per le prove. Per controllare i segni delle suole, mi ha spiegato. Prima o poi me li riporterà, ha detto.

Mi tolgo i calzini e li stendo sul cruscotto, sperando che il calore dell'aria condizionata li asciughi. Poi m'infilo le scarpette di carta che mi ha dato l'agente

Segni delle suole. Venerdì notte abbiamo camminato per tutta Sparrow Hill. La neve ha coperto le nostre impronte all'esterno, ma all'interno del fienile... le tracce dei miei stivali contraddicono la mia storia che ci sono entrata solo stamattina. Se trovano le altre impronte, sapranno che sono già stata lì. Con altre tre persone.

Ma dovrebbe esserci anche una quarta serie di impronte. Appartenente a chi ha lasciato il sangue, chiunque sia. Questo pensiero mi calma i nervi, anche se non riesco a capire perché.

Arrivano altre due auto, una con la scritta POLIZIA DELLO STATO DEL WISCONSIN – UNITÀ CINOFILA e una nera con i finestrini oscurati. Risalgono lungo Sparrow Hill.

I conducenti fanno ciascuno un'inversione a tre manovre per parcheggiare sullo stesso lato dell'auto di Moser. Un uomo in uniforme con un cappello a tesa larga esce dalla volante della polizia di Stato, accompagnato da una donna che porta al guinzaglio un pastore tedesco. Quando mi passano davanti, intravedo la scritta sul corpetto arancione del cane: RICERCA E SALVATAGGIO.

Fisso gli occhi sull'auto nera. Non riesco a vedere il viso dell'uomo al volante dietro il parabrezza.

Il telefono si appanna a contatto con le mie mani. Pulisco il sudore dallo schermo. Forse dovrei dire a qualcuno il vero motivo per cui sono venuta qui: Chloe Strauss ha detto che c'era una donna insanguinata. Anche se Chloe spara un sacco di cazzate, nel fienile c'è effettivamente del sangue.

Il rumore di una portiera che sbatte mi fa sobbalzare. Il conducente dell'auto nera esce finalmente: un uomo, probabilmente sui quarantacinque anni. Capelli ricci lisciati, zigomi scolpiti. Indossa un completo, niente giaccone. Il suo sguardo scruta la scena, si posa sul parabrezza dell'auto di Moser. Mi guarda negli occhi.

Io abbasso lo sguardo, facendomi piccola piccola. Nell'imbottitura del sedile, accanto alla mia coscia, c'è uno strappo grande quanto un fagiolo.

Pochi minuti dopo qualcuno batte alla portiera. Il volto di Moser appare dietro il finestrino, il suo respiro appanna il vetro. Mi fa cenno di uscire. Esito. «Quel tizio mi ha preso gli stivali.»

«Ah già, è vero.» Moser tossicchia, poi fa cenno all'uomo in nero di raggiungerci. Mi giro sul sedile del passeggero mentre lo sceriffo mi mette una mano sulla spalla. «Detective, questa è Kacey Young.»

Non sapevo che a Broken Falls ci fossero dei detective. Ma poi mi rendo conto che l'uomo non sembra essere di qui. Non si presenta. «Piacere di conoscerti, Kacey. Puoi dirmi cosa è successo stamattina?»

Non ha un accento. Sicuramente non è di Broken Falls, allora. FBI, magari? «Come ho già detto allo sceriffo Moser, ero uscita a fare una passeggiata. Sono salita fino al fienile e ho visto il sangue.»

Il detective tira fuori dalla tasca un paio di guanti di lattice e mi guarda negli occhi mentre se ne infila uno. Un brivido mi attraversa.

«Lo sai, vero, che è scomparsa una ragazza della tua età?» Fa schioccare il lattice contro il polso.

«È una mia amica» dico.

Il detective mi fissa, stupito. «Non lo sapevo.»

Lo sceriffo diventa rosso. «A dire il vero non lo sapevo nemmeno io.»

Mi sembra di scorgere una goccia di sudore sopra i suoi baffi. Non mi piace il modo in cui il detective mi sta guardando. «Bill, potresti andare a controllare come procede il blocco stradale?»

Moser aggrotta la fronte e si allontana lentamente. Quando non è più a portata di orecchio, il detective si accuccia in modo da guardarmi negli occhi. «Kacey, devo saperlo. Eri uscita a cercare Bailey quando hai trovato il sangue?»

«Cosa?» I rumori in cima alla collina mi rimbalzano dentro la testa come palline da flipper. Grida, botta e risposta. Crepitare di radio.

«Kacey, guardami, piccola. Sono qui.» Agita un dito davanti alla mia faccia. Mi trattengo dall'impulso di scacciarlo via. «Perché sei venuta qui?»

«L'ho fatto e basta. È tranquillo quassù. A volte vengo per allontanarmi da tutto e riflettere.»

Fa di sì con la testa. Non capisco se si sta bevendo la storia della ragazza afflitta dal dolore per l'amica scomparsa. «Vedi, Kacey, se hai motivo di credere che Bailey possa essere qui, io devo saperlo. Non finirai nei guai. Capisci anche tu che la cosa più importante in questo momento è trovarla, vero?»

Le mie dita dei piedi si torcono nelle scarpette di carta. «Certo.»

Il cane ha cominciato ad abbaiare in cima alla collina, forte, in modo frenetico, come se avesse trovato qualcosa. Il detective fa finta di non sentirlo, ma glielo si legge in faccia: un fremito impercettibile del labbro superiore. «Ho bisogno che tu rimanga seduta qui per un minuto. Torno subito.»

Guardo il detective che corre su per la collina, raggiungendo l'agente che mi ha preso gli stivali e altri due poliziotti.

L'agente dice a voce abbastanza alta perché io possa sentirlo: «Abbiamo chiamato la scientifica da Madison per prelevare un tampone del sangue».

Un altro agente, una donna, dice: «Credi che corrisponderà a quello che abbiamo trovato ieri sui vestiti?».

Mi si gela il sangue nelle vene. Dimentico di avere le scarpe di carta e salto giù dalla macchina di Moser, gridando nella loro direzione: «Avete trovato dei vestiti insanguinati? Dove?».

Tre teste si alzano di scatto. Il detective si volta a fissarmi, poi guarda di nuovo la poliziotta pettegola, come a dire: *Bella mossa, cretina.*

«Kacey, perché non torni in macchina, prima di beccarti un congelamento.»

Non riesco a muovermi. «Ho sentito quello che ha detto... quanto sangue c'era? Bailey è morta?»

Il detective abbassa la voce. «Per favore, portatela via.»

L'agente che mi ha sequestrato gli stivali s'incammina verso di me. Sento un'ondata di panico nel petto. *Sono in trappola.*

«Andiamo, piccola.» Quando l'agente mi afferra per il gomito, qualcosa scatta dentro di me. Tutto quello che ho ricacciato dentro viene fuori.

«*Non mi toccare, cazzo.*» La voce non sembra nemmeno la mia. Appartiene alla cosa brutta che vive in me. La creatura che si scatena quando è messa alle strette. Quella che non vedevo più da quando ho lasciato New York.

«Ehi!» L'agente fa un passo indietro, ma non molla la presa.

Comincio a urlare: «Mollami... Lasciami in pace!».

Altre grida: la poliziotta corre verso di noi. Tutto diventa nero. Se reagisco, verrò arrestata per aggressione a un pubblico ufficiale. Lascio che il mio corpo si afflosci e cado sulla neve.

Non sono più qui. Sono nel vecchio appartamento di mia madre, sono stesa a terra in fondo alle scale, e tutta la resistenza sta abbandonando il mio corpo.

«Lasciala stare.» Una voce ferma.

Due paia di mani mi liberano. Riprendo fiato, insensibile al freddo che filtra attraverso i miei pantaloni sottili. Al mio fianco, Moser mi guarda con la bocca aperta. I suoi ermellini, le volpi e i coyote non ci sono più.

Sono io l'unico animale quassù.

Capitolo nove

Lo sceriffo Moser insiste per accompagnarmi a casa, anche se, per attraversare il blocco della polizia, ci mettiamo lo stesso tempo che se fossi tornata a piedi.

Mio padre apre la porta nel suo camice da lavoro. Praticamente in quel camice ci vive, ci respira e ci dorme. Io sarò anche quella con il cognome che significa "giovane", Young, ma è lui quello che sembra non invecchiare mai. Con quel camice, sembra ancora uno studente universitario che gioca a fare il medico. Non dev'essere cambiato molto da quando frequentava l'università a Buffalo per laurearsi in farmacia. È lì che ha conosciuto mia madre, che faceva la cameriera in un chiosco di alette di pollo.

Mio padre sposta lo sguardo da me allo sceriffo Moser e rimane a bocca aperta. «Tutto a posto, Kacey?»

Mi battono i denti per il freddo e ho i piedi intorpiditi. «D-devo scaldarmi.»

Mio padre si tocca il mento e fa scorrere nervosamente il pollice lungo la mascella. «Cos'è successo?» chiede a Moser.

Non posso stare qui a sentire lo sceriffo che si arrabatta per riferirgli la mia penosa spiegazione dei fatti. Perché sono andata nel fienile. Perché mi trovavo su una *scena del crimine*. Gli passo davanti, senza nemmeno togliermi il giaccone.

Ho così freddo che mi sembra di essere ubriaca. Entro in bagno barcollando e mi spoglio. Apro il rubinetto e aspetto che l'acqua inizi a fare vapore. Mi siedo nella vasca e mi stringo le ginocchia al petto mentre si riempie. L'acqua calda mi schizza nel naso e quasi mi va di traverso, facendomi tossire. Giro la manopola al massimo fino a quando l'acqua mi scotta la pelle, fino a quando diventa quasi insopportabile. Ma forse, se rimango così abbastanza a lungo, mi dissolverò anch'io nel vapore.

Quando il freddo ha lasciato ogni cellula del mio corpo, esco dalla vasca. Mi chiudo a chiave in camera e m'infilo sotto il piumone e le lenzuola, nuda. La casa è silenziosa, la macchina di Moser non è più nel nostro vialetto.

I momenti peggiori della mia vita sono sempre riusciti a cogliermi di sorpresa quando tutto è tranquillo. Sto guardando la tv o cercando di leggere un libro e poi, *BAM!*, il mio cervello mi dice: *Ahahah, stronzetta, ecco quel ricordo doloroso che venderesti l'anima pur di dimenticare*. La maggior parte riguardano mia madre.

So che il modo in cui il detective e lo sceriffo Moser mi hanno guardato sarà uno di quei momenti. Ero un animale che aveva bisogno di essere sedato. Non ero io, era la bestia dentro di me che si scatena quando mi mettono alle strette. La cosa che mi fa dare di matto e poi svenire.

La prima volta che ho tirato qualcosa a mia madre con l'intenzione di colpirla, avevo dodici anni. Non so nemmeno se ci sono riuscita; nell'istante in cui il bicchiere ha lasciato la mia mano, il suo fidanzato mi aveva già bloccata sul pavimento. Una delle sue braccia era grande come tutto il mio corpo. *Non è giusto,* ho pensato. Mi teneva giù come se fossi una bambola di pezza. Più lottavo per liberarmi, più lui mi pressava a terra. Ricordo la sensazione del tappeto ruvido che mi graffiava il mento. Ululavo come una bestia selvaggia.

«Datti una calmata» mi ha detto con la sua voce profonda. «Voi due non potete litigare così.»

La settimana successiva non viveva più con noi.

Il mio telefono vibra nella tasca del giaccone, dove l'avevo lasciato prima di farmi il bagno. Lo schermo è pieno di messaggi, alcuni da numeri che non conosco.

Sconosciuto: *Ehi, sono Sully. È vero che hanno trovato il corpo di Bay??*

Andrew: *Ma che succede? C'è una macchina della polizia parcheggiata qui fuori.*

Jade: *Richiamami, cazzo.*

Stringo il telefono. Il mio corpo si raggomitola come per proteggersi. *Lasciatemi stare, lasciatemi in pace…*

Quando vibra di nuovo, lo scaglio contro il muro.

«Merda.» Salto giù dal letto e corro verso il punto in cui il telefono è caduto a terra. Fragore di passi in corridoio.

«Kacey?» È mio padre. «Cos'è stato quel botto? Tutto a posto?»

«Sto bene. Sono solo caduta.» Faccio scorrere un dito lungo la ragnatela di crepe sull'angolo dello schermo del telefono. Sarà difficile nasconderla, ma per fortuna funziona ancora.

La maniglia della mia porta cigola. «Perché hai chiuso a chiave?»

Mi siedo sui talloni, sapendo bene che sono nuda e che il telefono ha fatto un buco nell'intonaco. Dovrò trovare qualcosa per coprirlo.

«Sto bene. Per favore, lasciami in pace.»

Altri tentativi di girare la maniglia. Mi raggomitolo su un fianco, paralizzata dalla vergogna per quello che ho fatto al muro e allo schermo del mio telefono. Non è da me danneggiare le cose solo perché sono arrabbiata. Io non sono così.

Anzi, è proprio quello che non posso essere, ora che mi sembra di avere addosso gli occhi di tutti.

Quando sento il SUV di Ashley entrare nel vialetto, sono ancora sotto le coperte, avvolta nell'asciugamano della doccia. Il cuscino sotto la mia testa è bagnato per colpa dei capelli fradici. Non riesco a vestirmi o a fare qualsiasi altra cosa. Proprio non ce la faccio.

Bussano alla porta. Ashley gira la maniglia; il rumore di una chiave che entra nella serratura. Ha una chiave universale per tutte le nostre camere, in caso di grossi capricci. O, nel mio caso, di un crollo totale.

Ashley viene in silenzio al mio fianco con in mano una tazza. Apre l'altra mano e mi mostra una mezza pillola bianca. «Ti aiuterà a dormire» mi dice.

La ingoio con un sorso della camomilla che mi porge.

«Vuoi parlarne?» mi chiede, scostandomi una ciocca di capelli dalla fronte con una carezza.

Scuoto la testa. Voglio solo il nulla che la pillola mi porterà. Mentre sprofondo in un sonno torbido, finalmente mi ricordo che la veglia è stasera.

Quando mi sveglio, sono quasi le sette e mi rendo conto che nessuno è venuto a dirmi di prepararmi. A un certo punto devono aver deciso di lasciarmi a casa, di andare alla veglia senza di me. Ma non sono ancora usciti. Sento i passi di Lauren al piano di sopra, più affrettati quando Ashley le dice di mettersi il cappotto.

Non ci posso andare. Jade non mi perdonerà mai, ma questo pensiero sfiora appena la mia coscienza. Non posso guardare tutte quelle persone negli occhi, con le loro candele, i nastri viola appuntati ai cappotti e le loro preghiere di speranza. Perché adesso credo di aver capito cosa intendeva quella sensitiva a Pleasant Plains quando ha detto che nel profondo io so cosa è successo a Bailey.

È morta. Quale altra risposta c'è?

L'agente ha detto di aver trovato dei vestiti insanguinati. E io ho visto il sangue nel fienile. Quando chiudo gli occhi, sono di nuovo lì. L'immagine scatena terrore nel mio stomaco, ma cerco di pensare al sangue in modo logico. C'era una striscia sul muro, ma non c'era altro sangue nel fienile, a parte qualche goccia sul fieno. Ho perso più sangue io per un'emorragia al naso. Il che significa che nel fienile non è stato *ucciso* nessuno: mando giù il pensiero come una pillola.

Nella mia mente affiorano delle immagini di Bailey. Bailey, ferita e sanguinante, che corre nel bosco per scappare dal suo aggressore. Bailey, nascosta nel fienile, che si appoggia al muro per reggersi e lascia quella macchia di sangue. Bailey che fugge nella notte, troppo ferita per proseguire. Bailey, rannicchiata a terra, con la neve che le ricopre il corpo già il giorno successivo.

Mi viene da vomitare. Non so nemmeno se il sangue nel fienile appartenga a Bailey. Potrebbe anche non essere sangue vero. Qualcuno che conosce le foto della scena del delitto dei Leeds potrebbe aver lasciato quella striscia per fare uno scherzo crudele.

Ma chi farebbe una cosa del genere, soprattutto adesso che una ragazza è scomparsa?

A meno che qualcuno non ci abbia visto nel fienile. Impossibile. Io e Jade siamo uscite in cerca di impronte umane. E non ce n'erano.

Ripensare a quella notte nel fienile mi fa raggelare fin dentro le ossa. All'improvviso mi sento a disagio per il fatto che la mia famiglia mi abbia lasciata qui da sola. Senza dubbio Ashley ha chiamato la signora Lao, che non esce mai di casa, e le ha detto di tenermi d'occhio. Ma sento lo stesso il vuoto della casa in ogni cellula del mio corpo.

Ogni volta che chiudo gli occhi vedo il sangue nel fienile.

Vorrei che avessimo un cane, cazzo.

Il telefono, sul comodino, si mette a vibrare, facendomi trasalire. C'è un messaggio di Jade: *Sei già qui? Non ti trovo.*

Qualche istante dopo, un altro messaggio: *Vedo la tua famiglia*.

Inspiro ed espiro con forza, tenendo le mani sulla pancia. Passano cinque minuti buoni prima che Jade mi mandi un altro messaggio: *Ma che CAZZO! Kacey*?

Sento la pressione dietro gli occhi. Se non l'ha già fatto, Jade verrà a sapere presto che oggi ero lì, a Sparrow Hill, con tutte le auto della polizia e i lampeggianti. Non mi perdonerà mai per non averle detto quello che ho visto. Non partecipare alla veglia è solo un altro crimine da aggiungere alla lista di quelli che ho già commesso.

Mi costringo a scendere dal letto e m'infilo il pigiama di flanella, mentre la nebbia nel mio cervello si dirada un po'. Sono le sette e mezza passate; la veglia inizierà da un momento all'altro: probabilmente il telegiornale locale la trasmetterà in diretta. Esco dalla mia camera e vado verso il soggiorno.

Mi fermo in corridoio. C'è della musica, il lieve strimpellare di una chitarra. Mi fa venire la pelle d'oca sulle braccia. Ci mancavano solo le allucinazioni uditive. *Sono fatta per via del sedativo e mi sembra di sentire cose.*

Rimango immobile, premendomi un dito contro la vena del collo per controllare il battito. La musica diventa più forte. È al primo piano.

Seguo il suono di sopra, con le ginocchia deboli. Viene dalla stanza di Lauren. La sua porta è socchiusa. La spingo con la punta del piede e scivolo dentro. Non c'è nessuno.

La camera di Lauren è piena di oggetti: sul comodino c'è un smalto per unghie da novantanove centesimi della Farmacia Amica, una marca che non avevo mai visto prima di trasferirmi qui. Penne gel, una bottiglia d'acqua mezza vuota, orecchini a forma di sushi sul comò. Scarpette da ballo e collant sporchi sulla poltrona della scrivania. Lei e Ashley litigano sul disordine di questa stanza almeno una volta alla settimana, soprattutto per i vestiti, sparsi sul letto e sul tappeto.

Certi bambini non hanno nemmeno dei vestiti per proteggersi dal freddo e tu tratti i tuoi come se fossero spazzatura.

Il suo portatile è aperto sulla scrivania, con un video in riproduzione.

È Bailey. Ha un viso più tondo e lo sguardo più vivace di adesso, come una bambina. Indossa una camicetta a fiori scollata. È da sola sul palco con un microfono e sta *cantando.*

Scosto le scarpette da ballo di Lauren per potermi sedere sulla poltrona della sua scrivania. Il video finisce e ricomincia da capo. È in loop. Faccio clic sulla pagina: il video è inserito in un articolo. *La ragazza scomparsa del Wisconsin aveva intenzione di iscriversi all'Università dell'Indiana a Bloomington.*

Adesso parlano di lei anche nei notiziari nazionali.

La didascalia spiega che il video è tratto dal talent show della terza media, dove Bailey ha cantato *Can't Help Falling in Love*. Lo lascio ripartire dall'inizio. Bailey ha una voce dolce, un contralto un po' roco che si potrebbe sentire come musica di sottofondo in un caffè. Le sue mani stringono il microfono così forte che devi scrutarla da vicino per accorgerti che sta tremando.

Non avevo idea che sapesse cantare.

Non riesco a guardare il video un'altra volta. Mi sento come una spettatrice che guarda un servizio al telegiornale su una ragazza dall'altra parte del Paese. La Bailey che conosco io non canta e non indossa camicette di quel tipo.

Prendo il portagioie sulla scrivania di Lauren. È il *macaron* che ho scolpito e dipinto di verde pastello nella classe del signor White l'anno scorso. Pensavo che il corso di educazione artistica per principianti qui a Broken Falls sarebbe stato un incubo, ma solo perché lo paragonavo a quello che avevo frequentato a New York, in aule che sapevano di chiuso con mozziconi di colori a cera e pennelli viscidi rimasti nell'acqua tutta la notte.

Non sono brava a disegnare e a fare schizzi – ho ancora un sacco da imparare – ma questo *macaron*, il mio primo compito nella classe del signor White, lo ha convinto che ero pronta a frequentare il corso avanzato. Quando l'ho portato a casa, Lauren l'ha fissato come un furetto che aveva messo gli occhi su una collana luccicante. «È fighissimo.»

Gliel'ho dato senza problemi. Non era convinta, non sapeva cosa avrebbe dovuto darmi in cambio. Ho insistito perché lo tenesse; sapevo che alla fine avrei conquistato la sua fiducia.

Ed eccomi qui, davanti al suo computer, da sola.

Apro una nuova scheda e controllo la cronologia del browser. Il primo sito dell'elenco cattura subito la mia attenzione. FANTASMI DEL WISCONSIN – AVVISTAMENTI DELLA DAMA ROSSA

Non c'è da stupirsi che non riesca a dormire da sola. Bailey mi ha mostrato questo sito quando cercava di spiegarmi chi era la Dama Rossa. Alcune storie vi terranno svegli la notte, anche se non vivete a Broken Falls.

Clicco sul forum, dove Lauren si è registrata come Simia. Deglutisco per schiarirmi la gola. Simia lo scimpanzé è sul letto: il suo primo animaletto di peluche ormai quasi decapitato. Lauren era troppo piccola per dire "scimmia", così lo ha chiamato Simia.

Scorrendo le storie sulla Dama Rossa, leggo che si para davanti agli automobilisti e schiaffa una mano con il palmo insanguinato sul parabrezza delle auto in panne, lasciando una macabra impronta rossa. C'è anche qualche coraggioso che è entrato nel fienile e sostiene di aver sentito singhiozzi e pianti di bambini.

Sento la nausea che sale. Quella striscia di sangue nel fienile avrebbe potuto essere l'impronta di una mano.

Clicco sulla barra di navigazione fino a trovare il profilo di Lauren. A quanto pare si è registrata sul sito lunedì, quasi due giorni dopo la scomparsa di Bailey.

Ha scritto solo un post, in un sottoforum chiamato LA DAMA ROSSA – DISCUSSIONE GENERALE.

Risale a questa mattina alle 10 e 31.

Simia: È possibile che la Dama Rossa abbia fatto sparire la ragazza di Broken Falls, proprio come è scomparsa lei?

Un brivido mi scuote il corpo. Premo le dita dei piedi contro il tappeto e scorro le risposte.

tasso209: Josephine Leeds non è scomparsa. È un mucchio di ossa da qualche parte e probabilmente quella ragazza di BF a quest'ora sarà già morta pure lei

principessa_delle_tenbre: ho sentito che la ragazza di broken falls è morta per overdose a quella festa e qualcuno ha gettato via il suo corpo. che cosa triste

L'ultima risposta è arrivata tre ore fa:

antropomorfista: Simia, cosa ti fa pensare che la ragazza scomparsa abbia a che fare con la DR?

Scorro la pagina, ma Lauren non ha mai risposto alla domanda di antropomorfista. Torno alla sua cronologia e la voragine nel mio stomaco si espande quando vedo tutto quello che Lauren ha cercato negli ultimi giorni.

dama rossa
omicidio di Josephine Leeds
sedute spiritiche
come si fanno arrabbiare i morti
E:
i fantasmi possono uccidere le persone?

Chiudo la scheda e lascio la scrivania e il computer di Lauren esattamente come li avevo trovati.

Quando torno in camera mia, chiudo la porta a chiave alle mi spalle.

Sono a letto e conto i minuti che mancano al ritorno dei miei dalla veglia. Quando sento lo scricchiolio delle gomme sulla neve nel vialetto, spengo la luce. La porta d'ingresso si apre cigolando e, qualche istante dopo, bussano piano alla mia porta. Faccio finta di dormire. Non voglio sapere com'è andata. Mi costringe soltanto a pensare che avrei dovuto essere lì. Avrei dovuto farmi forza e partecipare, come una vera amica.

Ma non avrei saputo come reagire alle domande inevitabili che tutti mi avrebbero fatto. *Cos'hai visto nel fienile?* Non avrei saputo cosa rispondere, e non solo perché lo sceriffo Moser mi aveva detto di non parlarne con nessuno, mentre mi accompagnava a casa.

Non riesco più a distinguere tra ciò che è reale e ciò che non lo è. Lauren non è stupida. Potrebbe essere un po' ingenua, sì, ma è una delle ragazze più sveglie della sua classe. Guarda i programmi di cronaca nera con Ashley. Sa che le ragazze scompaiono di continuo: non per colpa di fantasmi assassini, ma per mano di esseri umani.

Allora perché ha scritto quel post sul forum dedicato alla Dama Rossa? Crede davvero che la scomparsa di Bailey abbia a che fare con Josephine Leeds?

Non riesco a zittire il suo urlo, che mi rimbomba a ripetizione nella testa.

Sul mio comodino, il telefono inizia a vibrare freneticamente. La foto di Jade riempie lo schermo; il suo sguardo giudicante non è mai sembrato più appropriato. Una lacrima mi scende lungo il collo mentre lascio che il telefono continui a squillare.

Quando smette, lo prendo. Sullo schermo appare un messaggio di Jade.

Dai un'occhiata all'ultimo cazzo di articolo.

Mi sposto in fretta dal letto alla scrivania e scuoto il portatile dalla sua ibernazione. Il sito di notizie predefinito del mio computer mostra le solite disgrazie: bombardamenti su mezzo mondo, un incendio in un complesso residenziale di Brooklyn e una tormenta di neve che si avvicina alla costa orientale. Digito *Bailey Hammond* sulla barra di ricerca, facendo volare le dita sulla tastiera.

Mi sono mangiata quasi tutta l'unghia del pollice aspettando che l'articolo si caricasse.

ULTIME NOTIZIE:

Polizia trova auto di adolescente scomparsa

La Polizia di Stato del Wisconsin conferma che un veicolo trovato in un garage abbandonato a Broken Falls appartiene a Bailey Hammond, 17 anni, scomparsa dalla tarda serata di sabato. La polizia non si è espressa sullo stato del veicolo, ma ha dichiarato che è in corso un esame completo della scientifica. Una fonte vicina alle forze dell'ordine afferma che il ritrovamento dell'auto fa seguito a una scoperta sospetta avvenuta in mattinata e che la polizia sta intensificando le ricerche dell'adolescente scomparsa.

Mi chino sul cestino della spazzatura sotto la scrivania, ma tutto quello che esce è un conato a secco. Sputo sulla bozza di un saggio di inglese che avevo buttato via.

Garage abbandonato. Penso al vecchio casale dietro il nostro giardino, quello di proprietà della banca. Mio padre dice che non si venderà mai perché nessuno vuole comprare dieci acri di proprietà in questa crisi economica. Ho visto l'enorme garage a due posti sul retro, le porte arrugginite da anni di intemperie e incuria. Dev'essere *quello*.

Perché quella casa – quel garage – è a meno di un chilometro da Sparrow Hill. Ovviamente la polizia avrà cercato lì dopo aver trovato il sangue nel fienile dei Leeds. Dopo che *io* ho trovato il sangue nel fienile dei Leeds.

Il ronzio che mi cresce nelle orecchie copre quasi del tutto i pensieri che si stanno formando nella mia mente: ho consegnato di persona il telefono di Bailey alla polizia. Sono stata io a portarli direttamente al sangue.

E posso solo immaginare cosa stia pensando ora quel detective: *Cosa troverà adesso Kacey Young?*

Capitolo dieci

A un certo punto devo essermi addormentata, perché mi sveglio al rumore di pentole che sbattono in cucina. Il decoder della tv via cavo dice che sono le nove; mi rizzo a sedere sul letto in preda al panico. Ho dormito troppo. *No, la scuola è ancora chiusa.* Sbatto le palpebre per scacciare via la nebbia, massaggiandomi le tempie.

Controllo il telefono per vedere se la notizia sull'auto di Bailey non sia stata solo un terribile incubo. Lo stomaco mi precipita nei piedi; l'articolo è ancora lì, con il titolo modificato: *Esame scientifico dell'auto della ragazza scomparsa previsto per oggi.*

Un brivido mi sfiora. Mi alzo dal letto e mi tiro la coperta sopra le spalle. A quest'ora Ashley dovrebbe essere al lavoro, quindi sarà Andrew a fare tutto questo baccano.

Apro la porta della mia camera e sento l'odore di formaggio e cipolla, ma, quando arrivo in cucina, non è Andrew ad accogliermi. Ashley è accucciata a terra con la testa dentro il mobiletto sotto il bancone, il set completo delle sue pentole sparpagliato sul ripiano.

«Ti ho svegliata? Scusa» dice. «Ho già chiesto cinque volte a tuo padre di sistemare questo scaffale delle pentole.»

«Cosa ci fai a casa?» chiedo.

«Per oggi Paula e Rob possono arrangiarsi da soli al caffè.» Ashley solleva il coperchio della pentola a cottura lenta e usa il mestolo di legno per trasferire lo stufato in una padella di ghisa. «Ho pensato di portare questo agli Hammond. Sai, per mostrargli che gli siamo vicini.»

Lo stomaco mi si torce su se stesso. Ovvio che Ashley ha preparato uno stufato. È quello che si fa nel Midwest quando muore qualcuno. E tutti pensano che Bailey sia morta, perché la polizia ha trovato la sua auto e lei non c'era.

«Kacey?»

Alzo la testa di scatto. Ashley mi guarda mentre sparge il formaggio grattugiato sullo stufato nella padella di ghisa. «Ti ho chiesto se vuoi venire con me dagli Hammond.»

So che non ho scelta, dopo aver disertato la veglia di ieri sera. Ma il pensiero di guardare Cathy Hammond negli occhi mi fa quasi vomitare sul pavimento della cucina.

E Jade: non mi perdonerà mai, mai, mai per averla lasciata sola.

«Va bene» dico. «Dammi il tempo di cambiarmi.»

Sono le dieci e mezza quando Ashley accosta al marciapiede davanti alla casa di Bailey. Sento sulle cosce il calore della padella di ghisa attraverso lo strofinaccio.

«Ehm» dico. «Cathy lo sa che sono stata io a trovare il... insomma, che sono andata al fienile?»

Ashley mi guarda, un fremito impercettibile sul suo labbro inferiore. Poi fa un sorriso forzato, come se qualcuno la stesse costringendo. «Non... non mi preoccuperei di questo adesso, ok? Andiamo dentro prima che ti scotti.»

È Ashley a suonare il campanello, perché io ho tutte e

due le mani occupate a tenere la padella. Un attimo di panico: avrei dovuto far portare ad Ashley lo stufato, visto che lei ci teneva tanto a prepararlo. Personalmente non riesco a capire come possa essere d'aiuto.

Poi Cathy Hammond apre la porta. Vede Ashley e crolla tra le sue braccia, facendola quasi cadere. E io sono grata di avere le mani occupate.

La casa degli Hammond ha un odore stantio, anche se è pulita. È come se tutto il dolore e l'incertezza all'interno guastassero l'aria. Bailey si è sempre sentita in imbarazzo per la sua casa; i suoi genitori non hanno fatto nulla per ammodernarla da quando l'hanno comprata nel 1989.

«Oh, non avresti dovuto prenderti il disturbo. Sono giorni che non mangio nulla.» Cathy sorride debolmente e prende lo stufato dalle mie mani, così posso togliermi gli stivali. È tutta ossa, con le braccia da uccello che sporgono dal cardigan troppo grande. Sembra quasi che potrebbero spezzarsi sotto il peso della padella. Una volta ho chiesto a Bailey come fa sua madre a restare così magra e lei mi ha risposto: «Per l'ansia».

Il fatto che sua madre si preoccupasse così tanto mi ha sempre fatto tenerezza. Gli Hammond non sono credenti. Però Cathy considera il conduttore del telegiornale della sera come un profeta e venera le trasmissioni televisive di cronaca nera del venerdì, riempiendosi la testa con tutte le cose orribili che potrebbero accadere a chiunque, ma soprattutto ai suoi figli.

La scorsa primavera lei e il marito Ed hanno messo in punizione Bailey per un mese perché era salita in macchina con Cliff Grosso. Cathy ne parlava ancora, continuava a ripetere a Bailey: «Quella notte qualcuno ha vegliato su di te».

Ripensarci adesso mi fa sudare sotto il giaccone. Distolgo lo sguardo dalla televisione in salotto e seguo Ashley e Cathy in cucina.

Mi fermo di colpo quando vedo Jade seduta al tavolo. Mi guarda negli occhi, appoggia un gomito sul tavolo e si regge il mento con la mano, senza mai distogliere lo sguardo. I suoi occhi sono vuoti, senza espressione, come se io non fossi nulla.

Cathy si lascia cadere sulla sedia come se proprio non ce la facesse più. Ashley si siede di fronte a lei e le prende la mano. «Ho pregato. Ogni sera. Stiamo pregando tutti.»

Cathy mi fissa, come per chiedermi conferma. Io faccio di sì con la testa. Appoggio le mani sul tavolo. La tovaglia cerata si appiccica ai miei palmi. Non credo di aver più pregato da quando ero piccola. Pregavo che i fidanzati di mia madre se ne andassero, che lei cambiasse e che noi vivessimo in una casa normale, senza urla e brutture.

Ma ho imparato molto presto che pregare non serve a un cazzo.

«La veglia è stata un bel momento.» Ashley dà una stretta alla mano di Cathy.

«Mm-hm.» Lei usa la mano libera per spianare una piega sulla manica del cardigan. «Grazie a tutte e due per essere venute» dice, spostando lo sguardo da Ashley a me.

Mi rendo conto che non si è nemmeno accorta che io non c'ero. Provo un po' di sollievo, ma allo stesso tempo mi sento irrilevante. Jade mi sta ancora fissando, per farmi capire che la mia assenza è stata notata. Ed è imperdonabile.

Cathy ha un sussulto, fa per alzarsi. «Oh, cielo, non vi ho offerto niente. Cosa volete? Un caffè? Non ho nemmeno un po' di latte. Ed è uscito a fare la spesa...»

Ashley la trattiene per il polso. «Cathy. Tesoro. Siediti e respira un po', va bene?»

Cathy si rimette a sedere ed è come se qualcosa in lei si spezzasse. Inizia a singhiozzare. Ashley si avvicina con la sedia e l'abbraccia. A vederle così mi sento una guardona. Sposto lo sguardo sul frigorifero: la foto scolastica di Bailey dell'anno scorso è attaccata con un magnete della squadra di football dei Wisconsin Badgers. Suo fratello Ben studia a Madison; Ed e Cathy vorrebbero che ci andasse anche Bailey, ma lei ha sempre detto che qualsiasi college del Wisconsin non era abbastanza lontano da Broken Falls.

Lo sguardo che Jade mi rivolge ora fa ancora più male. Ogni volta che Bailey parlava dei suoi progetti ambiziosi, di frequentare un college fuori dallo Stato, Jade mi guardava alzando gli occhi al cielo, come a dire: *Almeno tu resterai qui con me.*

Adesso sono davvero tutto quello che è rimasto a Jade. E non sono abbastanza.

Cathy smette di singhiozzare e tira su col naso. «Hanno chiamato un investigatore speciale dello Stato a dirigere l'indagine. Ha detto che l'ufficio dello sceriffo non è in grado di gestire un caso del genere. Il detective... ha un'alta percentuale di casi risolti.»

L'uomo di ieri, quello che mi ha fatto venire la pelle d'oca. Dev'essere lui quello di cui parla Cathy.

«È una buona notizia.» Ashley le accarezza i capelli.

Cathy tira di nuovo su con il naso e si scosta. Dalla gola le esce un verso soffocato. «La mia bambina, la mia povera, piccola bambina. Dov'è?»

«Ssh.» Ashley accarezza il polso di Cathy. «C'è sempre speranza. I miracoli accadono. Pensa a quelle ragazze che tornano a casa...» Ashley si ferma.

Guardo Jade, che si copre la bocca con le mani. Il pensiero è orribile: quelle ragazze che tornano a casa dopo essere state rinchiuse per dieci anni nello scantinato di qualche maniaco. Sempre che riescano a fuggire.

Penso a quello che ha detto un'agente ieri, al ritrovamento di vestiti sporchi di sangue, e mi sento svenire. Quel sangue vuol dire che probabilmente Bailey non è trattenuta da qualche parte contro la sua volontà.

Cathy si asciuga gli occhi. «Avrei dovuto fare di più.»

Ashley le prende di nuovo la mano. «Tesoro, non dire così. Che cosa avresti potuto fare?»

«Non avrei dovuto perderla di vista sabato» dice Cathy. «Venerdì notte, mentre Ed dormiva nella stanza vuota di Ben – sapete, russa – Bailey si è infilata nel letto con me. Non lo faceva da quando era piccola.»

Io e Jade ci scambiamo uno sguardo. Ovviamente non ne sapeva nulla neanche lei. Mi viene la pelle d'oca.

«Era spaventata da qualcosa» dice Cathy. «Non voleva dirmelo, diceva di voler parlare con uno psicologo. Ho pensato che potesse aspettare fino a lunedì. Magari Grosso, quel ragazzo terribile, aveva ripreso a molestarla...»

Penso di nuovo alla cerva nel congelatore di Cliff Grosso. Penso a Bailey, che corre insanguinata nel bosco come una preda. Mi alzo dal tavolo, facendo stridere le gambe della sedia contro il linoleum. «Devo andare... in bagno» mi viene da dire. «Scusatemi.»

«Ti accompagno» fa Jade.

Apro la bocca per dirle che non serve, ma Jade mi sta già ficcando le unghie nel polso per trascinarmi in corridoio. Mi spinge nella camera di Bailey e non dice niente mentre mi siedo sul bordo del letto. Bailey si sarebbe infuriata e mi avrebbe dato una bella strigliata, se le avessi tirato il pacco per la veglia di Jade. Jade, invece, nasconde la sua rabbia sotto l'indifferenza. Finora non mi era mai capitato di essere l'oggetto di questa sua freddezza.

È terrificante.

Passo una mano sul copriletto di ciniglia di Bailey. Mi fa strano starmene qui, nella sua stanza, mentre lei non c'è.

«Posso spiegarmi?» chiedo.

Jade sembra che voglia accoltellarmi. «Come ti pare.»

«Ho sclerato. Volevo venire alla veglia, ma non ce l'ho fatta.»

«Ed è per questo che mi hai piantata in asso?» Jade abbassa la voce a un sussurro.

Sento la pressione delle lacrime dietro gli occhi. *Non sapevo che avessi bisogno di me.*

«Ti rendi conto di quanto sia esasperante il tuo comportamento?» dice Jade. «Cioè, sto cercando di darti il beneficio del dubbio, ma tu mi nascondi le cose. Tutti sanno che eri a Sparrow Hill ieri, quando la polizia ha trovato qualcosa.»

«La polizia mi ha detto di non dire niente a nessuno.»

«Ma io non sono *nessuno*.» Sembra che stia per scoppiare a piangere. «Dio. Non ci posso credere.»

Inspiro. «C'era del sangue nel fienile.»

Jade alza il mento di scatto. I suoi occhi senza eyeliner la fanno sembrare stanca, triste. «Lo immaginavo. Se non era il corpo, doveva essere qualcosa di simile.»

«Non ce n'era molto.» La voce mi esce sommessa. «Solo una striscia vicino alla finestra, e basta. J, era esattamente come nelle foto del massacro dei Leeds.»

Jade sbatte le palpebre. Non riesco a capire se mi crede

o no. Mi sento impotente, come se stessi artigliando il buio alla cieca.

«Ma tu perché sei andata al fienile ieri?» La voce di Jade è calma.

Inspiro. Stringo tra le dita un lembo del copriletto di Bailey. Sa di lei, dell'ammorbidente che usa e del profumo al gelsomino per cui va ogni due anni in pellegrinaggio alla Sephora di Madison. «Ero lì perché Chloe Strauss aveva detto a Lauren di aver visto qualcuno coperto di sangue che scendeva giù da Sparrow Hill la notte in cui Bay è scomparsa. Dice che era la Dama Rossa.»

«E tu le hai creduto?» Jade mi fissa a bocca aperta. «Gesù, Kacey.»

Il fatto che non mi chieda come mai non ho chiamato la polizia per riferire della donna insanguinata conferma quella che temevo: Jade pensa che cercare un nesso tra quello che è successo a Bailey e la scomparsa di Josephine Leeds sia una cazzata, una distrazione dal fatto che la nostra migliore amica è scomparsa, forse addirittura morta.

«Ieri ho sentito dei poliziotti che parlavano tra loro» dico a bassa voce. «Hanno trovato dei vestiti insanguinati.»

Il volto di Jade rimane impassibile. Non è sorpresa.

«Come facevi a saperlo già?» sussurro.

Jade deglutisce. «Ieri ho passato la notte qui dopo la veglia. Mio padre era al lavoro e io non potevo sopportare l'idea di andare in una casa vuota. Cathy ha detto che potevo dormire nel letto di Bailey. Ha detto che avrebbe dormito meglio sapendo che ero qui.»

Jade chiude gli occhi. Ha le palpebre lucide, come se non avesse dormito affatto. «Quando i poliziotti sono venuti a riferire ai suoi genitori del ritrovamento della macchina, hanno detto che avevano qualcosa da mostrargli. Io ero in camera, ma ho lasciato la porta aperta per sentire cosa stavano dicendo.»

Mi manca l'aria.

«Devono aver mostrato a Cathy una foto» dice Jade. «Perché ha detto: "No, quella non è una delle felpe di Bailey". E poi i poliziotti hanno chiesto a suo padre se poteva essere sua o di Ben.»

«Quindi era una felpa da uomo» dico.

Jade annuisce. «È probabile. Kace, credo che ci fosse del sangue sopra. Dopo aver visto la foto, i genitori di Bailey si sono messi a piangere.»

Sento una stretta al cuore. «La polizia ha parlato con Cliff? Praticamente porta solo felpe...»

La mia voce vacilla quando noto che Jade mi sta fissando. Distoglie lo sguardo, lisciando una piega del copriletto di Bailey. «La poliziotta con i denti scheggiati, Ellie Comesichiama, è venuta di nuovo a interrogarmi. Le ho chiesto perché non avessero arrestato Cliff e lei ha detto che stavano vagliando tutte le piste.»

«Ok» dico io. «E cosa vorrebbe dire?»

«Pensaci, Kace» dice Jade. «Se Cliff avesse davvero fatto qualcosa a Bailey, perché sarebbe stato così stupido da lasciare il suo telefono proprio davanti a casa sua?»

«Non lo so.» Ma capisco quello che sta dicendo: qualcuno potrebbe aver piazzato il telefono nella proprietà dei Grosso per far sembrare che Cliff avesse a che fare con la scomparsa di Bailey.

Ma Cliff che fa del male a Bailey è l'ipotesi più sensata. Non dovrebbe essere la teoria a cui crede Jade? A meno che non ne abbia una tutta sua. Di nuovo la voragine nello stomaco.

Jade strappa un pelucco dal copriletto, evitando i miei occhi. «Devo chiederti una cosa. Hai detto a Ellie che Bailey potrebbe essere scappata?»

I miei pensieri si confondono. Sento la voce di Ellie che mi incalza gentilmente. Lunedì sembra così lontano.

«Non è affatto quello che le ho detto» protesto. «Ho detto solo che Bay odiava questo posto e che voleva andarsene.»

Jade infila le mani nelle tasche del suo cardigan oversize. «Perché hai detto una cosa del genere? Bay non ci *lascerebbe* mai.»

«Non me lo sono inventato.» Sento un'ondata di fastidio, contro Bailey, perché è sempre stata troppo cauta con Jade, perché non le ha mai dichiarato apertamente il suo disprezzo per Broken Falls. Apro la bocca per raccontarle tutto: il nostro compito di storia locale, e che poi siamo andate da Starbucks. *Vorrei solo prendere l'autostrada e andare via da qui.*

Ma qualcuno bussa alla porta, ricacciando giù i miei pensieri di rabbia. *Avrei voluto dirti di quando io e Bailey uscivamo da sole, ma lei mi ha detto che ti saresti ingelosita.*

Jade balza in piedi senza guardarmi e va ad aprire la porta. Ashley è sulla soglia. «Kacey, tesoro, dobbiamo andare.»

Il colore abbandona le guance di Jade. «È successo qualcosa?»

«No, niente.» Ashley si stringe le braccia intorno alla vita e mi guarda. «Lo... lo sceriffo Moser vuole parlare con Kacey...»

«Perché?» Ho la mente annebbiata. Lo so perché: vuole parlare di Bailey, ma perché solo con me? Perché non anche con Jade?

«Tesoro» fa Ashley con voce strana. Mi sta fissando il viso. «Stai sanguinando.»

Mi passo le dita sul naso. Sono rosse. Sento il sangue che mi cola sul labbro superiore, mentre gli occhi di Jade mi trafiggono, pieni di domande.

Capitolo undici

Lo sceriffo Moser ci aspetta all'ingresso della stazione di polizia. Le scrivanie dietro di lui sono vuote, desolate, a parte una donna con un maglione di lana grossa che digita rumorosamente sulla tastiera del suo computer. Il riscaldamento è al massimo e la felpa mi si appiccica alla schiena sotto il giaccone. Il mio naso ha smesso di sanguinare, ma mi sono riempita le tasche con i fazzoletti di carta del bagno degli Hammond, perché non si sa mai.

Moser stringe la mano ad Ashley. «Grazie per essere venuta. So che ha molto da fare, con tre figli e il caffè da gestire.»

Ashley gli rivolge un sorriso a labbra strette, ritraendo la mano dalla sua zampona. «Devo... venire dentro con Kacey?»

«Be'.» I baffi di Moser si sollevano, quando sorride. «Credo che il detective preferisca parlare da solo con lei. Sa, risposte più sincere.» Fa una risatina nervosa.

Il volto di Ashley è cupo. Deglutisco e le tocco la mano con il mignolo. «Tranquilla. Me la caverò.»

«Va bene» dice. «Allora ti aspetto fuori.»

«Ci vorrà ancora qualche minuto» dice Moser. «Il detective sta finendo un altro interrogatorio.»

Ashley mi guarda.

«A posto» dico. «Vai pure a casa. Ti chiamo quando ho finito.»

Quando Ashley se ne va, mi siedo su una delle sedie vuote nella sala d'attesa. Moser mi porta un bicchiere d'acqua tiepida. Per fortuna un telefono squilla e lo sceriffo mi lascia per andare a rispondere. Si apre una porta. Voci smorzate. Ellie Knepper esce dalla stanza accanto alla macchina del caffè. Dietro di lei c'è un ragazzo massiccio con le spalle curve.

È Cliff Grosso.

Ellie mi nota e mi saluta con un cenno della testa. «Siamo subito da te, Kacey.»

Quando Cliff sente il mio nome, alza lo sguardo, ma poi fa finta di non vedermi. Mi stringo addosso il giaccone, sentendo la rabbia che mi ribolle dentro. Perché lo lasciano andare via così? È stato l'ultimo a essere visto con Bailey prima che scomparisse. Gli stanno facendo un trattamento di favore solo perché esce con la nipote dello sceriffo?

«Ehi» lo incalzo. «Certo che hai sparato a una bella cerva.»

Lui si gira. Vedo gli ingranaggi del suo cervello che girano. Cliff è stupido, ma non così stupido. Bene. Voglio che sappia che ero nel suo cortile; voglio che non si senta al sicuro. E a ragione, visto tutte le stronzate che ha detto su Bailey alle sue spalle dopo l'incidente. *Moriva dalla voglia di scopare con me. Non riuscivo a scollarmela di dosso.*

Cliff alza le mani. Mi fa un doppio dito medio.

Apre la porta, facendo entrare una folata di freddo. Rimane sulla soglia per un attimo, come se lo facesse apposta, poi si lascia sbattere la porta alle spalle. Il suono riecheggia nella mia testa finché qualcuno nella stanza chiama il mio nome, ma stavolta non è Ellie Knepper. È l'uomo di ieri.

«Non mi sono mai presentato come si deve. Sono il detective Steven Burke» mi dice. «Perché non entri?»

Siamo in una stanza che sembra troppo piccola per tre persone; c'è un bancone da cucina con un lavandino e un microonde in un angolo. Il detective Burke siede al tavolo di fronte a me. La Knepper è in piedi nell'angolo, a braccia conserte. Per monitorare. Chi di noi due, esattamente, non lo so.

«Prima di iniziare, voglio chiarire che non sei nei guai» dice Burke. «Tecnicamente, ieri hai violato una proprietà privata, ma siamo disposti a non tenerne conto in cambio della tua collaborazione. Sembri una brava ragazza.»

Burke mi rivolge un sorriso cupo. Abbasso gli occhi sul bicchiere d'acqua che mi ha dato Moser. Non sono stupida: Burke sta cercando di farmi credere che è dalla mia parte. Vuole che mi fidi di lui, così gli dirò il vero motivo per cui ero nel fienile.

«C'entra qualcosa il ritrovamento della macchina di Bailey?» chiedo.

Burke lancia un'occhiata a Ellie. «Ci arriveremo.»

Mi sento con le spalle al muro. «Ho già detto a Ellie tutto quello che so» dico nel panico.

Burke appoggia gli avambracci sul tavolo. Le maniche della sua camicia sono arrotolate. «Vedi, faccio fatica a crederci. Io ho delle figlie. So come sono le ragazze con le loro migliori amiche: sempre a coprirsi l'un l'altra, non vogliono tradirsi a vicenda.»

«Io non sto coprendo nessuno.»

«Ci credo, Kacey, davvero. Sto solo cercando di ricostruire il quadro completo, di scoprire come una ragazza senza nemici possa sparire in una città piccola come questa.»

«Ma Bailey ce li aveva dei nemici.» Le parole mi escono

di getto, come un riflesso condizionato. Vorrei prendermi a calci.

Burke scuote la testa. Anche Ellie Knepper sembra disapprovare, nel suo angolo. Sento una vampata di calore in faccia. «Cioè, lo sa anche lei, no, che Cliff Grosso la odiava? Ci ha appena parlato.»

Burke annuisce. «Abbiamo parlato a lungo con Grosso e con altri testimoni presenti alla festa. Non credono che il litigio vicino all'auto di Bailey sia stato fisico.»

«Ma Cliff ha lasciato la festa poco dopo Bailey. E se l'avesse seguita?»

Prendo il bicchiere d'acqua e me lo porto alle labbra, perché non mi piace come Burke studia la mia bocca. Come se tutto quello che ne esce fosse una bugia.

«Voglio chiederti una cosa» dice. «Sembri una ragazza molto sveglia. Quindi voglio sapere, onestamente, cosa pensi che sia successo a Bailey sabato sera?»

Sbatto le palpebre, sorpresa. «Vuole, tipo, la mia teoria?»

Burke appoggia la schiena alla sedia e incrocia le braccia sul petto. I primi due bottoni della camicia sono slacciati. «Togliamo Cliff dall'equazione per un minuto. Supponiamo che non abbia nulla a che fare con tutto questo. Dove andrebbe Bailey se fosse arrabbiata?»

«Non lo so» dico. «Normalmente sarebbe andata da Jade, ma ovviamente, ovunque fosse diretta, non voleva che Jade fosse con lei.»

«Quindi pensi che avesse un luogo specifico in mente.»

«Non ho detto questo. Forse ha solo fatto un giro in macchina, per schiarirsi le idee o roba del genere.»

Burke mi fa cenno di proseguire. «Stai andando molto bene, Kacey. Continua.»

Si muore dal caldo qui dentro. Abbasso la zip del giaccone e me lo sfilo scrollando le spalle. «Forse mentre era in giro è successo qualcosa. Avrà bevuto un paio di birre alla festa... se ha fatto un incidente, magari si è fatta prendere dal panico. Cioè, non chiamerebbe mai i suoi genitori neanche tra un milione di anni. Preferirebbe aspettare a bordo strada in attesa di aiuto, credo. E forse ha incontrato la persona sbagliata.»

Burke alza una mano, mentre con l'altra fa girare la penna tra le dita. Mi sta guardando. «So che è una domanda difficile. Diresti che Bailey è il tipo da fidarsi di un estraneo che accosta per aiutarla?»

«Non proprio. Cioè, questa è una città piccola. Non ci sono molti sconosciuti.» Mi rendo conto che sto facendo sembrare Bailey un'ingenua. «Ma... Bailey lo sa che ci sono dei malintenzionati là fuori. Solo, è il tipo di persona che pensa che non le accadrà mai nulla di male.»

Burke accenna un mezzo sorriso. «Mi ricordi un po' mia figlia, Kacey. Noti molte cose delle persone. È qualcosa di speciale.»

Reprimo un guizzo di orgoglio, ma non prima che un sorriso mi sfiori le labbra. In quel momento vedo un lampo negli occhi di Burke. È lo sguardo di un cacciatore con il fucile carico e puntato. L'espressione soddisfatta di chi sa di avere un colpo perfetto per la preda.

Mi sta manipolando. Vuole farmi sentire importante. Stringo il bordo del tavolo. Crede che fino ad ora io abbia detto solo cazzate. «C'è un senso in tutto questo?» chiedo.

Il sorriso di Burke scompare. «Sto solo confrontando delle teorie. La maggior parte delle persone con cui ho parlato pensa che, se Bailey fosse stata agitata o sconvolta, avrebbe cercato te o Jade Becker.»

«Mi sta chiedendo se stava venendo da me quando è scomparsa?» chiedo. «Perché di sicuro non l'ha fatto.»

Nel suo angolo, Ellie raddrizza la schiena. Ho detto la cosa sbagliata; la immagino mentre mette insieme i pezzi. La mia assenza alla festa. La mia esitazione prima di dire che io e Bailey non abbiamo mai litigato.

«Ok, rinfrescami la memoria» dice Burke. «L'ultima volta che hai visto Bailey è stata sabato, al caffè della tua matrigna?»

«Sì.»

«Di cosa avete parlato?»

Deglutisco. «Di niente, in realtà. Ha preso la sua colazione e se n'è andata.»

«E cos'avete fatto sabato sera? Da quello che ho sentito, passi la maggior parte dei fine settimana con Bailey e Jade. Perché questo è stato diverso?»

«L'ho già detto alla sua collega» faccio un cenno a Ellie. «Ho cenato con la mia famiglia e sono andata a letto verso le dieci.»

Burke beve un sorso dal suo caffè. «La tua dichiarazione all'agente Knepper qui dice che la mattina seguente, dopo aver fatto visita a casa del signor Sullivan, tu e Jade avete deciso di andare assieme alla casa dei Grosso.»

Avevo detto questo? «Ho detto che forse avremmo dovuto controllare se Bailey era da Cliff e Jade era d'accordo. Non ricordo di chi sia stata l'idea.»

«Quindi *tu* hai suggerito di cercare Bailey da Cliff. Perché?»

«Perché pensavo che potesse essere lì.» La mia lingua è secca. Qui dentro si soffoca. Vorrei scolarmi tutta l'acqua nel bicchiere, ma non voglio dare a Burke un motivo per pensare che sono nervosa. «È stato l'ultimo a parlarle alla festa. Aveva senso. In quel momento.»

Detesto lo sguardo di Burke; è come se cercasse di scrutarmi dentro, di capire cosa gli sfugge. Come se sospettasse che stessi solo recitando una parte accuratamente costruita: l'amica ragionevole, quella calma e accomodante. È il personaggio che mi sono costruita nell'ultimo anno, perché se i Markham sapessero com'ero prima, la mia nuova vita felice si sgretolerebbe intorno a me.

«Ok, e da Cliff, invece di trovare Bailey, avete trovato il suo telefono. Come avete fatto?»

«Jade l'ha chiamata e il telefono ha iniziato a squillare. Abbiamo seguito la suoneria nel bosco.»

«È questo che non riesco a capire. Se il telefono di Bailey era fuori al freddo, come mai la batteria non era scarica?» Burke guarda la Knepper. «Non so tu, ma se lascio anche solo per un'ora il mio telefono in auto con questo tempo, è finita.»

Ellie fa un evasivo cenno di assenso.

«Non lo so» dico io. «Forse non è rimasto là fuori così a lungo.»

«Ok, quindi avete trovato il telefono di Bailey mentre la cercavate da Cliff Grosso. Ha senso.» Burke si china verso di me, appoggiandosi sui gomiti. «Ora, la tua presenza in quel fienile e il ritrovamento del sangue? Questo ha meno senso.»

Certo, è per questo che sono qui. Magari pensa che sia stata io a lasciare quella striscia rossa nel fienile.

Di' solo la verità e non ti succederà niente di male. Me l'aveva detto mamma quando ero piccola, dopo che, alle elementari, mi ero azzuffata con una bambina durante una partita di kickball. Aveva detto che le avevo calciato la palla in faccia di proposito, perché lei e le sue amiche non mi lasciavano sedere al loro tavolo nella pausa pranzo. Ricordo che ero seduta nell'ufficio del preside, con mia madre che mi teneva la mano.

Di' solo la verità e non ti succederà niente di male.

È solo un mucchio di stronzate. Se comincio dall'inizio e dico tutto a Burke, Ashley e mio padre mi daranno sicuramente la colpa per quello che sta succedendo a Lauren. La gente è disposta a perdonare solo fino a un certo punto. Questa è la verità che ha la meglio su tutto il resto.

«Le ho già detto perché ero al fienile» dico.

Burke si sporge in avanti. «Vuoi sapere cosa penso, Kacey? Penso che non mi stai dicendo il vero motivo per cui sei andata a Sparrow Hill ieri mattina.»

Lancio un'occhiata alla Knepper: mi sta guardando, mentre si tocca il mento con due dita, come se fossi un dipinto che sta cercando di decifrare. Burke batte le dita sul tavolo, come a dire: *Ehi, non distrarti!*

«Abbiamo tre posti.» Il detective inizia a elencarli sulle dita. «L'auto di Bailey, il fienile e la proprietà dove avete trovato il suo telefono. E in due di questi tu eri presente.»

Un brivido di panico. «Sono sospettata o qualcosa del genere?»

«No, non sei sospettata. Piuttosto, io credo che tu sia una testimone. Credo che tu sappia qualcosa che non vuoi condividere con me, qualcosa che magari non ti sembra importante.»

«Sono andata al fienile perché ho sentito dire qualcosa.»

«Che cosa?»

«Questa ragazzina che abita nella mia strada ha detto di

aver visto una persona coperta di sangue che correva giù per Sparrow Hill la notte in cui Bailey è scomparsa.»

Ho colto Burke di sorpresa: tiene la tazza di caffè sospesa davanti alle labbra. Invece di berne un sorso, la rimette sul tavolo. «È una storia decisamente interessante. Una di quelle che ci sarebbe stato utile conoscere.»

«Voi non la conoscete, ma questa ragazzina, Chloe,» dico «è fatta così, mente sempre per attirare l'attenzione. Racconta in giro storie sulla Dama Rossa. Non volevo farvi perdere tempo. In realtà pensavo che non avrei trovato niente lassù.»

«La Dama Rossa?» Burke guarda Ellie, che si schiarisce la gola.

«È, ehm, una leggenda locale.»

«Tipo una storia di fantasmi?» Burke sembra quasi divertito.

Ellie si schiarisce di nuovo la gola. «La proprietà dove Kacey ha trovato il sangue» spiega. «C'era una casa lì negli anni Trenta. Una famiglia è stata uccisa. La leggenda vuole che di notte la moglie se ne vada ancora su e giù per la collina. Coperta di sangue.»

Burke aggrotta la fronte. «Quindi questa ragazzina, Chloe, dice di aver visto un fantasma insanguinato?»

Mi copro le mani con le maniche. «Come ho detto, si inventa sempre tutto.»

«Ma tu volevi comunque verificare di persona» dice Burke. «È per questo che sei andata al fienile ieri, giusto? Per curiosità.»

«Sì, credo.»

Burke sta fissando le mie mani, coperte dai polsini della mia maglia termica. Le libero dalle maniche e le appoggio sul tavolo. «Bailey è mia amica. Sono molto preoccupata per lei. Ho sentito qualcosa di strano, così mi sono incuriosita.»

«Ok, mi sembra giusto. Eri alla veglia di ieri sera?»

Esito. «No. Non sono potuta andare.»

«Davvero? E come mai?» Burke sbatte le palpebre, colto alla sprovvista.

«Ho avuto un attacco di panico o qualcosa del genere. Non sono riuscita a vestirmi.»

«Un attacco di panico?»

«Quando sono tornata a casa, dopo aver visto il sangue nel fienile, tutti mi stavano assillando, mi chiedevano cose e io ho sclerato, credo.»

Ellie fa un cenno di solidarietà.

Burke si gratta la tempia con la penna. «Quindi eri troppo nervosa per partecipare alla veglia?»

«Cosa?» Sposto lo sguardo da Burke a Ellie. «*No*. Lunedì, durante la tormenta, io ero là fuori... mi sono data da fare per cercare Bailey. Scusi tanto se ho pensato che starsene lì con una candela in mano non fosse molto utile per ritrovarla.»

Sento le chiazze rosse che mi vengono sul viso. La gola stretta per sforzarmi di non piangere. Una lacrima mi sfugge comunque. Ellie mi porge una scatola di fazzoletti e si schiarisce di nuovo la gola. «Detective... credo che questo sia un buon momento per finire qui, almeno per oggi.»

Burke tiene gli occhi fissi su di me. «Mi sembra una buona idea.»

Mi sto asciugando il viso con uno dei fazzoletti quando Ellie mi posa una mano sulla spalla. «Vado a chiamare la tua matrigna, ok? Andiamo a fare una passeggiata fuori. Prendiamo un po' d'aria fresca.»

Lascio che mi accompagni verso la sala d'attesa. Sento che Burke mi guarda per tutto il tempo, e in quel momento mi ricordo del pendolo della seduta spiritica, ancora nella tasca del mio giaccone.

Capitolo dodici

Nel parcheggio, mi rendo conto che Ashley muore dalla voglia di chiedermi cos'è successo nella saletta dell'interrogatorio. Mi basta lanciare un'occhiata veloce nello specchietto del suo SUV per notare che sono bianca come un lenzuolo. Nella migliore delle ipotesi, Burke pensa che io sia una specie di ficcanaso che compare nelle scene del delitto. Nella peggiore, crede che io sappia cos'è successo a Bailey e che sia coinvolta in qualche modo nella sua scomparsa.

Quando lasciamo la stazione dello sceriffo, Ashley gira a destra verso Main Street, invece di svoltare a sinistra per andare a casa. «Devo andare in farmacia a prendere a Lauren qualcosa per aiutarla a dormire» spiega. «Non ti dispiace, vero?»

Rimango in silenzio. Dovrei dirle che Lauren viene in camera mia perché non vuole dormire da sola, ma so già cosa succederà, se lo faccio: alla fine Ashley riuscirà a far confessare Lauren e verrà a sapere cos'abbiamo combinato l'altra sera nel fienile.

Le dita di Ashley trovano le mie, sul mio ginocchio, e le stringono. «Oh, tesoro, mi dispiace tanto. Sono proprio un'idiota a chiederti di entrare lì dentro.»

Crede che io non dica niente perché la Farmacia Amica è il posto dove lavora Bailey e mi fa pensare a lei. Ma, quando la tua amica è scomparsa, non hai bisogno di qualcosa che te lo ricordi. L'assenza di Bailey è una costante nella mia mente.

Accostiamo alla Farmacia Amica e seguo Ashley fino al bancone in fondo al negozio, dove vendono le medicine. Tyrell è dietro il bancone e indossa un camice bianco al posto della polo con il logo della farmacia. Sembra un po' imbarazzato.

«Bel camice» dico, mentre Ashley gira per le corsie. «Ti hanno dato una promozione?»

«Ho diciotto anni, quindi posso lavorare al bancone adesso.» Dopo una pausa Tyrell aggiunge: «Hai saputo qualcosa?».

«No. Siamo appena state a casa sua. Sua madre è a pezzi. E tu?»

Tyrell lancia un'occhiata tra le corsie. Seguo il suo sguardo. Nel negozio non c'è nessuno a parte Ashley, che sta guardando i farmaci per il raffreddore e i sonniferi.

«Ho sentito che stanno per escludere Cliff dai sospetti» dice Tyrell. «Suo padre gli ha fornito un alibi. Ha detto che era a casa, a letto prima di mezzanotte.»

Quindi è per questo che l'hanno rilasciato dalla stazione di polizia prima. Se Cliff ha litigato con Bridget ed è andato a casa subito dopo la festa, non ha certo avuto il tempo di seguire Bailey, ucciderla e sbarazzarsi del suo corpo. «Pensi che suo padre stia mentendo per coprirlo?»

Tyrell stringe le labbra, si guarda intorno per controllare che nessuno ci stia ascoltando. «Non dirlo in giro, perché non voglio che venga qui ad accusarmi di stronzate. Ma si dice che il padre di Cliff è stato al pub fino all'ora di chiusura sabato.»

«Quindi l'alibi è falso.»

Tyrell alza un dito davanti alla bocca: *Sssh*. «Come ho detto, è solo una voce. Non lo so per certo.»

Poi s'interrompe di colpo vedendo Ashley che si avvicina al bancone.

«Ty. Andrew non mi aveva detto della promozione. Devo dirlo a Russ. Sarà così orgoglioso.»

Tyrell vuole lavorare nella farmacia di un ospedale un giorno, proprio come mio padre. È stato accettato alla facoltà di farmacia di Madison, con ammissione anticipata. Sei anni di scuola e diventerà *dottore*. Invidio le persone come lui, che sanno già cosa vogliono fare.

«Come posso aiutarla?» chiede Tyrell, mentre le guance gli diventano rosse.

«Lauren ha problemi a dormire» dice Ashley. «Hai qualcosa di forte?»

Tyrell sparisce nel retro, mentre una farmacista più anziana, una donna con la messa in piega liscia, si fa avanti. Infila una penna nella tasca del camice. Il suo nome sull'etichetta dice: *Deb*. «Ma sei Ashley Markham?» chiede.

«Sì.» Ashley sembra imbarazzata. Io non la conosco, ma a quanto pare lei conosce me o sa chi sono, perché mi afferra la mano con un verso stridulo e poi sputa a raffica le parole: «Poverina. Sei sua amica. Devi essere a pezzi. Io la conoscevo appena – lavora alla cassa – ma il fatto che sia scomparsa mi mette davvero i brividi».

Ritraggo la mano. Ashley mi mette un braccio sulle spalle come per proteggermi. «Sai, avremmo assolutamente bisogno del tuo aiuto questa settimana» dice. «L'ufficio dello sceriffo sta organizzando una ricerca di volontari. Io sto preparando dei pranzi al sacco.»

«Oh, che tu sia benedetta, Ashley Markham. Dimmi il posto e io ci sarò.»

Tyrell torna al bancone e posa una scatola di NyQuil accanto a Deb. Cattura il mio sguardo e alza gli occhi al cielo. Deb passa la pistola scanner sulla scatola di medicinali e un brivido le scuote tutto il corpo. «Uno proprio non ci pensa che qui a Broken Falls possano succedere storie come questa.»

Quando la gente dice cose del genere, si dimentica della famiglia Leeds? «Sì.» annuisco, mentre Ashley firma il registro giurando che non userà il NyQuil per produrre metanfetamina. Deb mi fissa.

«Spero che tu sia prudente» mi ammonisce. Anzi, mi agita proprio il dito davanti, mentre mette le medicine in un sacchetto. «Di questi tempi sono contenta che abbiamo mandato Kayla a karate. Denise insiste ancora che vuole fare danza, che sia benedetta. Queste sciocchine non hanno idea di cosa sia il pericolo.»

Ashley prende lo scontrino che Deb le porge. Senza dubbio sta pensando a Lauren, a casa da sola con la signora Lao che le dà un'occhiata. «Grazie, Deb. Stammi bene.»

«Ho sentito che hanno chiamato un detective dell'ufficio investigativo di Stato» dice Deb. «Qualcuno che se ne intende di questi casi.»

«Be', lo sceriffo sta facendo del suo meglio.» Ashley le rivolge un sorriso a labbra strette. Il modo in cui la gente del Midwest ti dice: *Per favore, chiudi quella cazzo di bocca adesso*.

«Mi chiedo se lo vogliano fuori dall'indagine per via del suo *rapporto* con i Grosso.» Deb si guarda alle spalle, il che è ridicolo visto che nel negozio, oltre a Tyrell, ci siamo solo noi. «Tutti dicono che Cliff c'entra qualcosa.»

«Non sono sicura che sia la scelta migliore.» Ashley si sistema la cinghia della borsa sulla spalla. I Grosso non saranno tra i più benvoluti a Broken Falls, ma è meglio essere temuti che amati. Nessuno vuole mettersi contro di loro. Quelli che vanno nel loro negozio, per lo più, lo fanno a testa bassa. Hanno troppa paura di guardare Jim Grosso nel modo sbagliato e di beccarsi una pallottola nel sedere come è successo a quel ragazzo.

E se qualcuno ha visto davvero Jim Grosso al pub sabato, questo è un ottimo motivo per non andare alla polizia e denunciarlo.

«Allora, sogni d'oro.» Deb indica la busta di plastica con il NyQuil. L'avevo presa io senza pensarci.

«Oh, sono per Lauren» fa Ashley. «Stammi bene, Deb.»

«Oh! Aspetta, tuo figlio ha una ricetta qui in attesa» dice Deb. «Vuoi ritirarla adesso?»

A quelle parole rimango come paralizzata. Ashley risponde di sì e tira fuori di nuovo il portafoglio. Non sa quello che Andrew mi ha detto l'altro giorno: che aveva ritirato le sue medicine domenica mattina.

Ashley mi lascia a casa, così posso *riprendermi* mentre lei va all'ipermercato di Pleasant Plains a prendere le scatole per i cento pranzi al sacco che domani donerà ai volontari della ricerca.

Quando entro, Andrew è in sala da pranzo, con il suo libro di fisica aperto e un barattolo di sottaceti vuoto al suo fianco. Vederlo mi tranquillizza, un attimo di tregua dalla mia agitazione dopo l'interrogatorio con il detective Burke.

Ma è un sollievo che dura poco, perché poi mi ricordo del sacchetto di medicine che ho in mano. Quelle che lui aveva detto di aver ritirato l'altra mattina, mentendo.

Mi lascio cadere nella poltrona di fronte a lui. Andrew alza lo sguardo. Si scuote i capelli dagli occhi. «Ehi.»

«Ehi.» Poso il sacchetto di medicinali davanti a lui. «Tua madre e io li abbiamo ritirati per te.»

«Oh, grazie.»

Segue una pausa di silenzio, mentre Andrew finisce il problema su cui sta lavorando. Matematica o fisica, a me sembra tutto uguale. Deglutisco. «Non mi avevi detto di aver ritirato tu la tua ricetta domenica mattina?»

«Credo che ce ne fosse un'altra in attesa.»

Tiene la testa china sul libro. Non riesco a capire se non mi sta guardando di proposito. Potrebbe benissimo dire la verità, ma c'è ancora un punto interrogativo che mi assilla quando ripenso a quelle tracce di pneumatici freschi domenica mattina.

Sto diventando paranoica. Forse sono solo stanca per l'interrogatorio alla stazione dello sceriffo. Mentre sto per parlarne a Andrew, sento una voce nota in corridoio. Gli chiedo: «Chloe Strauss è qui?».

Andrew alza gli occhi al cielo. «È appena arrivata. Volevo quasi dirle di andarsene.»

Mi tolgo la sciarpa. «Sei troppo gentile per farlo.»

Per fortuna io non sono come lui. Seguo il chiacchiericcio nella taverna dove Lauren e Chloe stanno guardando la televisione. Quando le vedo lì, provo una scossa di fastidio. Hanno solo tredici anni, non sono nemmeno amiche di Bailey, ma vederle chiacchierare come se niente fosse mentre guardano un reality sui vestiti da sposa è troppo in questo momento.

«Ehi, Laur» dico di getto. «Non hai delle faccende da sbrigare prima che tua madre torni a casa?»

Lauren mi guarda con aria assente; in presenza di Chloe le viene sempre quello sguardo, come se fosse tenuta in ostaggio. «Le ho già fatte.»

Chloe spegne la tv. «Ho sentito dire che sei tu quella che ha trovato il sangue nel fienile dei Leeds.»

Il mio cuore si ferma per un attimo. «Come hai fatto a saperlo? Non era nelle notizie.»

Chloe alza le spalle. «L'ha saputo mio padre. Dice che Bailey è morta.»

«È stupido da parte sua diffondere voci del genere.» Penso a tutte le cose che la gente sta dicendo di Bailey: che è andata in overdose, che si è uccisa. Che diavolo ne sanno? «Bailey potrebbe essere ancora viva.»

Chloe solleva il mento. «No. Io so cosa le è successo.»

Vedo Lauren che tende i muscoli delle spalle. Fisso Chloe. Ha perfino l'aspetto di un piccolo topo: naso appuntito, i capelli biondo grigiastri. «Di che diavolo stai parlando?»

«Voi avete fatto arrabbiare la Dama Rossa» dice Chloe. «Quando avete evocato il suo spirito nel fienile. E lei ha ucciso Bailey per vendicarsi.»

In una frazione di secondo afferro il braccio di Chloe e la tiro su dal pavimento. Lei si mette a urlare, Lauren si unisce alle urla e Andrew ci raggiunge di corsa nella taverna. «Kacey! Che problema hai?»

«È questa qui il problema.» Provo una certa soddisfazione nel sentire le mie unghie che incidono delle mezzelune nella pelle di Chloe.

«Lasciala andare» implora Lauren sopra i guaiti di Chloe.

Mollo la presa e Chloe cade di nuovo sul tappeto, con gli

occhi strabuzzati. Mi trema la voce: «Non dovrebbe essere qui. È una piccola bugiarda psicopatica».

Chloe emette un basso lamento: «Ma io non ho fatto niente...».

«Gesù.» Andrew si passa una mano tra i capelli. «Chloe, andiamo. Ti accompagno a casa.»

Chloe si alza, scansandomi come un cucciolo impaurito. Quando raggiungono il corridoio, sento Andrew che la rimprovera: «Non puoi presentarti qui senza chiamare prima. È da maleducati».

Sto tremando, le parole di Andrew mi vorticano in testa. *Che problema hai?* Lauren è ancora seduta sul pavimento, tutta raggomitolata. Fissa la porta, ma non si muove per alzarsi.

«Laur...»

«Vattene via, Kacey. Rovini sempre tutto.»

Esco dalla stanza per andare in camera mia senza voltarmi. Se lo facessi, vedrebbe quanto quello che ha appena detto mi ha distrutto.

Lauren mi odia. Ho fatto male alla sua amica – l'unica che pensa le sia rimasta – quindi deve odiarmi. Adesso Chloe non vorrà più tornare da noi. Forse dirà anche a tutti a scuola che la sorellastra di Lauren Markham è una psicopatica che ha cercato di aggredirla.

Io non ho mai voluto avere un fratello o una sorella. Mia madre è sempre stata così inaccessibile, così incostante con il suo affetto, che non riuscivo a concepire di doverla dividere con qualcun altro. Quando l'assistente sociale mi ha detto che mio padre aveva una figlia e un figliastro che vivevano con lui, per poco non mi veniva da vomitare. Mi avrebbero odiata, ne ero certa, e mi avrebbero relegata in un letto in soffitta. Roba da Cenerentola, quella vera, non quella della Disney.

Così ho cercato di evitare tutti. Ma Andrew la pensava diversamente.

Era un sabato mattina quando è entrato in soggiorno mentre stavo guardando un documentario sugli animali. Ho spento subito la tv, come se mi avesse beccato a guardare un porno, anche se Ashley mi aveva detto di fare come se fossi a casa mia.

«Hai qualche programma per stamattina?» mi ha chiesto Andrew.

Ho fatto spallucce. «Non lo so. Perché?»

«Devo accompagnare Lauren alla scuola di danza di Pleasant Plains.» Si è tirato giù il berretto sulla testa. «C'è un posto che fa waffle dall'altra parte della strada e io di solito l'aspetto lì, invece di tornare a casa... e ora che lo dico ad alta voce, mi rendo conto di quanto sia triste mangiare da solo ogni sabato. Quindi, per favore, vieni con noi.»

«Waffle?» ho detto. «Ho già mangiato.»

«Nessuno è mai troppo sazio per un waffle. Ti aspettiamo in macchina, se vuoi venire.»

Ci ho riflettuto per un attimo. L'alternativa era stare seduta a non fare niente, finché mio padre non si fosse svegliato. Poi sarei stata da sola con lui e non ero pronta per questo.

Mi sono infilata gli stivali, ho messo la giacca e sono uscita. Andrew stava riscaldando la macchina. Lauren era sul sedile davanti; li ho visti bisticciare attraverso il vetro. Quando sono salita sul sedile posteriore, lei ha smesso di parlare.

«Grazie per avermi invitato» ho detto.

Lauren ha annuito, poi ha tirato fuori il telefono ed è rimasta in silenzio per tutti i quindici minuti del viaggio, anche quando Andrew ha cercato di farla parlare del motivo per cui andava a Pleasant Plains ogni sabato. Era l'assistente dell'insegnante di un corso di danza classica per bambine.

«Quanti anni hanno?» ha insistito Andrew, quando finalmente eravamo nel parcheggio.

«Sono piccole» è sbottata Lauren. «Lo sai già.» È saltata giù dall'auto e si è precipitata in palestra, con la borsa da ballo rosa che sbatteva contro il retro del suo body.

«Mi odia» ho detto.

«No, dice sempre che avrebbe preferito avere una sorella» ha detto Andrew. «Almeno nei giorni in cui vuole che io sprofondi nelle fiamme dell'inferno.» Ha fatto una pausa, tenendo aperta la porta del locale. «È timida. Una volta che si sarà sciolta, non riuscirai a farla smettere di parlare e ti mancherà la tranquillità. Bancone o tavolo?»

«È uguale» ho detto. Andrew ha scelto un tavolo. Mentre la cameriera ci portava i menù, ho sentito una fitta di nostalgia. Ho pensato a mia madre e a me, nel nostro solito posto alla tavola calda vicino alla sua banca. I tavoli erano luridi e i cuscini di plastica si appiccicavano alle cosce, ma avevano i migliori mini pancake. Sempre con lo sciroppo di fragole.

Quando la cameriera che ha preso la nostra ordinazione se n'è andata, ho fatto scivolare la zuccheriera verso di me. Ho guardato Andrew, giocando con il coperchio. «Tu e Lauren sapevate di me?»

Andrew mi ha tolto di mano la zuccheriera e ha versato un po' di zucchero sul suo cucchiaio. «Io lo sapevo.»

Ho sentito una stretta alla gola. Andrew mi ha guardato

negli occhi. «Loro pensavano che fosse meglio così. Lauren voleva così tanto una sorella e sarebbe stato troppo difficile spiegarle perché non ti conoscevamo nemmeno.»

«E perché, esattamente? Voglio solo la versione che ti hanno detto.»

Andrew ha esitato. «Tua madre non permetteva a tuo padre di vederti.»

Le nostre ordinazioni sono arrivate. Avevamo preso tutti e due dei waffle: lui con le fragole fresche, io con una pallina di gelato. Ma non avevo più fame. Forse è stato sentire qualcuno confermare che mia madre mi aveva mentito per tutta la vita.

Ho guardato Andrew che spargeva una spolverata di zucchero su ogni fragola e mi sono chiesta se faceva la stessa cosa ogni settimana.

«Mia madre e io... la mia vita prima di venire qui era davvero incasinata» ho detto. «L'ultima cosa che voglio è incasinare la famiglia di qualcun altro.»

Mi ha guardato e ha detto semplicemente: «Non credo che tu possa farlo».

Dopo quella volta, prima di iniziare a lavorare al Milk & Sugar in estate, sono andata tutte le settimane con Andrew ad accompagnare Lauren alla scuola di danza fino alla fine delle lezioni. Mia sorella si è sciolta, ha iniziato a protestare e a mettere il broncio perché non poteva mangiare i waffle con noi il sabato mattina, come se io e Andrew stessimo partecipando a una riunione di un club esclusivo.

In realtà, parlavamo e basta. E una volta, quando mi ha sorpreso a giocare con la cicatrice sul labbro, Andrew non ha distolto lo sguardo. «Com'è successo?» mi ha chiesto.

Ho bevuto un sorso del mio caffè, poi ho posato la tazza

sul piattino facendola tintinnare. «Mi sono tagliata il labbro contro i denti quando mia madre mi ha spinto contro un muro.»

Non ha reagito. «Mi dispiace molto.»

«Non dispiacerti. Le ho dato anch'io una spinta.» Ho guardato fuori dalla finestra del parcheggio; la cameriera, dietro una Buick, stava aiutando l'anziana donna al volante a uscire dal suo posto. «È per questo che non possiamo vivere insieme. Sono cattiva quanto lei.»

«Non lo sei affatto» ha detto Andrew dopo un attimo. «Cioè, lei era tua madre. Avrebbe dovuto essere compito suo tenerti al sicuro.»

Ho sollevato la tazza, ma poi l'ho rimessa subito giù. «Sì. Forse.»

Non avevo mai detto a nessuno la verità, nemmeno a Dawn. Ma questo è il problema di lasciare che qualcuno intacchi lentamente le tue difese: quando lasci trapelare troppo di te stesso, non c'è modo di riprendertelo indietro.

Devo rimanere lucida. L'ultima cosa di cui ho bisogno è che il detective Testa di Cazzo scopra che ho aggredito una ragazzina di terza media. A questo punto Chloe avrà già detto cosa le ho fatto a chiunque sia disposto ad ascoltare.

Aspetto che Andrew esca di casa con Chloe per tornare in punta di piedi nella taverna. Lauren non c'è. Vado al piano di sopra, passando davanti alla stanza di mio padre e al suono delle onde che si alzano e si gonfiano: il suo generatore di rumore, così può dormire di giorno mentre noi facciamo le nostre cose. Ashley scherza sul fatto che non si sveglierebbe nemmeno se i Led Zeppelin si riunissero e iniziassero a suonare ai piedi del letto.

Busso alla porta di Lauren; invece di cacciarmi via, mi dice un fievole «Cosa c'è?»

Mi avvicino lentamente. È al suo portatile. Mi viene in mente che ho scorso la cronologia del suo browser e ingoio il senso di colpa. «Scusa» le dico. «È che Chloe mi ha fatto davvero incazzare.»

«A posto.» Lauren alza lo sguardo dal computer. «A volte fa arrabbiare anche me. Ha detto che Bailey è stata uccisa nel fienile in un rituale satanico.»

«Non credo che Bailey sia stata uccisa nel fienile» dico. «Non c'era molto sangue.»

Solo una striscia che imitava quella trovata nel fienile la notte in cui la famiglia Leeds è stata uccisa. Penso a quello che ha detto Jade prima: qualcuno voleva che la polizia trovasse il telefono sul prato di Cliff Grosso. Chiunque l'abbia lasciato avrebbe potuto facilmente riprodurre una striscia di sangue per depistare maggiormente i ricercatori: assicurarsi che cerchino nel posto sbagliato.

Mi siedo sul letto di mia sorella, a qualche decina di centimetri dalla sedia della sua scrivania. «Lauren, ti avevo detto di non dire a nessuno quello che abbiamo fatto nel fienile.»

Il viso di Lauren si contrae. «Chloe è la mia unica amica.»

«Io sono tua amica. Andrew è tuo amico.» Sospiro. «Chloe ha dei problemi. Penso che creda davvero a quelle cose.»

«Il sangue.» La voce di Lauren è un sussurro. «Era davvero nello stesso punto?»

«Non significa nulla. Potrebbe essere solo uno scherzo di cattivo gusto.»

Lauren si tira su le ginocchia fino al mento. Dopo un attimo dice: «Ho paura».

«Di cosa?»

Lei guarda fuori dalla finestra, quella che dà sulla nostra strada, Sparrow Hill visibile in lontananza. «Che non ti rivedrò mai più.»

Che cosa strana da dire. Forse pensa che qualsiasi cosa sia accaduta a Bailey stia per succedere anche a me? Scuoto la testa per scacciare via il pensiero.

«Non succederà.» Ma tutto ciò che sento è un'ondata di ansia, immaginando la reazione di Ashley se scopre che sono io la responsabile della crisi di Lauren.

È di questo che dovrei preoccuparmi, di venire cacciata da casa Markham per essermi comportata male. Ma quando chiudo gli occhi, vedo i corridoi del riformatorio come li ha descritti Missy la Pazza. Ragazze che si aggrediscono come animali per degli sguardi fuori luogo.

Vedo il detective Burke e il modo in cui mi ha guardato: come se avesse trovato il pezzo mancante di un puzzle.

Capitolo tredici

Giovedì mattina ancora non ci sono novità. Domani c'è la ricerca dei volontari; stasera assembleremo le centinaia di scatole di cartone sul tavolo della sala da pranzo e le riempiremo con sandwich e patatine per tutti quelli che parteciperanno.

Volevo iscrivermi anch'io alla ricerca, ma tutti i volontari devono avere almeno diciotto anni e passare un controllo dei precedenti penali. Jade mi ha chiamato ieri sera in piena crisi.

«Mi mancano solo due settimane per compiere diciotto anni» si lamentava. «Mi sento così inutile che potrei vomitare.»

Mio padre sta ancora dormendo. Gli scrivo un biglietto per dirgli che vado da Jade e lo lascio sul bancone della cucina, anche se, prima di andare al caffè, Ashley si è raccomandata di restare a casa.

L'ho supplicata di lasciarmi lavorare per non dover stare seduta in casa tutto il giorno, ma ha insistito perché rimanessi qui e iniziassi a fare tutti compiti che i miei insegnanti mi hanno assegnato via mail mentre gli operai riparano il tubo scoppiato e i danni nelle aule.

Non posso starmene tutto il giorno ad aspettare notizie su Bailey, ma non ho nemmeno intenzione di andare da Jade.

Fa troppo freddo per camminare, ma non voglio che Andrew sappia dove sto andando. Tra la storia di Chloe e l'inquietante avvertimento di Lauren, ho deciso di non raccontargli della seduta spiritica nel fienile, né del crollo del tetto o della striscia di sangue.

Non so cosa voglio sentirmi dire in questo momento, ma non voglio che Andrew cerchi di convincermi che non c'è nessun collegamento tra la scomparsa di Bailey e tutto quello che è successo sulla Collina del Massacro.

L'autobus per Pleasant Plains ferma a quattrocento metri da Sparrow Road. Quando arrivo alla fermata, ci sono solo io. Il volto di Bailey mi fissa da un manifesto. Questo non siamo stati noi ad appenderlo lunedì scorso.

Lunedì sembra una vita fa. Tra pochi giorni sarà di nuovo lunedì e riaprirà la scuola. Parleranno tutti del tubo scoppiato? Bailey sarà già una notizia vecchia, essendo scomparsa da più di una settimana? Mi immagino la sua espressione risentita all'idea che tutti vadano avanti come se niente fosse, quando non si sa nemmeno se sia viva o morta.

La panchina d'acciaio della stazione potrebbe anche essere un blocco di ghiaccio. Scelgo di rimanere in piedi finché l'autobus non accosta al marciapiede. Srotolo le banconote da un dollaro nel guanto e le porgo al conducente. Nuvole di fiato gelato gli escono dalla bocca quando apre la portiera. «Come va?»

Faccio un cenno con la testa come a dire *Tutto bene* e prendo il posto cinque file dietro di lui, nel caso oggi fosse in vena di chiacchiere. C'è solo un'altra persona sull'autobus: un senzatetto che ho visto fuori dal ristorante messicano di Pleasant Plains.

L'anno scorso Lauren mi ha chiesto perché preferisce starsene in strada al freddo quando c'è un rifugio per senzatetto non lontano. Ripenso a quando lasciavo il letto caldo a casa di mia madre per andare nel parcheggio del minimarket di Rochester. Non c'è un modo semplice per spiegare a qualcuno che a volte uscire è più sicuro che rimanere in casa.

Dentro il negozio Cristalli Incantati c'è davvero un cliente, un tizio con la barba che sta pagando alla cassa. Do un'occhiata ai libri sugli scaffali, mentre la strana donna di lunedì gli assicura che il libro che ha comprato è davvero la guida più autorevole sui chakra. Sfoglio un libro sulle maledizioni e le fatture, mentre il tizio se ne va, con una borsa di carta marrone con della velina viola che sporge.

C'era qualcosa di strano nel modo in cui la donna aveva guardato il manifesto di Bailey l'altro giorno: sembrava quasi che l'avesse riconosciuta. È piuttosto improbabile, lo so, ma se c'è anche solo una possibilità che Bailey sia passata di qui, voglio sapere perché.

«Devi comprare qualcosa per te o per qualcun altro?» La donna mi guarda. Ha detto la stessa cosa l'ultima volta che sono stata qui, ma la sua voce è meno incalzante. Il suo tono meno da commessa.

Non riesco a trovare le parole. Il volto della donna si addolcisce.

«Dov'è la tua amica?» mi chiede.

È scomparsa, penso, prima di capire che sta parlando di Jade. «Non sa che sono qui.»

«Ho seguito il caso dell'altra tua amica» dice la donna. «La ragazza scomparsa. Che storia triste!»

Non so cosa dire. *Grazie* non mi sembra appropriato. «Per caso... le sembra di averla già vista? Bailey?»

La donna esce da dietro il bancone. Porta una gonna paisley che sfiora il pavimento. «I suoi capelli. Sono bellissimi. Ricordo di aver visto una ragazza con i capelli così qui. Aveva attirato la mia attenzione.»

Il cuore mi batte più forte. «Quando è successo? Cosa voleva?»

«Non lo so» dice la donna. «Dovevo fare una lettura di tarocchi nella stanza sul retro. Quando sono tornata, non c'era più.»

Qualcosa in me si sgonfia. Non so cosa mi aspettassi di sentire. Che Bailey si era fatta leggere il futuro? Che questa donna ha in qualche modo la chiave per scoprire cosa le è successo?

«Mi chiamo Amber» dice, facendo un cenno al libro di maledizioni che ho ancora tra le mani. «È un buon regalo se vuoi fare uno scherzo, ma nulla più.»

Mi aspettavo un nome più esotico, come Rhiannon o Raquel. Rimetto il libro sullo scaffale. «Perché vende questa roba se non ci crede?»

Amber sorride. Il rossetto viola ha uno sbaffo su un angolo della bocca. Vorrei pulirglielo. «Devo tenere in negozio anche la roba che la gente vuole comprare, anche se non condivido personalmente le idee che divulgano.»

«Ma lei crede davvero di poter contattare i morti?»

La pressione nella mia testa raggiunge un crescendo; starnutisco.

«Che ne dici se metto su un po' di tè» dice Amber. «Così possiamo farci una chiacchierata?»

Siamo nella stanza sul retro, dove Amber fa le sue letture. Il tè profuma di fragole e l'ho controllata mentre lo preparava, ma non l'ho comunque toccato quando mi ha messo la tazza davanti. Questa donna mi mette i brividi. L'ho vista girare il cartello sulla porta con scritto TORNO TRA QUINDICI MINUTI prima di accompagnarmi nella sala di lettura.

Le racconto della notte di venerdì scorso nel fienile dei Leeds.

«So che il tetto deve essere crollato per il vento... ma... proprio nel momento in cui stavamo facendo una seduta spiritica? È stato inquietante.» M'infilo le mani tra le cosce.

Amber annuisce. Non mi guarda come se fossi fuori di testa. «L'energia in quel fienile... probabilmente ci sono molti spiriti che aspettano di attraversare di nuovo la soglia dopo quello che è successo lì.»

Mi lecco le labbra. «So che può sembrare stupido, ma è possibile che la mia amica Bailey sia scomparsa a causa di quello che abbiamo fatto? La seduta spiritica.»

«L'altro giorno avevi una forte aura marrone intorno a te.» Amber riempie di nuovo la sua tazza con dell'altro tè. Mi scruta sopra il manico della teiera. «Il marrone può significare inganno.»

«Vuol dire che sto mentendo su tutta la faccenda?»

«Non necessariamente. Potrebbe significare che qualcuno ti sta ingannando. Qualcuno che conosci è responsabile della sua scomparsa.»

Non è poi così insensato credere che Bailey potesse conoscere il suo assassino. Dopo tutto, Cliff è stato l'ultima persona a vederla viva. Tuttavia, il mio stomaco sprofonda. «Ha detto che io sapevo dov'era Bailey, ma me lo tenevo per me. Penso che... sia perché nel profondo so che è stata uccisa e non volevo dirlo davanti a Jade.»

Amber mi studia. «Sei venuta per scoprire qualche indizio su quello che le è successo? Perché con le carte niente è preciso al cento per cento.»

Esito, poi annuisco. Naturalmente non sarà preciso – per lo più sarà una serie di cazzate – ma non riesco a non pensare a come Amber abbia indovinato lo stato d'animo di Jade il giorno in cui siamo venute ad appendere il manifesto di Bailey. *Credi che, se fossi rimasta con lei l'altra sera, la tua amica non sarebbe scomparsa.*

Amber aveva ragione. Jade si stava tormentando per aver lasciato Bailey da sola. Come faceva a saperlo?

«Una lettura completa dei tarocchi costa quaranta dollari» dice Amber.

Io ne ho solo venticinque. Mi viene da piangere.

Il volto di Amber si addolcisce. «Ma se vuoi solo avere un'idea della situazione della tua amica, te lo posso fare gratis.»

Sento che mi sto sciogliendo un po' nei confronti di Amber. «Perché dovrebbe fare una cosa del genere?»

«Ho contattato la polizia offrendo i miei servizi. Hanno gentilmente rifiutato.» Amber sorride. «Capisco perché.»

Perché sono tutte cazzate e io ho sprecato i soldi del biglietto dell'autobus per venire fino a qui.

«Ma perché non prova a guadagnarci un po' con me?» chiedo. «Senza offesa, ma non è per questo che lo fa?»

Amber si alza. Temo di averla offesa e che voglia mandarmi via. Invece va dietro alla credenza accanto alla porta della sala di lettura e torna con tre carte.

«Ho già estratto le carte della tua amica. Il passato, il presente e il futuro.» Amber posa tre carte consunte sul tavolo. Non ho la minima idea di cosa significhino. Indico la prima, che mostra, tipo, delle persone che precipitano giù da un pene gigante.

«Cosa vuol dire?»

«È la Torre. L'ho estratta cercando risposte sul passato di Bailey.» Amber beve un sorso del suo tè. «La Torre significa che c'è stato un cambiamento improvviso nella vita di Bailey. Il caos. Qualcosa che le ha fatto mettere in dubbio chi fosse.»

Mi scervello. Cathy aveva detto che Bailey aveva chiesto aiuto, che voleva parlare con uno psicologo. «Di quanto tempo fa stiamo parlando? Tipo, questo cambiamento improvviso è avvenuto prima della sua scomparsa?»

«Questo non saprei dirtelo. Ma anche la carta del presente è interessante. È il Sette di Spade.»

Guardo Amber senza capire. Lei indica una carta con un uomo vestito come un clown, che sembra scappare nella notte con delle spade in mano.

«Questa carta suggerisce il tradimento, qualcosa di subdolo» dice. «L'inganno.»

«Questo non ci dice nulla di nuovo» faccio. «Ovviamente chiunque l'ha fatta sparire l'ha ingannata in qualche modo.»

«Non necessariamente.» Amber si passa un'unghia laccata sulle labbra. «Considerando anche la Torre, devo dire che chi ha ingannato la tua amica la conosceva bene.»

Mi viene la nausea. *Tutto questo non ha senso. Sono solo stronzate.* «E che mi dice della carta del futuro?»

Amber gira la terza carta. «Questa potrebbe dirci dove trovare Bailey. Come vedi tu stessa, l'Imperatrice si trova in un campo.»

Mi si secca la bocca. Non è lo sfondo che sto guardando,

né immagino Bailey distesa in un campo. Non riesco a staccare gli occhi dalla donna sulla carta. *L'Imperatrice.* Indossa una veste bianca, punteggiata di rose rosse che sembrano quasi macchie di sangue.

Amber mi sta prendendo in giro. Ha scelto di proposito l'ultima carta perché le ho confessato i miei sospetti sui legami tra la scomparsa di Bailey e la Dama Rossa. È folle... venire qui è stata un'idea folle.

«Devo andare» borbotto. Il sangue mi defluisce giù dalla testa e, quando mi alzo, le ginocchia quasi mi cedono. Mi sento come se fossi stata avvelenata, ma non ho nemmeno toccato il tè che mi ha fatto.

«Aspetta!» Amber mi chiama mentre scosto la tenda che divide la stanza sul retro dal negozio. «Tesoro. Hai dimenticato il portafoglio.»

Mi volto. Amber è dietro di me, con uno sguardo di compassione, la mano tesa con il mio portafoglio. Alle sue spalle qualcosa in una teca di vetro attira la mia attenzione.

Mi fermo. Nella vetrina, in bella mostra, c'è il pendolo. Quello che Bailey ha portato nel fienile. Ma non può essere, perché quel pendolo è ancora sepolto sotto la biancheria intima nel mio comò.

Amber è alle mie spalle. «Dove l'ha preso?» le chiedo indicandolo.

«È un modello nuovo, cento per cento angelite» dice Amber, pronta ad aprire la teca. «È in commercio solo da quest'anno.»

Mi si torcono le dita dei piedi. «No, la mia amica ne ha uno identico. Ha detto che apparteneva a sua madre. Che è vintage.»

Amber ride. «Il produttore lo spaccia per vintage, ma, detto tra noi, è fabbricato in Cina.»

Non riesco a staccare gli occhi dalla vetrina. Quella tonalità verde acqua, il disegno sulla catena, è proprio *lo stesso*.

«Vuoi vederlo?» mi chiede Amber.

Scuoto la testa. «È l'unico che ha qui in negozio?»

«È l'unico rimasto» dice. «L'altro l'ha venduto la mia socia non molto tempo fa, credo.»

Sento in bocca un sapore strano. «Quando l'ha venduto?»

«Aspetta» dice Amber. «Prendo il registro delle vendite.»

La mia nuca è umida e fredda. Il sangue sta tornando alla testa. Amber va dietro il bancone e ne esce con un quaderno dalla copertina marmorizzata. Sfoglia alcune pagine prima di fermarsi. «Ah! Due settimane fa.»

«C'è scritto qualcosa su chi l'ha comprato?»

«No, solo che è stata pagato in contanti. Se vuoi, posso chiamare la mia socia. Magari lei se lo ricorda.»

Non serve. So che è stata Bailey. È lo stesso identico pendolo che aveva detto di aver trovato tra le vecchie cose di sua madre. Quindi ha mentito su dove l'aveva preso. Proprio come ha mentito sul perché stava lasciando la festa.

C'è solo una cosa di cui sono sicura, ormai: che Bailey Hammond, viva o morta, è una bugiarda.

E voglio sapere su cos'altro ha mentito.

Terzo anno
Giugno

Hai mai avuto un segreto così grande che, se lo scoprissero, sarebbe la tua fine? Spoiler: io ce l'ho ed è così brutto che quasi non voglio scriverlo qui, anche se nemmeno quella ficcanaso di mia madre potrebbe trovare il mio nascondiglio per questo diario. (Secondo spoiler: una fessura ricavata tagliando la fodera nel fondo del mio materasso. Geniale, no?)

Il mio segreto è che ho un problema e questo problema è un ragazzo. No, non si tratta di Cliff Grosso, anche se quello è una suprema pigna in culo perché dice a tutti che a casa di Tyrell abbiamo fatto cose che non abbiamo fatto. Questo ragazzo è diverso. È la persona più gentile che abbia mai conosciuto. Così gentile che, se anche solo penso di prendere in giro qualcuno, mi viene in mente la sua faccia e mi sento giudicata. È divertente senza essere cattivo, cosa che gli altri ragazzi di Broken Falls non si sognano nemmeno, con le loro battute sulle lesbiche e le pessime imitazioni della signora Gonzalo, la vicepreside. Tutti la chiamano Gonzo per via del suo naso, e questo mi ha sempre rattristato.

Questo ragazzo è bello in un modo assolutamente

devastante e quando ti sorride ti fa sentire come se vedesse solo te.

Io lo amo dal primo momento in cui l'ho visto.

Il problema è che lui non mi ricambia. Come faccio a sapere che non gli piaccio? Perché se un ragazzo è interessato a te, te lo DICE, cazzo. E, anche se non pronuncia le parole con le labbra – *Mi piaci!* – troverà un altro modo per fartelo capire. Per esempio, se sa che lavori alla farmacia locale, troverà una scusa per venire a ritirare le sue medicine durante uno dei tuoi turni, invece di mandare sua madre. Se ti incontra e tu gli butti là casualmente che andrai alla festa del suo migliore amico, lui verrà a quella maledetta festa perché sa che ci sarai anche tu.

Questo è solo un piccolo assaggio delle cose che potrebbe fare se gli piacessi.

Ma il fatto che io ami questo ragazzo non è la parte più indecente del mio segreto. Anzi, a qualche amica ho già confessato cosa provo per lui. Val Diamond lo sa, perché è da una vita che sono innamorata di lui. In terza media io e Val abbiamo perfino escogitato un grande piano per farlo innamorare di me: avrei cantato *A Case of You* di Joni Mitchell al talent show di primavera, guardandolo negli occhi. Pensavo che si sarebbe seduto in prima fila, ma non si è nemmeno fatto vedere.

Ovviamente Jade sa che lo amo, perché Jade è *la* mia amica e io non le nascondo mai nulla. Ma non sa quanto sono presa male. Non sa che i miei sentimenti per lui sono come una malattia cronica, che si scatena nei momenti peggiori. E adesso è di nuovo così grave che mi ha infettato il cervello e credo di impazzire.

Quindi, adesso vorrai sapere la parte assurda, quella di cui mi vergogno così tanto che preferirei non scriverla. Be', eccola qui.

Ieri sera mio padre dormiva nella stanza di mio fratello, dove è relegato ogni notte, perché russa troppo. Le vibrazioni, che passavano attraverso la parete, mi tenevano sveglia e ho cominciato a smaniare. Così ho fatto qualcosa che non facevo da secoli, qualcosa che facevo quando non riuscivo a dormire. Ho preso le chiavi, sono uscita di nascosto e sono andata a fare un giro in macchina. Erano mesi che non lo facevo; non ho mai detto a Jade di tutte le altre volte, perché mi avrebbe dato della squilibrata. E non sarei nemmeno stata in grado di difendermi, perché ha ragione; quello che faccio è completamente fuori di testa ed ecco perché:

Sono andata a casa sua. A CASA SUA.

Ho parcheggiato dall'altra parte della strada, ho spento i fanali e ho osservato la casa come avevo fatto tutte le altre volte prima di giurare a me stessa che ero malata, che dovevo fermarmi. Sai qual è la cosa peggiore di *desiderare* qualcuno? Non sapere che cosa fa, chi è veramente quando non c'è nessun altro. La gente mostra solo una piccola parte della sua vera identità al resto del mondo. Solo quando sei a casa puoi permetterti di comportarti come vuoi veramente. Solo a casa sei te stesso. E io voglio sapere lui chi è veramente; voglio sapere che voce ha quando si arrabbia con la sua sorellina. Voglio sapere cosa indossa a letto e che odore hanno le sue lenzuola. Voglio sapere come sono i suoi capelli al mattino prima di pettinarsi o di cosa sa il suo alito e che tipo di cazzate guarda su YouTube quando non c'è nessuno.

Avrei voluto urlarlo, mandare un messaggio a qualcuno con su scritto: *Lo voglio da morire!*

Ma, povera me, lui non mi vuole. Forse per lui sono ancora Hammy Hammond. Forse, quando mi guarda, vede la mia anima, il mio vero io, quello che nascondo a tutti tranne che a questo stupido diario. Forse vede la follia che mi ha spinto a guidare fino a casa sua nel cuore della notte come una stalker.

Non potrà mai amare una ragazza insignificante come me. Gli piacciono quelle come Meg Constanzo, la sua ex. Meg, che è il Santo Graal del carino&sexy, anche quando è sudata dopo una partita di tennis o di lacrosse. Meg, che posta una foto di un waffle e ottiene più di cento like. Tutti la chiamano "ciccia" perché è ossessionata dal cibo, anche se pesa appena quarantacinque chili. Perché cosa c'è di più divertente di un fuscello che si abbuffa? Non c'è un ragazzo a scuola che non voglia uscire con lei. Al contrario di Bridget Gibson, che fa la stronza con quelli che appartengono alle caste più basse della scuola, Meg è gentile con tutti. *Tutti* la amano.

Io la odio, cazzo.

Prima di pensare che io sia una traditrice del genere femminile o roba del genere, è importante che tu sappia che ho cercato di non odiare Meg. Come si fa a odiarla quando è così maledettamente gentile? Ma io la odio, sì, perché sono stata condizionata come un cucciolo a odiare le persone che hanno qualcosa che non ho. Uno dei miei ricordi d'infanzia più vividi è di quella volta che sono corsa a casa per dire a mia madre che i Diamond si stavano facendo la piscina in giardino. «Be'» ha sbottato la buona vecchia Cathy. «Non è un po' pacchiano?»

Ho lottato contro il mio istinto, ho perfino cercato di farmi notare da Meg, di diventare sua amica. Ma perché dovrebbe notare una nullità come me? Proprio come non mi nota lui.

Come faccio a farmi piacere la ragazza che ha tutto, quando ha l'unica cosa che io abbia mai desiderato: lui?

Hai mai desiderato così tanto qualcosa che pensi di poter morire se non lo ottieni?

Capitolo quattordici

Venerdì mattina nevica un po'. Gira voce che la ricerca potrebbe essere annullata, ma poi uno degli organizzatori posta un messaggio su Facebook.

LA RICERCA DI BAILEY SI FA!!! METTETEVI VESTITI CALDI E COLORATI.

Ashley e Andrew si sono iscritti alla ricerca, mentre mio padre rimarrà a casa con Lauren. La ricerca dovrebbe terminare alle cinque del pomeriggio. Per oggi Ashley mi lascia usare l'auto di Andrew, così mio padre non è costretto ad alzarsi per venirmi a prendere quando chiudiamo alle tre.

Io non guido molto spesso. Ashley mi ha insegnato l'estate scorsa, così ho potuto prendere la patente, ma non ho una macchina mia. E le strade qui mi rendono nervosa. Sono piene di neve e i cervi possono saltare fuori da un momento all'altro.

Parto prima del necessario e faccio tutto il tragitto a trenta chilometri all'ora. L'auto di Andrew sembra minuscola in confronto al SUV di Ashley e sobbalza a ogni dosso della strada. La neve scende a ritmo costante.

Apro il locale con la mia chiave e preparo diversi bricchi di caffè. Rob è in ritardo di cinque minuti, come al solito, ma, quando giro il cartello sulla porta con la scritta APERTO, non c'è molto da fare. Le persone che entrano portano la spilletta TROVIAMO BAILEY.

«Dove le avete prese?» chiedo a Meredith, la figlia di Tom Cornwell. Suo figlio è in classe con Lauren.

Meredith sembra imbarazzata. «Le hanno fatte fare i Diamond per i volontari della ricerca.»

«Oh.»

Quando porto a Meredith il suo solito latte alla cannella, lei usa la mano libera per staccarsi la spilletta e me la porge. «Tienila tu.»

Dopo che se n'è andata, me l'appunto al petto, sulla destra. Immagino cosa ne direbbe Jade. *Una cazzo di spilla con il suo nome non aiuterà certo a trovarla.*

L'ansia mi assale. Ormai Jade deve aver capito che la sto evitando. E non riesco nemmeno a trovare una buona ragione per continuare a farlo.

Forse mi sento ancora in colpa per non essere andata alla veglia. O forse è perché adesso ho qualcos'altro da nasconderle: che sono tornata al negozio di spiritismo e ho parlato con Amber. Jade troverebbe il modo di umiliarmi per questo, o peggio. Ripenso a come mi ha guardata quando le ho ripetuto quello che avevo detto a Ellie Knepper, che Bailey voleva scappare da qui. Mi ha fissata come se vedesse qualcosa che prima non c'era, come se non potesse più fidarsi di me.

Vuol dire che non posso rivelarle del pendolo. Non ancora. Finché non scopro perché Bailey ha mentito su dove l'ha preso. Altrimenti Jade potrebbe pensare che sto cercando di far sembrare una bugiarda la nostra amica scomparsa per togliermi un peso dalla coscienza.

Mi sento la testa vuota. Penso allo sguardo di Amber, alle sue parole: *Potrebbe significare che qualcuno che conosci ti sta ingannando.*

Jade mi aveva promesso che non avrebbe detto a Burke del fienile, né che Lauren era venuta con noi di nascosto. Ma io non sono la migliore amica di Jade: quel posto è occupato da Bailey. E Jade farebbe di tutto per riportare Bailey a casa.

Anche a costo di raccontare ogni cosa alla polizia.

Anche a costo di farmi sembrare una bugiarda agli occhi del detective Burke.

Verso le undici, una Camry con l'adesivo della squadra di danza della Broken Falls High sul lunotto posteriore si ferma davanti al caffè. Riconosco l'auto di Val Diamond e rimango paralizzata sul posto. Oltre la vetrina vedo Bridget Gibson e Val che si avvicinano alla porta.

Mi precipito dietro il bancone e mi chino facendo finta di cercare lo straccio per pulire i tavoli che teniamo accanto alla vetrina dei dolci.

Quando Bridget e Val entrano, mi scuoto di dosso un brivido. Non so perché, ma le ragazze come loro mi fanno sempre questo effetto. Come se, nonostante i sorrisi perfetti e le voci gentili, dovessi temerle.

«Ciao, Kacey» fa Val, senza guardarmi negli occhi. «Possiamo avere due latte alla vaniglia?»

Annuisco, come se all'improvviso avessi perso la voce, prendo la banconota da cinque dollari che Val mi porge e le do il resto. Bridget è dietro di lei, immersa nel suo telefono. Vanno a sedersi in uno dei tavoli vuoti mentre io preparo il latte.

Quando le tazze sono piene e fumanti, vado al loro tavolo e ritrovo la voce. «C'è qualcos'altro che posso portarvi?»

Bridget mi guarda. Non dice nulla, come se non esistessi. Ha il naso rosso, come se avesse pianto. Mi ha sempre ricordato una principessa Disney: occhi verdi esageratamente grandi, capelli biondi come il miele, lentiggini. Ma il fatto è che Bridget fa davvero un po' paura. Si dice che alle medie abbia fatto piangere il suo fidanzatino perché si era dimenticato di decorarle l'armadietto per il suo compleanno. Le ragazze del suo seguito la adorano; la chiamano Gibby e si rivolgono a lei quando qualcuno fa lo stronzo con loro.

Io mi sono sempre tenuta alla larga. Non volevo trovarmi dalla parte sbagliata.

Ma adesso, semplicemente, non mi interessa più. Guardo Bridget negli occhi. «Fatemi sapere se avete bisogno di qualcos'altro.»

Mentre mi volto per tornare al bancone, Bridget mi chiama: «Kacey».

Il mio nome suona strano detto da lei. Con una punta di disperazione, quasi. Mi giro.

«Qualcuno è andato alla polizia e ha detto di aver visto l'auto di Bailey fuori dalla casa di Cliff la settimana scorsa» dice.

Mi sento mancare il pavimento sotto i piedi. «Bailey è andata a *casa* di Cliff?»

La voce di Bridget è gelida. «Tu lo sapevi?»

Infilo le mani nelle tasche dietro dei jeans. «Sapevo cosa?»

«Che se la faceva con Bailey alle mie spalle.»

Ecco perché sono venute qui. Pensano che io sia a conoscenza di qualche pettegolezzo; che possa confermare una relazione tra Bailey e Cliff.

A me non ha detto un cazzo, vorrei dirgli. *Andate a parlare con Jade.*

Ma sarebbe come gettare benzina sul fuoco. Lancio un'occhiata al bancone. Rob è ancora in cucina ad ascoltare gli AC/DC e in generale non bada a quello che succede nel locale. Mi siedo al tavolo di Bridget e Val. «Come fai a sapere che si stavano frequentando?»

Bridget mi guarda come se fossi più stupida di una briciola di muffin sul tavolo. «Per quale altro motivo sarebbe andata a casa sua, se no?»

«Non lo so» dico. «Pensavo che lui la odiasse.»

«A quanto pare no» dice Bridget.

I miei pensieri si accavallano. *Jade lo sapeva? Di sicuro mi avrebbe detto qualcosa...* «Non ha senso. Bay non me l'ha mai detto.»

«Probabilmente non voleva che tu e Jade lo sapeste» interviene Val, la sua vocina sembra lo squittio di un topo.

«Comunque sia, l'ho lasciato» annuncia Bridget. «Quindi ufficialmente non è più un mio problema.»

«Come puoi dire una cosa del genere?» Cerco gli occhi di Val, aspettandomi che mi dia ragione. Ma lei si limita a guardare il suo latte. «Anche se la odi, dovresti essere almeno inorridita al pensiero che Cliff possa aver...»

«Non l'ha uccisa lui» sbotta Bridget. «Non dirlo nemmeno. Dopo la festa è stato a casa tutta la notte.»

«Davvero gli credi ancora?» chiedo. «Dopo che non ti ha detto che Bailey era a casa sua?»

Bridget ha lo sguardo vitreo. «So che non andrebbe con quella sgualdrina. Gli si sarà buttata addosso.»

«Bridget!» protesta piano Val.

«Per quel che mi interessa.» Gli occhi di Bridget si spostano su di me. «Tanto non era nemmeno Cliff quello che voleva davvero. Tu dovresti saperlo.»

D'improvviso ho le mani fredde. «Di cosa stai parlando?»

Val sembra nervosa. Bridget si scosta i capelli dalle spalle. «Se non sai che era amica tua solo per arrivare a Andrew, allora mi dispiace per te.»

Manca poco all'ultimo anno
Luglio

Sto levitando. Dimentica tutte le stronzate *emo* che ho scritto nella mia ultima pagina. Sto *levitando* perché credo di essermi sbagliata su tutto.

Se a un ragazzo piaci, te lo dice e basta.

Ma se è anche un tipo timido e sensibile e vuole proteggere i propri sentimenti? Specialmente dopo che l'ultima ragazza con cui si è aperto gli ha rotto il cuore in mille pezzi. La fottuta Meg Constanzo, che l'ha scaricato al secondo anno senza spiegazioni. E io, che ho aspettato pazientemente, sono quella che lo rimetterà in sesto. Devo essere io, lo so. Altrimenti tutte le commedie romantiche sono solo un mucchio di bugie. Sono l'amica d'infanzia premurosa, che lui ha sempre ignorato. Ma un giorno apre gli occhi e la vede veramente: *Ma certo! È lei!*

Sembra una stronzata, no? Ma non vuol dire che non ci sia del vero. Perché credo che *finalmente* sia arrivato il mio turno. Credo che finalmente Andrew Kang mi vedrà.

Sto correndo troppo, però. Cominciamo dall'inizio. Ieri i Markham hanno organizzato un barbecue per il compleanno di Lauren. Kacey ha chiamato Jade l'altro giorno, mentre ero da lei, e ci ha chiesto se volevamo farle compagnia, visto che aveva paura di incontrare il resto della famiglia di suo padre. La *sua* famiglia.

«Be', ovviamente tu ci vuoi andare» ha detto Jade, coprendo l'altoparlante con la mano. «Ci sarà anche Mister Spocchia.»

A Jade Andrew non piace e io continuo a ripeterle che non deve odiarlo solo perché a lui io non piaccio. Lei insiste che non è questo il motivo. Dice che non le va a genio perché è arrogante. Dice che pensa di essere troppo giusto per Broken Falls, che non va mai alle feste per far pesare quant'è figo, che non beve, non si droga e non scopa in giro.

Non le ho mai detto che Ashley viene ogni mese alla Farmacia Amica a ritirare delle pillole. La ricetta è a nome di Andrew. E c'è scritto: *Non mescolare con l'alcol.* Ho fatto una ricerca su Google e ho visto che sono degli antidepressivi.

Chiunque altro potrebbe chiedersi perché un ragazzo come Andrew Kang debba essere depresso; ha una famiglia perfetta, è intelligente e verrà ammesso a qualsiasi università farà domanda, quindi ha un biglietto sicuro di sola andata per andarsene da Broken Falls. Ma io credo di averlo capito: nei suoi occhi vedo una sorta di inquietudine che anch'io conosco bene.

La sento quando d'estate vedo ogni giorno sempre gli stessi clienti alla Farmacia Amica. La sento quando mia madre prepara il *chili* con carne per cena, anche se l'abbiamo mangiato solo un paio di giorni prima, e mi rendo conto che è già un altro martedì. La sento ogni sera quando vedo mio padre ridere fino a soffocare davanti alle repliche della sua sitcom delle sette. Avrà visto ogni episodio almeno cinque volte, ma continua a ridere come se fosse la prima. E a volte penso che l'intera città si riduca a questo: gente che ride per una barzelletta che ormai è già vecchia da tempo.

A volte penso di scappare con Andrew Kang. Immagino che mi sussurri all'orecchio: *Andiamocene via,* e poi montiamo nella sua auto e le sue dita trovano le mie sul portabicchieri e siamo di nuovo solo noi due, come quando eravamo bambini.

Comunque, ho strappato il telefono a Jade e ho detto a Kacey che saremmo andate di sicuro alla festa di compleanno di Lauren.

Quando siamo arrivate, la signora Markham stava legando un pallone rosa gigante a forma di numero 13 alla recinzione del cortile sul retro – proprio il genere di cose che avrei trovato umiliante a tredici anni – e ho provato un'ondata di compassione per Lauren.

«Ragazze.» La signora Markham ha finito di annodare il nastro e ci ha rivolto un sorriso smagliante. «Siete state così gentili a venire. Lasciate che vi presenti zia Jess e lo zio Ken.»

Jade mi ha dato una gomitata sulle costole. «Questa è una festa di famiglia» mi ha sibilato nell'orecchio.

Le ho lanciato un'occhiata come a dire: *E allora?*, abbassandomi l'orlo dei pantaloncini in denim.

«Lauren ha avuto dei problemi con le sue amiche a scuola» ha detto Ashley a voce bassa. «È che, insomma... Kacey è così fortunata ad avere due amiche come voi.»

Ho sorriso. «Siamo noi fortunate ad avere lei.» All'improvviso mi sono ricordata della piccola scatola che avevo in mano, un anello a forma di onda marina che Jade mi aveva aiutato a scegliere dal gioielliere di Pleasant Plains. Ho dato la scatola ad Ashley.

«Che pensiero gentile» ha detto Ashley. «Vi faccio vedere dove sono gli altri regali.» Quando si è voltata di nuovo, Jade mi ha sussurrato all'orecchio: «È così imbarazzante, cazzo».

Abbiamo seguito Ashley fino a un tavolo da picnic con una tovaglia blu con sopra una rete da pescatori argentata. Accanto a una pila di regali c'era una di quelle alzate da pasticcini a più livelli con dei cupcake. Ognuno aveva una diversa creatura marina modellata con la glassa: stelle marine, ostriche, pesci pagliaccio, persino un polpo con tentacoli di zucchero.

«Sono fantastici» ho detto. «Dove li avete fatti fare?»

Ashley si è illuminata. «Li ha fatti Kacey. Incredibile, vero?»

Jade ha fatto scorrere un dito su una delle perle di glassa, perfettamente modellate e coperte di quella polvere commestibile scintillante. Le ho dato uno schiaffo sulla mano.

«È proprio brava» ha detto Jade, ma potevo sentire lo strato di gelo nella sua voce.

«Lo so!» Ashley era raggiante. «Il signor White l'ha raccomandata per il corso avanzato di arte. Il consiglio deve approvarla, dato che non ha i prerequisiti, ma incrociamo le dita.»

«Incrociamo le dita» ha ripetuto Jade in tono piatto. Volevo darle una gomitata. Non ero dell'umore adatto per sentirmi dire: *Non è giusto che Kacey venga raccoman-*

data in arte, quando io mi sono fatta il culo per arrivarci. Se c'è una cosa che non riuscirò mai a far capire a Jade è che alcune persone hanno la vita più facile. Vivono in una favola a lieto fine tipo Cenerentola, come Kacey.

Non che io le porti rancore o cosa. Ma Jade sì: anche se non lo vuole ammettere, so che non le va giù che i Markham e i miei abbiano abbastanza soldi per mandarci all'università. Mentre suo padre non ha messo da parte nemmeno un centesimo per lei e ha così tanti debiti che non può nemmeno cofirmare un prestito per Jade.

«Dove sono Kacey e Andrew?» ho chiesto.

«Non lo so» ha detto Ashley, la sua attenzione già rivolta ai nuovi ospiti al cancello: la ragazzina stramba della casa di fronte, Chloe Strauss, con i suoi genitori. «Scusatemi un attimo» ha detto allontanandosi.

«Non fare la stronza» ho sussurrato a Jade nell'esatto momento in cui Lauren ci ha notate dall'altra parte del cortile. Ha lasciato cadere le braccia lungo i fianchi e ci è venuta incontro, tutta timida. Mi ha dato un grande abbraccio, poi si è rivolta a Jade: «Grazie per essere venute».

«Dov'è Kacey?» ho chiesto. In quel momento li ho visti attraverso il bovindo della cucina. Andrew era appoggiato contro il bancone e Kacey gli stava vicino, in modo quasi intimo. Stavano parlando. Nel loro mondo privato. Lo stomaco mi è precipitato nei piedi.

Lauren stava blaterando. «Non sono fantastici?»

«Eh?» Mi sono voltata di scatto verso Lauren.

«I cupcake» ha mormorato Jade. Eravamo ancora davanti al tavolo con i dolci e i regali. La scatola che avevo in mano mi è sembrata di colpo patetica. L'anello sembrava scadente e stupido rispetto ai cupcake che Kacey aveva senza dubbio impiegato ore a preparare.

«Sì, sono stupendi.» Ho sbattuto la mia spalla contro quella di Lauren. «Buon compleanno, piccola.»

«Grazie. Andiamo da Kacey? Ha detto che potevamo giocare a pallavolo.»

Io e Jade abbiamo seguito Lauren intorno alla rete gigante allestita a diversi metri dalla recinzione. I Markham hanno sempre avuto il più bel giardino che abbia mai visto: con una piscina, un laghetto con le carpe e un ampio terrazzo con una vasca idromassaggio. Una volta Jade ha detto ridacchiando che sono come la famiglia Brady. «Scommetto che sotto sotto sono incasinati» ha sussurrato. Le ho risposto che tutte le famiglie sono incasinate, ma almeno loro hanno una piscina.

Quando siamo entrate in cucina dalla porta laterale, Kacey e Andrew non ci hanno sentito. «Di cosa state parlando?» ha chiesto Jade, a voce un po' troppo alta.

«Niente» ha detto Kacey, allontanandosi un po' da Andrew. «Università.»

«Possiamo giocare a pallavolo?» ha chiesto Lauren.

«Certo, Scimmietta.» Kacey le ha scostato la coda di cavallo. «Dobbiamo solo finire di preparare il tè freddo.»

«Ci penso io» ha detto Andrew. La sua voce risuonava come mille campanellini nello stomaco. «Voi andate pure a giocare. Io vi raggiungo.»

«Oh! Dovremmo fare sorelle contro *praticamente* sorelle» ha detto Lauren.

Jade ha mormorato: «Spero che tu sia pronta a farti distruggere». Lauren ha ridacchiato. Sono rimasta indietro mentre lei, Kacey e Jade uscivano dalla porta laterale.

A quel punto ho scorto la mia occasione. «Devo andare in bagno» ho detto. «Vi raggiungo tra un attimo.»

Ma quando mi sono chiusa nel bagno accanto alla cucina, ho perso il coraggio. Mi sono seduta sul water e ho respirato profondamente. *Ehi, Andrew. Non facciamo più niente insieme.* Era così semplice. Non sarei stata una dannata fifona. Praticamente ci conosciamo da quando portavamo ancora il pannolino. All'asilo, giocavamo all'esercito con quegli orsetti di plastica che si usavano per imparare a contare, quando mia madre lavorava ancora e si faceva dare un passaggio dalla madre di Andrew.

Ho tirato lo sciacquone anche se il water era vuoto e mi sono lavata le mani. Sono uscita in cucina, dove Andrew stava aggiungendo una montagna di zucchero a una caraffa di tè freddo.

Quando mi ha visto ha aperto la bocca per la sorpresa. Ha sorriso. «Mi hai beccato. Mi piace superdolce.»

Ho incrociato le braccia sul petto, sforzandomi di essere disinvolta. «Non volevo coglierti di sorpresa.»

«No, tranquilla, è solo che mi fa strano vederti di nuovo qui.» Il suo sorriso è diventato triste. «L'ultima volta che sei venuta era il mio settimo compleanno. Ricordi la salopette verde acqua che portavi sempre? Era fatta di quella roba pelosa...»

«Velluto a coste. Non posso crederci che te lo ricordi ancora.» Ho cercato di trattenere il sorriso che mi sbocciava sulle labbra. *Fai la disinvolta, cazzo!*

«Io mi ricordo sempre tutto.»

Anch'io. «È stata la festa in cui il tuo patrigno si è vestito da Darth Vader e abbiamo colpito la pignatta con le spade laser.»

Andrew si è messo a ridere. Non lo sentivo ridere dal secondo anno. Da quando Meg Constanzo lo aveva scaricato era diventato cupo. Diverso. Ma ultimamente l'ho sorpreso a sorridere di nuovo. *L'hai fatto ridere.*

«Ci divertivamo» ha detto. «Mi manca.»

«Anche a me.» La tristezza si mescola alle farfalle nel mio stomaco. *Anche a me manca. Ma siamo ancora in tempo per recuperare.*

Ho visto un lampo nei suoi occhi. «Ti ricordi quanto soffrivi il solletico?»

«Lo soffro ancora» ho riso. Lui si è avvicinato e con due dita mi ha solleticato la pelle sopra il fianco. Il cuore mi è balzato in gola. *Non smettere mai di toccarmi.*

Ho strillato e gli ho preso le dita. Lui rideva e io ridevo, e Dio, l'espressione del suo viso! La rivedrò per sempre nella mia mente, come una scena di un film preferito. Sentirò per sempre le sue dita che mi sfiorano il fianco come un caldo bagliore nel mio stomaco.

Poi sua madre l'ha chiamato dalla finestra aperta. «Arriva questo tè freddo?» ha chiesto interrompendo il nostro *momento.* L'ho seguito fuori. Quando Jade mi ha chiesto perché avessi un sorriso beato stampato in faccia, mi sono limitata a scuotere la testa e a prendere posto vicino alla rete da pallavolo.

Non c'ero mai andata così vicina.

Finalmente tra noi sta per succedere qualcosa. Lo sento.

Capitolo quindici

Quando Bridget e Val escono dal caffè, chiedo a Rob di dare un'occhiata al bancone, così posso chiudermi in bagno.

Era amica tua solo per arrivare a Andrew.

Abbasso la tavoletta del water e mi siedo, stringendomi le ginocchia al petto. Bridget si sbaglia: io e Bailey siamo amiche perché mi sono seduta accanto a lei quel primo giorno a lezione di storia locale. Mi ha chiesto di essere la sua partner perché ero *lì*. È stato il destino a farci diventare amiche, non *Andrew*.

Fottuto Andrew. Non sono stupida, so che ogni ragazza del mio anno si è innamorata di lui a un certo punto. Ma ho sempre dato per scontato che Jade e Bailey fossero immuni al suo fascino. Jade lo prende sempre in giro, chiamandolo Mister Spocchia, e gli fa notare che porta i pantaloncini da basket anche quando si gela dal freddo. A volte anche Bailey si unisce a lei.

Ma poi un ricordo mi trapana la testa, come un'emicrania.

Meg Constanzo.

Meg è quel tipo di ragazza che le altre odiano. Ha uno sport diverso per ogni stagione. Porta vestiti firmati e la sua coda di cavallo è voluminosa in modo innaturale. Ma, quando ti sorride, è impossibile odiarla, perché sembra che faccia sul serio.

Bailey la odiava comunque. La scorsa primavera, dopo la scuola, stavamo aspettando nel parcheggio che Jade finisse di caricare le sue fotografie sul Mac nell'aula del signor White. Appoggiate alla rete metallica che ci separava dai campi da gioco, ci godevamo gli ultimi raggi di sole prima del suo turno delle quattro alla Farmacia Amica.

Le porte della palestra si sono aperte e le ragazze di lacrosse ci sono sfilate davanti. Meg era in testa, già capitano anche se era solo al terzo anno. Ci ha salutate sorridendo. «Ehi, ragazze.» Questa è stata tutta la nostra interazione.

Quando le ragazze del lacrosse erano ormai passate, Bailey mi ha detto: «Cazzo, quanto la odio».

Le ho guardate correre sul campo, con i bastoni in alto. Le loro risate arrivavano fino a noi. «Meg? Perché? È simpatica.»

«È così falsa» ha detto Bailey. «Nessuno può essere davvero così gentile.»

Ci sono voluti mesi prima che Andrew si aprisse con me su quello che era successo l'autunno precedente, quando era stato cacciato dalla squadra di calcio per aver saltato troppi allenamenti.

«Uscivo con una ragazza da circa sei mesi» mi ha detto, mentre mi insegnava a giocare a *Risiko*. «Quando mi ha lasciato, non mi ha detto perché. E credo di essere andato in crisi.»

Le guance gli sono diventate rosse, come se potessi giudicarlo per qualcosa. Per quelle pillole che Ashley ritirava per lui ogni mese alla Farmacia Amica.

Ma io lo capivo; dopo un litigio particolarmente brutto con mia madre avrei voluto stare in camera mia per giorni. La sensazione che non ero in grado di affrontare una persona si trasformava nella sensazione che non sarei stata capace di affrontare il mondo. Il mio letto era l'unico conforto per tutto questo.

Mentre mi diceva il nome della ragazza Andrew ha fatto spallucce. Meg Constanzo. Da quello che sapevo su di lei, era esattamente il tipo di ragazza con cui aveva senso che Andrew uscisse. Ma quel giorno, al parcheggio, quando Meg aveva salutato me e Bailey, non avevo messo insieme i pezzi. *Cazzo, quanto la odio.* Avevo pensato che Bailey facesse la stronza senza motivo. Un lampo, un momento, così veloce che avrei potuto sbattere le palpebre e non me ne sarei accorta.

Ora mi chiedo: cos'altro mi sono persa?

Pochi istanti dopo che Bridget e Val se ne sono andate, il mio telefono vibra nella tasca posteriore. È un messaggio di Jade: *Cosa volevano la stronza 1 e la stronza 2?*

Deglutisco, scrollandomi di dosso l'inquietante sensazione di essere osservata. Jade lavora alla taqueria di Tim in fondo alla strada; avrà visto la Camry di Val parcheggiata fuori dal caffè quando è andata al lavoro per il suo turno delle undici e mezza.

Non riesco a togliermi dalla testa le parole di Bridget. È possibile che Bailey mi stesse usando solo per arrivare a Andrew? Jade non è stupida; doveva sapere cosa provava Bailey per Andrew. Era la sua migliore amica e io ero solo la terza. Ci sono cose che dici alla tua migliore amica, ma non a quell'altra.

Mi chiedo se l'abbiano fatto apposta: non dirmi che Bailey aveva una cotta per mio fratello.

Cancello il messaggio di Jade e torno al lavandino, pregando che non venga qui quando si accorgerà che ho visto il messaggio e ho deciso di non rispondere. Il capo di Jade, Tim, è un tipo severo e le lascia fare solo brevi pause.

Il pensiero mi dà un po' di sollievo. Non mi va di vedere Jade in questo momento. Non so come far funzionare quello che c'è tra noi; non solo non so come stare con lei quando non ho Bailey come tessuto connettivo, ma Jade sospetta di me.

Ho bisogno di tempo per capire come gestirla. Per riportarla dalla mia parte. E non ho intenzione di farlo davanti a un caffè, dando spago a pettegolezzi con le due ragazze che Bailey odiava più di chiunque altro.

Sto lavando i piatti quando sento il campanello alla porta d'ingresso. Mi giro e, oltre il bancone, vedo entrare due uomini, uno bianco e uno nero. Tutti e due con pantaloni da lavoro e parka pesanti. Forse lavorano per la società di sgombero neve dell'autostrada.

Non li ho mai visti qui prima, ma è anche vero che oggi Pete ha chiuso la sua tavola calda così tutti i suoi dipendenti possono partecipare alla ricerca di Bailey. Probabilmente questi due sono suoi clienti abituali; fissano il menù sopra la mia testa, perplessi di fronte a parole come "biologico" e "ai sette cereali" prima di ordinare due caffè e una pila di toast imburrati.

Urlo a Rob di tostare il pane e poi comincio a preparare il caffè. I due si siedono al tavolo più vicino al bancone, quello dove stamattina un bambino sovreccitato aveva rovesciato un sacco di zucchero. Ero così presa da Val e Bridget che ho dimenticato di pulirlo.

Uno degli uomini, il bianco, appoggia la schiena così pesantemente sul sedile da farlo cigolare. «Hai visto qualcuno dei cercatori mentre venivi qua?»

Li tengo d'occhio mentre aspetto che la caffettiera si riempia.

«No, ho sentito che la maggior parte è stata mandata a Pleasant Plains» risponde quello nero.

«Ha senso. Se fosse stata a Broken Falls, a quest'ora l'avrebbero già trovata. Hanno chiesto a tutti quelli che hanno della terra di perlustrarla per bene.»

La mia mano trema intorno al manico del bricco. Penso quasi di interromperli – *Sicuri che il caffè lo volete nero?* – per avvicinarmi e sentire meglio la loro conversazione.

Il bianco prende un tovagliolo dal centro del tavolo e strappa via uno degli angoli. «Hai sentito? Jim Grosso è stato l'unico che non ha acconsentito a una perquisizione volontaria della sua proprietà.»

Mi blocco. Il nero fischia. «Ha quel grande capannone e tutto il resto.»

«Ma il figlio non è coinvolto in qualche modo con la ragazza degli Hammond? Almeno, questo è quello che si dice in giro.»

Il campanello della cucina suona; Rob mi passa un piatto con i toast imburrati. Con le spalle agli uomini e una mano sulla caffettiera, maledico il gorgogliare sempre più forte del caffè. Mi allontano dalla macchina per origliare meglio.

«Ho sentito dire che lo sceriffo Bill sta tenendo d'occhio una delle amiche della ragazza» dice uno dei due.

Mi giro di scatto, dimenticando che avevo la mano sulla caffettiera, che scivola dalla mia presa e cade a terra andando in frantumi. Il caffè caldo continua a uscire dalla macchina, schizzando sulle mie cosce. Ignoro il modo in cui le macchie bagnate sui jeans mi scottano le gambe e reagisco stupidamente, cercando di raccogliere i pezzi di vetro.

«Ehi, ehi!» Rob corre fuori dalla cucina con uno straccio. «Non toccare.»

Troppo tardi. Mi sono già ferita il pollice. Un taglio come quelli che ci si fa con la carta, ma più profondo. Gli uomini mi fissano; sento i loro sguardi su di me. Rob mi avvolge lo straccio attorno al dito e sono quasi sicura che possa sentire il mio cuore mentre cerca di uscirmi dal petto.

«Puoi portargli due caffè neri?» gli chiedo con voce soffocata, poi corro in cucina.

Sento Rob che si scusa con i due clienti, mentre tengo il dito sotto l'acqua del rubinetto. *Lo sceriffo Bill sta tenendo d'occhio una delle amiche della ragazza.* Stavano parlando di me e non se n'erano nemmeno resi conto. Comincio a sudare freddo sul viso, mentre guardo il mio sangue che vortica sul fondo del lavandino, tingendo di rosso dei pezzi di uovo incastrati nello scarico. *La gente pensa che sia stata io. Pensano davvero che io possa aver ucciso Bailey.*

E perché non dovrebbero? Io sono l'estranea che un anno fa si è insinuata a Broken Falls senza alcuna spiegazione. La figlia bastarda di Russ Markham, la ragazza con i capelli viola e un passato poco chiaro. I media dicono che Bailey conosceva il suo aggressore; e tutti sanno che nessuno degli abitanti di Broken Falls sarebbe in grado di commettere un omicidio.

Ma in effetti qualcuno c'è, qualcuno che aveva davvero un motivo di fare del male a Bailey. E, per qualche motivo, la polizia crede allo stupido alibi che gli ha fornito suo padre. Io no. E ho bisogno di qualcosa, qualsiasi cosa, per provare che Cliff Grosso è quello che sta nascondendo la verità su quella notte.

Quando Rob torna in cucina, si scosta la bandana dalla fronte e mi prende delicatamente il dito. «Ci sono dei cerotti nell'ufficio di Ashley. Vai a prenderne uno mentre io mi occupo del locale.»

«Devo andare via» sbotto. «Starò via un'ora al massimo. Puoi cavartela da solo finché non torno, vero?»

«Ragazza, io questo posto lo faccio andare avanti da solo tutto il tempo.» Rob sbatte le palpebre con gli occhi rossi da fattone. «Che succede?»

«C'è una cosa importante che devo fare.»

Rob guarda la porta chiusa dell'ufficio, dove di solito Ashley risponde alle chiamate dei distributori e lavora alle nostre buste paga o agli orari. «Forse dovrei avvisare Ash.»

«Per favore, non farlo. E comunque non ha il telefono con sé. Ai volontari non è permesso portarli perché la gente potrebbe scattare foto o altro.»

Rob si limita a guardarmi.

«Un'ora.» Alzo le mani. «Lo giuro.»

Rob si strofina il mento con la ricrescita della barba. Sospira. «E va bene. Se non torni per tempo, ti chiamo.»

Sono seduta nell'auto di Andrew con il motore acceso. Sto cercando il numero della macelleria Grosso sul mio telefono che è freddo come il ghiaccio nella mia mano ferita.

Qualcuno risponde al secondo squillo. Una voce rauca, da uomo. «Pronto?»

«Parlo con Jim?» chiedo.

«Sono io. Cosa posso fare per lei?»

Riattaccare sarebbe troppo sospetto. «Vorrei fare un ordine. Un bel po' di carne.»

Jim Grosso sospira. «Aspetti un attimo, ok?»

«Certo» rispondo, con voce salda, vivace.

Quando la linea scatta, chiudo la chiamata. Accendo la radio e aspetto cinque minuti prima di chiamare il negozio di articoli per la caccia dei Grosso. All'altro capo sento subito una voce maschile burbera che mi sembra quella di Cliff.

Riattacco subito.

Soffio aria calda nei guanti e aziono i tergicristalli della macchina di Andrew. Portano via i grossi fiocchi di neve che si posano sul parabrezza. Se continua a nevicare così, dovranno terminare la ricerca in anticipo. Il panico mi assale; scuoto la testa. Devo farlo.

Inserisco un indirizzo vago nel GPS del mio telefono, Cypress Hill, perché non conosco la via e il numero di Cliff. Le indicazioni mi riportano sulle stesse strade secondarie che io e Jade abbiamo preso l'altra mattina.

Quando arrivo, la baita dei Grosso è buia; stavolta non c'è del fumo che esce dal camino. Parcheggio lontano dalla casa, a metà strada tra la loro proprietà e quella del vicino. *Che cosa diavolo sto facendo?* Con le mani che mi tremano, mi tiro fin sopra le orecchie il berretto che avevo lasciato sul sedile del passeggero e scendo dall'auto.

Procedo lungo i margini della proprietà dei Grosso, sperando che gli alberi e la neve che cade mi nascondano da eventuali occhi indiscreti. La neve accumulata sul vialetto scricchiola sotto i miei piedi, nonostante mi sforzi di avere un passo leggero. Lancio un'occhiata al garage; c'è uno spazzaneve, un fuoristrada, ma nessuna Jeep Wrangler tappezzata di adesivi dell'Associazione Nazionale per il Possesso di Armi da Fuoco. Proprio come pensavo, Cliff non è in casa.

Mi avvicino di soppiatto al lato della casa con la neve che mi entra negli occhi. *Impronte.* I Grosso torneranno a casa e vedranno le mie impronte. Ormai è troppo tardi. Spero che nevichi più forte per coprire le mie tracce e continuo a camminare verso la baita.

Mi blocco di colpo. Ho sentito un fruscio nel bosco, lo schioccare di ramoscelli. Tendo il collo per vedere meglio; un cerbiatto mi fissa, immobile come una statua, tranne che per la mascella che sta masticando del mangime per cervi. Gli mostro lentamente le mani e il cerbiatto smette di masticare. Poi balza via di scatto in un lampo marrone, scomparendo nel bosco.

Sopra di me, un picchio smette per un attimo di sbattere il becco su un tronco. Lascio andare il respiro che stavo trattenendo e proseguo verso la baita, respirando con il naso. Stavolta non c'è odore di carne marcia, né di sangue. Il gelo mi paralizza le narici, ma riesco a sentire aghi di pino e ruggine.

Mentre passo la mano sul lucchetto, sento una voce dall'altro lato della baita.

«Non muoverti o sei morta. Dico sul serio.»

Tutto il sangue che ho in corpo mi defluisce verso le dita dei piedi, quando vedo Cliff Grosso che mi viene incontro, con la balestra in spalla e la punta della freccia puntata al mio cuore.

Capitolo sedici

Dalla bocca mi escono le parole: «Scusa, scusa. Non ucidermi».

«Che cazzo credevi di fare?» Cliff inclina la balestra di venti gradi verso il basso. Non mira più al cuore, ma può sempre colpirmi, anche se in una parte meno vitale.

«Non lo so.» Il mio interno coscia è bagnato; dev'essermi scappata un po' di pipì quando ho visto la balestra. «Che ci facevi nel garage?»

«Il pieno allo spazzaneve. E *tu* cosa ci fai nella mia proprietà?»

Non riesco a fermare il tremito delle mie ginocchia. «Niente... lasciami andare. Giuro su Dio che non tornerò mai più.»

Uno spasmo, come un tic, sul suo labbro superiore. «Tu non vai da nessuna parte finché non chiamo la polizia, in modo che possano trovare qualsiasi cosa tu abbia lasciato qui.»

«Cosa? Ma io non ho lasciato niente. Giuro su Dio.»

«Proprio come non hai lasciato il telefono di Bailey, vero?» Cliff si strofina il labbro superiore. È nervoso. Crede che sia stata io a lasciare il telefono di Bailey nella sua proprietà.

«Giuro che non sono stata io» dico. «Ti prego, lasciami andare.»

«No. Non credo proprio. Perché qualcuno mi vuole incastrare. E credo che questa persona sia tu» dice Cliff sollevando la balestra.

Io strillo di nuovo, ma ha solo cambiato braccio. Tira fuori dalla tasca un cellulare e digita il numero. Quando vedo che, invece del 911, sta chiamando suo padre, quasi mi piscio addosso di nuovo.

Il battito del cuore mi rimbomba nelle orecchie, coprendo le parole che Cliff mormora al telefono. Sto per svenire. Quando termina la chiamata, Cliff si volta verso di me. «Mio padre sta chiamando lo sceriffo. Dice che non devo lasciarti andare via.»

Mi battono i denti. Il pulsare martellante nelle orecchie si trasforma in rumore bianco. «Ho bisogno di sedermi. Posso almeno... possiamo andare dentro?»

Afferrandomi per un braccio, Cliff mi trascina con sé intorno alla baita, poi mi spinge dentro la porta aperta sull'altro lato. Dev'essere stato in casa per tutto il tempo, a guardarmi dalla finestra. Con la balestra ancora carica sulla spalla, Cliff si sposta verso una pila di sedie da giardino. Con la mano libera afferra quella in cima e me la sbatte davanti. «Ecco, siediti qua se vuoi.»

Mi lascio cadere sulla sedia e sprofondo la testa tra le ginocchia. Quando mi tiro su, vedo che Cliff mi sta fissando. «Sei una stronzetta davvero strana, sai?»

Mi lecco le labbra insensibili. «Perché pensi che abbia messo qui il telefono di Bailey?»

Cliff fa spallucce. «Ho sentito che sai dove si trova e stai facendo in modo che gli occhi di tutti siano puntati su di me.»

«Chi l'ha detto?» domando. «Che so dove si trova?»

«La gente. In giro.» Cliff si stringe di nuovo nelle spalle. «Tutti sanno che continui a trovare delle prove. Come per magia.»

«Non ho trovato io la felpa insanguinata.» Per qualche motivo, adesso, avere una balestra puntata contro mi rende più coraggiosa. So che non la userà, non con lo sceriffo Moser in arrivo. «A proposito, non è che ti manca una felpa?»

Cliff scuote la testa sbuffando. «Sì, i poliziotti mi hanno mostrato una foto della felpa. Non è mia.» Mi fissa. Noto per la prima volta quanto siano distanti i suoi occhi. Non capirò mai il fascino che esercita su ragazze come Bridget, che potrebbero avere molto di meglio.

«Non mi hai risposto» dice. «Perché diavolo sei qui?»

La sedia da giardino è ghiacciata sotto il mio sedere. «Sono venuta a cercare Bailey.»

«Credi che tenga Bailey nel mio *garage*?» Cliff mi guarda, sorpreso. «Devi proprio essere fuori di testa. È morta, non l'hai saputo?»

«Ne sembri piuttosto sicuro.»

«Pensa quel che ti pare. Mi dispiace per lei e tutto il resto, ma è ora di guardare in faccia la realtà. E sono stufo marcio che tutti cerchino di incolparmi di questa storia per quello che è successo l'anno scorso.»

Tengo d'occhio la balestra con i denti che battono. «Forse pensano che perdere una borsa di studio sia un movente abbastanza valido per uccidere qualcuno.»

«Sì, forse. Ma ho già detto alla polizia che mi ero lasciato quella cosa alle spalle. Di Bay ormai non me ne fregava più niente.»

«Allora perché non hai lasciato che i poliziotti perquisissero il tuo giardino?»

«Così. Mio padre è una persona che tiene molto alla sua privacy.» Cliff sposta la balestra sull'altra spalla. «E poi in questo momento la mia Jeep è al laboratorio della scientifica. Ho lasciato che la perquisissero perché non ho niente da nascondere.»

Che stupida. Non avevo nemmeno preso in considerazione la possibilità che Cliff avesse consegnato la sua Jeep. Sto annaspando; non riesco a distogliere lo sguardo dalla balestra. Sono sicura che non la userà – la tiene in mano solo per avermi sotto controllo – ma è comunque snervante averla davanti alla faccia. Decido che, qualunque cosa succeda dopo l'arrivo di Jim Grosso, non posso andarmene da qui senza risposte.

«Bailey era qui, vero? Una settimana fa» dico.

Cliff si fa scuro in volto. «Come fai a saperlo?»

«Me l'ha detto Bridget.»

Cliff alza le spalle. «Non parlarmi di Bridget.»

Potrei anche non parlargli di nulla, ma metterlo sotto torchio è una distrazione da quanto sarò completamente fottuta una volta che suo padre sarà arrivato.

«Dimmi solo perché Bailey era qui» dico. «Se non stavi uscendo con lei, cosa voleva da te?»

Il muscolo della spalla di Cliff si contrae sotto il peso della balestra. Non mi risponde; se era sesso che Bailey voleva da lui, perché non ammetterlo? Cliff non è certo noto per il suo riserbo. Prima di mettersi con Bridget, non faceva che vantarsi di essersi portato a letto questa o quella ragazza. Inoltre, Bridget l'ha lasciato. Non è che abbia qualcosa da perdere. Allora perché questo silenzio testardo?

Perché sembra *spaventato*?

Fuori, qualcuno grida il suo nome. Cliff lancia un'occhiata alla porta della baita. «Sono qui!» Poi appende la balestra sulla rastrelliera accanto a un mucchio di attrezzi da giardinaggio.

Lo sceriffo Moser, con il cappuccio del suo parka tirato sulla fronte coriacea, appare sulla porta. Sposta lo sguardo avanti e indietro tra noi due. «Be', cosa diavolo sta succedendo qui?»

Mezz'ora dopo, sono ancora seduta sul divano nel soggiorno dei Grosso. Lo sceriffo Moser è in piedi sulla porta che dà sulla cucina e il padre di Cliff se ne sta un po' in disparte. Jim Grosso mette ancora più paura del figlio – anche lui era un giocatore di football ai suoi tempi. Non riesce difficile immaginare le sue enormi braccia muscolose che abbattono una mannaia su un pezzo di carne.

Cliff è su una poltrona d'angolo accanto a me, e a nessuno sembra importare veramente che trenta minuti fa mi stesse puntando una balestra addosso.

C'è un trambusto fuori dalla porta d'ingresso; attraverso la finestra del soggiorno scorgo la schiena di mio padre, i suoi capelli arruffati dal sonno. L'agente appostata fuori dalla casa dei Grosso – la stessa chiacchierona che ha spifferato la notizia del ritrovamento di vestiti insanguinati – alza la voce per eguagliare quella di mio padre. Lo sceriffo Moser sposta più volte lo sguardo tra la porta e me, come se stesse valutando se sia una buona idea lasciarmi da sola con i Grosso.

«Jim, perché non vieni con me e vediamo di risolvere la questione?» dice Moser uscendo. Poi aggiunge: «Ehm, voi due aspettate qui».

Quando suo padre se n'è andato, Cliff incrocia le braccia sul petto e mi fissa. Io evito il suo sguardo, cercando di non pensare a cosa succederà se suo padre mi denuncia per violazione di domicilio. A cosa mi farà lo sceriffo dopo che, per la seconda volta questa settimana, mi trovavo in un posto dove non dovevo stare.

Fuori si sente parlottare. Moser rientra in casa e mi fa cenno di raggiungerlo Mi sento come una criminale, anche se è Cliff quello che ha tamponato Ellie Knepper quando era ubriaco.

«Va bene. Jim ha acconsentito a non sporgere denuncia a patto che tu stia lontana da casa sua e da suo figlio.»

«Da suo figlio? Come se lo stessi stalkerando o roba del genere?» chiedo.

«Lascia che adesso me ne occupi io, Bill» dice mio padre in tono deciso. «Ora io e Kacey ce ne andiamo a casa, se non è un problema.»

Moser si tocca il cappello in segno di saluto. «Mi raccomando, capito? Tutto questo mi fa venire una gran voglia di tornare a casa e starmene con mia figlia.»

Mio padre fa di sì con la testa. Mi mette una mano sulla schiena e mi guida verso l'auto di Andrew, che ci aspetta a qualche centinaio di metri dalla casa.

Quando parla, la sua voce è tagliente. Il tipo di tono che di solito riserva a Lauren quando si comporta da bambina viziata. «Seguimi. Andiamo dritti a casa.»

E non aggiunge altro. Non ha mai molto da dirmi, comunque.

Ashley e Andrew tornano a casa non molto dopo di noi. La ricerca doveva andare avanti fino alle cinque, ma con questo tempo era troppo pericoloso camminare su e giù per le strade tortuose tra Broken Falls e Pleasant Plains.

Quando vedo il SUV di Ashley entrare nel vialetto, corro in camera mia come la codarda che sono. Ed è lì che rimango nascosta quando inizia la discussione in cucina. Non posso fare a meno di aprire la porta per origliare.

La voce di Ashley mi arriva dal corridoio: «Che diavolo ci faceva lì?».

La risposta di mio padre è calma, misurata. «Non lo so, Ash. Nessuno mi dice mai niente di quello che succede qui.»

«Magari se tu fossi a casa ogni tanto!»

Il suono di un pugno che colpisce una superficie dura mi fa trasalire. «Sono stato a casa tutto il giorno con Lauren!»

«Ti avevo chiesto di dare un'occhiata a Kacey al caffè» dice Ashley. «Di assicurarti che fosse tutto a posto.»

«Non sapevo che avesse bisogno di essere sorvegliata ventiquattro ore al giorno.» La sua voce è quasi impercettibile rispetto a quella di Ashley.

«Ci sono molte cose che non sai di tua figlia, Russ.»

Non saprò mai quale sarebbe stata la risposta di mio padre, perché lo squillare del telefono lo interrompe.

«Pronto?» C'è una pausa che dura una vita. Un «Grazie, saremo lì il prima possibile» chiude la telefonata. So che è l'ufficio dello sceriffo dal tono educato e dal panico nella voce di Ashley.

«Vogliono parlare con lei» dice.

«Ancora? Ma se ci hanno *appena* parlato!»

«Non lo so, Russ. Li puoi biasimare dopo quello che è successo oggi?»

Prendo il giaccone e vado in corridoio, con il battito del cuore che copre il suono dei loro battibecchi. Quando entro in cucina, si girano tutti e due e mi fissano come se non mi avessero mai vista prima.

«Io sono pronta» dico, poi aggiungo: «Quando volete possiamo andare alla stazione dello sceriffo».

Ashley e mio padre sembrano mortificati. Sanno che devo aver origliato tutto, ma la cosa non mi disturba. Per qualche motivo, voglio che sappiano che ho sentito ogni parola.

Ashley mi accompagna alla stazione di polizia, così mio padre può dormire un po' prima del suo turno di notte. Stavolta Ashley non ammette trattative ed entra con me nella stanza per l'interrogatorio. Si siede sulla sedia nell'angolo, con un occhio protettivo su di me, mentre Ellie Knepper mi mette una mano sulla schiena e mi guida verso il tavolo.

«Il detective Burke arriva subito. Posso portarvi qualcosa? Caffè? Acqua?»

«Dell'acqua, magari» dice Ashley e, quando Ellie scompare, indica la telecamera nell'angolo della stanza. Una luce lampeggia due volte. «Sii onesta» dice in tono secco. Come se fino ad ora non lo fossi stata.

Mi si stringe il petto. Cosa pensa che stia nascondendo?

C'è il fatto che sono uscita di nascosto venerdì sera, ma non mi sembra molto rilevante in questo momento. Ci sono guai ben più gravi in cui mi sono ficcata.

Quando Ellie torna con due bottiglie d'acqua, sto sudando. Vorrei stappare la mia e scolarmela tutta, ma Burke è con Ellie e non voglio che veda quanto sono nervosa.

«Grazie per essere venuta.» Il detective prende posto di fronte a me. Moser trascina una sedia attraverso la stanza per unirsi a noi al tavolo. Burke rabbrividisce per il rumore delle gambe metalliche che stridono contro il linoleum. «Lo sai perché sei qui, vero, Kacey?»

Mi lecco il labbro superiore screpolato. «I Grosso hanno deciso di sporgere denuncia alla fine?»

«No» dice Burke. «Di quello si sta occupando lo sceriffo Moser. Io voglio parlare ancora di Bailey.»

Il mio stomaco va in caduta libera. *Lo sceriffo Bill sta tenendo d'occhio una delle amiche della ragazza.* Vorrei chiedere se sono una persona indiziata, ma non riesco a farlo con Ashley seduta in un angolo. Lei, però, deve aver percepito il cambiamento di atmosfera, perché si intromette. «Kacey ha bisogno di un avvocato?»

Burke la guarda. «Questo dipende esclusivamente da voi due. Io credo ancora che Kacey sia una testimone e non una sospettata. Ho solo bisogno del suo aiuto per convincermi.»

«Non mi serve un avvocato» dico. «Le dirò quello che vuole sapere.»

Burke posa una foto sul tavolo di fronte a me. È la striscia di sangue sul muro del fienile. «Voglio parlare di questo. Abbiamo confrontato il gruppo sanguigno con quello trovato su altre prove.»

La felpa. Probabilmente, la sua auto. Mi si secca la gola. «È suo? È il suo gruppo sanguigno?»

Burke abbassa appena il mento sul petto.

«Oh mio Dio!» Fremo sulla sedia. Il sangue mi defluisce giù dalla testa, tanto che devo appoggiarla tra le mani. Ellie Knepper mi dà una goffa pacca sulla schiena.

«Le suole dei tuoi stivali» continua Burke. «Abbiamo trovato tracce uguali per tutto il fienile.» Si fa scrocchiare una nocca, come se mettesse un punto alla fine della sua frase.

«Non concorda con la storia che sei andata al fienile, sei entrata, hai visto il sangue e sei subito uscita.»

Mi ha beccata: non c'è modo di mentire per tirarmi fuori da questa storia senza far sembrare che sia stata io a fare quella striscia di sangue.

«L'altra mattina non era la prima volta che entravi nel fienile, vero Kacey?» dice Burke.

La mia mente si svuota. Non riesco a pensare a Jade e al fatto che abbiamo concordato di non dire a nessuno che eravamo andate nel fienile. Non riesco a pensare ad Ashley e a quanto si arrabbierà per il fatto che sono uscita di nascosto e mi sono portata dietro Lauren. Non c'è altra via d'uscita da questo pasticcio se non quella di dire la verità e sperare che Burke ci creda.

«Ok» dico. «Eravamo lì venerdì sera. Prima che Bailey sparisse.»

Burke si sporge in avanti posando gli avambracci sul tavolo. «Chi eravate?»

Deglutisco. Tengo a freno l'impulso di guardare Ashley. Ho una sola opzione se voglio mantenere una parvenza di pace a casa. Ho già perso una delle mie migliori amiche. Non posso perdere anche la mia famiglia. «Bailey, Jade e io» dico.

«Solo voi tre?»

«Sì. Eravamo solo noi tre.»

«Ok. Cosa ci facevate voi tre lassù?» Forse me lo sto immaginando, ma accentua la parola "tre", come per farmi capire che non si sta bevendo la mia storia.

Tiro fuori a fatica le parole: «Abbiamo fatto una seduta spiritica».

Burke mi guarda stupito. «Una seduta spiritica?»

Ellie si appoggia a lui. «Tipo comunicare con i morti».

Burke fa un'espressione irritata. «So cos'è una seduta spiritica.» Eppure mi fissa come se mi stessi inventando tutto.

«Era un'idea di Bailey» dico. «Lo so... è stato stupido. Voleva provare a evocare la Dama Rossa. Io e Jade non crediamo a queste cose, ma voi non conoscete Bailey: se non fai quello che vuole lei, si inc... arrabbia molto.»

«E le capitava spesso?» Burke mi guarda sbattendo le palpebre. «Di arrabbiarsi? Sto solo cercando di capire meglio com'è fatta.»

Possessiva. «Se la prendeva con me, se non facevo cose tipo uscire di nascosto con lei e Jade. E, se le dicevo di no, si presentava comunque a casa mia.»

Posso praticamente sentire Ashley rabbrividire dietro di me. La sua obbediente figliastra, che esce di nascosto dalla finestra della sua camera per fare Dio sa cosa.

Burke si picchietta l'indice sul mento. «La sera della festa, però, non si è presentata a casa tua?»

Scuoto la testa. «Ve l'ho detto. Io non volevo andarci.»

«Non è quello che dice Jade Becker. Afferma che domenica sembravi arrabbiata perché Bailey non ti ha mai mandato un messaggio per venire a prenderti e portarti alla festa.»

Fanculo, Jade! Ha solo detto la verità, ma è come se mi avesse ficcato un coltello nella schiena. Comunque era ovvio che dicesse la verità. Farebbe di tutto per riavere Bailey al sicuro.

Burke mi studia. «Ti rendi conto che questo contraddice la tua precedente dichiarazione, che hai deciso da sola di non andare alla festa e sei andata a letto?»

Non piangere, cazzo. «Però è vero che io non ci volevo andare alla festa. Così, quando Bailey non mi ha mandato nessun messaggio, mi sono sentita sollevata, credo.»

«E sei sicura che non sia venuta comunque a casa tua? Mentre tu stavi dormendo.» Burke aggiunge l'ultima parte come se fosse a mio beneficio. Come se non credesse affatto che stessi dormendo.

Il panico mi assedia. «La mia matrigna vi ha detto che sono rimasta a casa tutta la notte.» Mi giro sulla sedia per guardare Ashley, che annuisce. Ma c'è qualcos'altro nella sua espressione.

Diffidenza.

«Non capisco perché mi state trattando così.» Una lacrima mi esce dall'occhio quando guardo di nuovo Burke. Non faccio in tempo ad asciugarla, che Ellie Knepper si materializza alle mie spalle con una scatola di fazzoletti. «Io non *so* nulla. Perché non parlate con Cliff Grosso, invece? Qualcuno ha visto Bailey a casa sua proprio la settimana scorsa. La gente dice che suo padre stia mentendo per fornirgli un alibi...»

«Cliff Grosso non è una persona indiziata in questo momento» mi interrompe Burke.

Serro la bocca prima di riaprirla di nuovo. «Perché? Perché usciva con la nipote dello sceriffo? Perché la sua famiglia possiede metà dei negozi in città?»

Burke sorride. «Posso assicurarti che le forze di polizia non stanno facendo alcun favoritismo nei confronti della famiglia Grosso. L'indagine sta semplicemente prendendo un'altra direzione.»

«La *mia* direzione.» La mia mano forma un pugno sotto il tavolo. «Sono tutte cazzate.»

«Kacey!» La voce di Ashley è come lo schiocco di una frusta.

Burke prende una foto dalla cartella che ha davanti e la posa sul tavolo tra noi. È un'immagine sgranata, probabilmente da una telecamera di sicurezza. Riconosco la stazione di servizio all'angolo di Mills Pond Road e Sparrow Road. C'è una Honda Civic blu che passa. È troppo buio per vedere il volto del conducente, ma si vede bene la targa. GRR. È la stessa targa che ho cercato mille volte nel parcheggio della scuola in un mare di Honda Civic blu, mentre aspettavo Bailey dopo la scuola.

È la sua auto. L'ora sull'angolo segna le 23 e 31.

Faccio i conti mentalmente: Bailey ha lasciato la festa dopo le undici e un quarto. Prairie Circle e la casa di Kevin Sullivan si trovano a circa dieci minuti di macchina da casa nostra.

«E guarda qui.» Burke dà un colpetto al faro destro di Bailey. «La sua freccia è accesa. Come se fosse diretta a Sparrow Road.»

«Pensate che abbia lasciato la festa per vedersi con me?» Scuoto la testa. «No. Potrebbe essere andata a Sparrow Hill... al fienile...»

«E perché l'avrebbe fatto?» Burke mi guarda, in attesa. Non ho risposte da dargli. Solo qualche informazione che macino nel mio cervello fino a ridurla in poltiglia. Stava venendo da me e qualcosa l'ha fermata?

Ashley interviene. «Quanto ci vorrà ancora, detective? Vorrei davvero riportare Kacey a casa. È stata una giornata lunga per tutti noi.»

«Certo. Solo un'altra cosa per il momento.» Burke scorre un'altra cartella piena di fogli. «Puoi verificare il tuo numero di cellulare?»

«Sono i tabulati telefonici di Bailey?» Non volevo dirlo così di getto.

Burke aggrotta la fronte. «Esatto. Le piaceva mandare un sacco di messaggi. Non ne conosciamo ancora il contenuto, visto che sono stati cancellati, ma è solo questione di tempo. La scientifica ha modo di recuperarli.»

Sento i muscoli delle spalle che si rilassano. Perché quei tabulati telefonici dimostreranno che sabato io e Bailey non abbiamo avuto alcun contatto. Mentre recito il mio numero, penso: *Ci siamo. Vedrà che non l'ho né chiamata né messaggiata. Vedrà che non sono stata io a convincerla ad andarsene da quella festa.*

Burke mi ripete il numero, sfogliando le pagine della cartella. «Quindi, se non mi sbaglio, l'ultima volta che hai mandato un messaggio a Bailey prima della sua scomparsa è stata venerdì sera.»

«Proprio così.» Annuisco. «Come ho detto, siamo uscite di nascosto. Mi ha mandato un messaggio per dirmi che lei e Jade sarebbero venute a prendermi.»

«Bene.» Burke sorride. «Allora credo che non abbiamo altro da discutere al momento.»

Espiro per quella che mi sembra la prima volta dopo ore, mentre Ellie accompagna me e Ashley fuori dalla sala degli interrogatori e fino all'uscita. Fuori sta nevicando più forte. Vorrei gridare al cielo: *I tabulati telefonici mi renderanno libera.*

Allora perché Burke se li teneva stretti al petto come se avesse una mano di carte vincenti?

Capitolo diciassette

Mentre firmiamo le carte per uscire dalla stazione dello sceriffo, Ashley non mi parla. Nel parcheggio tengo gli occhi sulla neve farinosa sotto i miei piedi, studiando le impronte degli stivali che mi hanno fregato.

«Credo sia meglio che tu non lavori di sabato finché tutta questa storia non sarà finita» dice Ashley una volta che siamo chiuse in macchina. È furiosa, si vede. Ma sta ancora cercando di far sembrare la punizione come se mi stesse facendo un favore. «Sono molto delusa. Non sei il tipo di ragazza che esce di nascosto.»

«Mi dispiace. Non mi hanno dato scelta. Sono arrivate sotto casa...»

Ashley mi interrompe: «Leann Strauss ha partecipato alla ricerca oggi». C'è qualcosa che ribolle sotto la sua voce. Mi fa torcere le budella. Ashley si preme l'attaccatura del naso. «Mi ha detto che Chloe le ha raccontato che siete delle streghe. Sapeva di... qualsiasi cosa voi ragazze abbiate fatto nel fienile lo scorso venerdì sera.»

Chiudo gli occhi, stringendo le palpebre. Il mondo sta fluttuando.

«Lauren era con voi, vero?» La voce di Ashley mi dà una

sensazione di puro terrore. «È per questo che non dorme e non mangia.»

Vorrei dirle che è stata solo una sciocca seduta spiritica, uno gioco stupido, che in realtà non è successo proprio niente, ma questo non farebbe altro che aumentare la sua rabbia. Ha già visto uno dei suoi figli cadere a pezzi. Chissà quanto ci metterà Lauren a riprendersi da quello che è successo nel fienile.

«Mi ha beccata mentre uscivo di nascosto» sussurro. «Voleva venire.»

«È una bambina! Una bambina che farebbe di tutto per ottenere l'approvazione dalla sorella maggiore.»

Una lacrima di rabbia mi sgorga calda dall'occhio. «Non sapevo che tu ce l'avessi così tanto con me.»

«Non cercare di manipolarmi. Non hai fatto altro che nascondermi le cose da quando Bailey è scomparsa» dice Ashley. Sembra anche lei sull'orlo delle lacrime. «C'è qualcos'altro che devi dirmi?»

«No.»

«Lo immaginavo.»

Sento la mia rabbia divampare. Mia madre mi avrebbe urlato contro e la calma di Ashley mi ricorda che lei non è mia madre e non lo sarà mai.

A cena, invece di dire agli altri di avermi ridotto le ore di lavoro, Ashley si inventa che c'è stato un problema al caffè e lei lavorerà di più, quindi in pratica dobbiamo comportarci bene mentre lei non c'è.

E la signora Lao verrà da noi ogni volta che mio padre non è in casa o starà dormendo. Quindi, in pratica, tutti i giorni.

«Non è giusto» fa Lauren. «Siamo abbastanza grandi da non avere più bisogno di una babysitter.»

«Mangia la tua pizza» sbotta Ashley.

Quando tutti sembrano distratti, mi rivolgo a Andrew: «Avete trovato qualcosa nella ricerca di oggi?».

Ma Ashley ha l'udito di un pipistrello. Mette giù il suo bicchiere d'acqua, abbastanza forte da far tremare i nostri. «Non a tavola.»

Non ho nemmeno la possibilità di pensare a come rispondere, perché suonano alla porta. La forchetta mi cade di mano. Ashley fa una smorfia e Andrew si rabbuia; ultimamente il suono del campanello non annuncia mai nulla di buono. Anche Lauren smette di rimestare il cibo nel piatto e si blocca. È mio padre ad alzarsi. Mentre va ad aprire la porta Ashley non si fa problemi a sbraitare: «Voi continuate a mangiare».

La voce dello sceriffo Moser arriva fino al tavolo, raggelante come uno strato di brina. «Buonasera, signore. Spero di non aver interrotto la vostra cena.»

«In effetti stiamo mangiando. Di cosa si tratta?»

«Stiamo seguendo alcune piste riguardo al caso Bailey Hammond.» Ora è Ellie a parlare.

«Avete già parlato con mia figlia poco fa» dice mio padre. «Penso che per oggi sia sufficiente.»

C'è un tono di scusa nella voce di Moser. «Non volevo mancare di rispetto, signor Markham. Ma siamo qui per parlare con suo figlio.»

Capitolo diciotto

«Sono solo alcune domande di routine» dice Moser. «A questo punto stiamo interrogando tutti quelli che conoscevano Bailey.»

Ashley mette giù il tovagliolo. «*Conoscevano?*»

Moser diventa rosso in viso. Ellie Knepper lo guarda come se fosse l'uomo più stupido su cui abbia mai posato gli occhi.

«Se vuoi, puoi seguirci fino alla stazione» dice, lanciando un'occhiata a Andrew. «Non dovrebbe volerci più di un'ora.»

«Perché non potete parlargli qui?» chiede mio padre.

Andrew si alza in piedi. «Non c'è problema. Ho diciotto anni. Sono solo domande di routine, giusto?»

Guarda Ellie Knepper per avere conferma, ma Moser interviene: «Ci puoi scommettere. Ti porteremo a casa prima del quiz della sera!».

«Andrew...» Ashley fa per alzarsi, ma Andrew si sta già mettendo la giacca. «Mamma, ho diciotto anni. Non dovresti lasciare Lauren e Kacey da sole. Russ deve lavorare, ricordi?»

Mio padre diventa rosso in viso come Moser. Poi Andrew esce di casa, chiacchierando di basket con Moser come se fosse un normalissimo venerdì sera.

Ma io lo so bene: niente sarà più normale.

Andrew non torna a casa entro un'ora. Sento la sua macchina alle nove, quasi due ore dopo che Moser e la Knepper si sono presentati alla porta, e dai suoi passi sento che va dritto in camera sua.

Alle undici meno un quarto, quando Ashley chiude la porta della sua camera, mando un messaggio a Andrew: *Sei sveglio?*

Lui risponde: *Sì.*

Io: *Di cosa voleva parlarti la polizia?*

Lui: *Sto scendendo. Taverna?*

Mi alzo dal letto e sono fuori dalla mia stanza in un istante. Entro in taverna, lasciando la luce spenta. Nel caminetto le braci di oggi ardono ancora. Afferro l'attizzatoio e accendo il fuoco, aspettando il suono di passi leggeri. Andrew entra nella stanza sfregandosi gli occhi. Non riesco ancora a chiedergli subito di Burke; ha un aspetto orribile.

Mi siedo davanti al caminetto, lasciando spazio perché si sieda accanto a me. «Com'è stata la ricerca?»

«Inutile» dice.

Aspetto che vada avanti.

Andrew si sfrega di nuovo gli occhi. «Io non volevo trovarla… lo so che doveva essere quello il nostro obiettivo, ma…»

Non voleva trovare il suo cadavere.

«Ogni volta che vedevamo qualcosa di sospetto, dovevamo segnalarlo. E io ho trovato questo sacco nero della spazzatura.» Si china in avanti, appoggiando i gomiti sulle ginocchia e il viso tra le mani. Gli poso una mano sulla schiena. Sento la sua brusca inspirazione. Raddrizza la schiena. «Non credo che abbiano idea di quello che stanno facendo. Hanno perso così tanto tempo non cercandola subito. Dicono che se una persona scomparsa non viene trovata nelle prime quarantotto ore...» Andrew si copre di nuovo il viso, la voce gli viene meno.

Completo mentalmente il suo pensiero. *Allora è molto probabile che non la troveranno viva.* Mi stringo le ginocchia al petto. «Con chi hai parlato alla stazione? Con Moser?»

Andrew scuote la testa. «Un tipo rigido. Detective Burke?»

Mi costringo a pronunciare le parole: «Di cosa voleva parlarti? Di me?».

L'esitazione di Andrew lo conferma. Annuisco. Sono stranamente calma per una persona a cui sta crollando il mondo addosso.

«Ehi» gli chiedo. «Sei andato da qualche parte sabato sera?»

Andrew si fa schioccare una nocca. «Dove sarei dovuto andare?»

«Hai mentito sul fatto di aver ritirato la tua ricetta in farmacia.»

Andrew abbassa la testa. Si massaggia le palpebre. «Ho solo fatto un giro in macchina.»

«Sabato sera. La notte in cui Bailey è scomparsa. Hai solo fatto *un giro in macchina.*» Sono furiosa: Ashley stentava a credermi quando le ho detto che quella sera ero a casa, a letto, e, nel frattempo, Andrew era uscito di nascosto.

«Senti, so come può sembrare, ma devi fidarti di me» mi dice. «L'ho detto alla polizia.»

«Dove sei andato? Quando sei uscito? Non ti ho nemmeno sentito.»

Andrew mi guarda come se stesse soffrendo. «Kace, lascia perdere.»

La rabbia mi divampa dentro. «No che non lascio perdere. Quel detective pensa che io abbia qualcosa a che fare con la scomparsa di Bailey e intanto tu te ne vai in giro...»

Sento dei passi al piano di sopra. Le scale che scricchiolano. Pochi istanti dopo Ashley appare sulla soglia della taverna. Andrew si alza, come se stesse per uscire, ma risulta molto sospetto.

Ashley sposta il suo sguardo da Andrew a me. «Che state facendo qui? Va tutto bene?»

«Sì» dice Andrew, infilando le mani nelle tasche dei pantaloncini. «Tutto a posto.»

Ashley scruta il volto di suo figlio, come in cerca di qualcosa. «Ho sentito che eravate in piedi...»

«Stavamo solo parlando» dico. Anche se è la verità, esce dalla mia bocca come se fosse una bugia. Ashley mi guarda. C'è qualcosa nei suoi occhi che prima non c'era.

«Non riuscivo a dormire» fa Andrew, come se fosse una spiegazione perfettamente ragionevole per un incontro clandestino nel cuore della notte.

«Be', cerca di farlo» fa Ashley, contrariata. «Siete tutti e due troppo stanchi.»

Ci guarda come se vedesse qualcosa che non voleva vedere e che non può più cancellare.

Capitolo diciannove

Al mattino mi sveglio con un messaggio di Ashley: dice che mio padre ha deciso di fare gli straordinari, quindi la signora Lao verrà a "tenere d'occhio le cose" mentre lei è al caffè. A diciassette anni mi tocca ancora sorbirmi una babysitter per tutto il giorno. Dovrebbe darmi fastidio, ma non ho le forze nemmeno per protestare. Però c'è un sottotesto inquietante nel messaggio di Ashley, come se stesse cercando di dirmi che ho bisogno di essere controllata.

Non mi preoccupo affatto di alzarmi dal letto. Si sta bene qui. Forse lo farò tutti i giorni. Il pensiero che lunedì devo tornare a scuola e che non ho toccato i compiti per casa mi fa sentire male. Quando alle nove la signora Lao viene in camera mia e cerca di farmi alzare, le dico che ho i crampi.

«A casa ho delle radici di liquirizia» dice. «Vado a prenderle e ti preparo una tisana.»

«No, grazie» dico. «Non c'è davvero bisogno che lei stia qui. Posso badare io a Lauren.»

«Non ho intenzione di lasciare voi due ragazze da sole.» La signora Lao scuote la testa. Non ho il coraggio di farle notare che sono alta il doppio di lei. Almeno la convinco che la tisana non è necessaria, ma si rifiuta di andarsene, quindi credo che abbiamo perso tutte e due.

Mi costringo ad alzarmi dal letto. Affaccio la testa in taverna. Lauren è rannicchiata su un fianco, con Jerome ai suoi piedi. Il cane alza la testa per ringhiarmi contro. Gli sibilo di stare zitto e lui si blocca di colpo, sbuffa dal naso e poggia la testa sul piede nudo di Lauren, che dorme profondamente. In salotto, la signora Lao ascolta a tutto volume un talk show del mattino, con una donna che esalta in tono animato le virtù di un frullatore a dieci velocità.

Ma sento un'altra voce.

«Kacey?» fa la signora Lao.

Mi sfugge di bocca un sospiro irritato. È dietro di me, si è avvicinata di soppiatto. Mi squadra dalla testa ai piedi. «Jade è qui.»

Merda. Senza dubbio è venuta per farmi una ramanzina perché ho ignorato tutte le sue chiamate e i suoi messaggi. «Dov'è?»

«L'ho fatta aspettare fuori» dice la signora Lao. Le passo accanto, vado nell'ingresso e mi infilo gli stivali. Dalla finestra vedo il furgone del padre di Jade fermo sul marciapiede e lei dietro il volante.

Non mi fido di Jade, lo sento perfino nelle ossa. Tutto quello che voglio è sbarazzarmi di lei il prima possibile. Quando mi vede arrivare lungo il vialetto, si sporge sopra il posto del passeggero per aprirmi lo sportello.

Stringo i denti e salgo. Il sedile in pelle è gelido sotto i miei pantaloni del pigiama.

Jade è ancora senza eyeliner. Mi chiedo se sia un rituale di lutto o abbia deciso di non metterselo finché Bailey non torna a casa, in un modo o nell'altro. Mi guarda negli occhi con un'espressione di disprezzo. «Stai cercando di farti uccidere o arrestare?»

«Perché sei qui, Jade?» Sentendo il tono acido della mia voce, Jade si succhia le guance.

«Che problemi hai?» mi chiede.

«Quel detective mi ha fatto tornare alla stazione di polizia per un altro interrogatorio ieri. Qualcuno gli ha detto che sarei dovuta andare alla festa, ma che Bailey mi ha tirato il pacco. E che io ce l'avevo con lei.»

Jade aggrotta la fronte. «Gesù, Kace. Dovevo farlo. Quel tipo... è implacabile. Avrei ammesso di avere una bustina di coca in tasca pur di uscire da quella stanza.»

Non rispondo. Non riesco a dirle che Burke sa che eravamo nel fienile anche venerdì sera.

«Comunque, che importanza ha?» chiede Jade. «Tu non hai nulla a che fare con tutto questo.»

Rimango in silenzio. Jade si sporge verso di me, costringendomi a guardarla. «*Kacey.*»

«Burke sembra pensare che sia stata io. Anche quel coglione di Cliff Grosso crede che io sia coinvolta.»

Jade mi fissa. «Ma tu perché cavolo sei andata a casa sua, scusa tanto?»

«L'ho fatto senza riflettere. Pensavo di trovare qualcosa. Non lo so.» Sono sull'orlo delle lacrime. *Voglio solo che qualcuno mi creda, quando dico che non sono stata io.*

Deglutisco per schiarirmi la gola. «Lo sapevi che Bailey è andata a casa di Cliff la settimana scorsa?»

Jade raddrizza di colpo la schiena. «Che cosa?»

«Qualcuno ha visto la sua macchina fuori» dico.

«E quante Honda Civic blu ci sono a Broken Falls? Potrebbe essere stato qualcun altro.»

«Perché vuoi credere così disperatamente che Bailey ti dicesse sempre *tutto* quello che faceva?»

Le guance di Jade diventano rosse. «Perché lo fai? Potrebbe essere morta. Le tue priorità sono un po' incasinate in questo momento.»

Non riesco a fermare il tremito del mio ginocchio. Jade ha ragione, ma la voce assillante nella mia testa mi dice che Bailey potrebbe essere morta per colpa delle cose che non ci ha detto.

«Non le piacevo» sbotto alla fine.

«E chi te l'ha detto? *Bridget?*» Jade appoggia di nuovo la schiena sul sedile. «È ridicolo. È stata Bailey a chiederti se volevi uscire con noi.»

Per arrivare a mio fratello.

Mi lascio sfuggire un respiro gelido. «Sapevi che le piaceva Andrew?» le chiedo.

Jade aggrotta le sopracciglia. «Certo che lo sapevo.»

«Come mai voi due non mi avete mai detto nulla?»

«Vuoi la verità?» Jade mi scruta. «È stata lei a dirmi che non dovevo parlartene.»

«Perché? Non l'avrei certo detto a lui.»

«Non c'è motivo di fare l'offesa.» Jade abbassa lo specchietto per controllare l'eyeliner. Poi si rende conto che non se l'è messo. Un sospiro le sfugge dalle labbra. «Non ha mai detto a nessuno quello che provava per lui. Nemmeno a me. Io… ci sono arrivata da sola.»

«Ma perché tutta questa segretezza? Di certo, se l'avesse saputo, Andrew non l'avrebbe trattata male. Chissà, magari l'avrebbe pure corrisposta.»

Jade inclina la testa per guardarmi. «Avanti, Kace! Lo sai anche tu che la vedeva ancora come la bambina di quando andavano assieme all'asilo.»

«Non capisco perché le importasse tanto tenerlo nascosto» dico.

«Perché era molto sensibile a tutto ciò che poteva ferirla» dice Jade. «Se avesse scoperto con certezza che Andrew non era interessato a lei, la cosa l'avrebbe distrutta.»

Per qualche motivo penso alle tracce di pneumatici dell'auto di Andrew domenica mattina, al fatto che mi abbia mentito sulla storia delle medicine in farmacia. Un po' di neve cade da un ramo sopra di noi e finisce sul parabrezza, facendomi sobbalzare sul sedile.

Alla fine è Jade a parlare di nuovo. «Hai detto a Andrew quello che abbiamo fatto nel fienile?»

«No. Perché?»

«Perché Burke dice che lasciare quella striscia di sangue è stata una mossa astuta. Chiunque l'abbia fatto ha distratto la polizia per un paio di giorni. Ha fatto in modo che le ricerche si svolgessero a Broken Falls quando Bailey ovviamente non è qui.»

Sento l'acidità nel mio stomaco. «Che vuoi dire?»

«I poliziotti mi hanno fatto un sacco di domande su Andrew.» Jade guarda fuori dal finestrino. «Volevano sapere se tra lui e la Bailey c'era qualcosa.»

Mi giro sul sedile per guardarla in faccia. «Jade, non puoi pensare che sia stato lui. Tra loro non c'era *niente*. Non avrebbe avuto motivo di volerla morta.»

Jade rimane in silenzio per un attimo, poi dice: «Ho visto la foto della stazione di servizio. Bailey stava venendo qui quella sera».

«E se invece stesse andando al fienile?»

«Vuoi smetterla con questo stupido fienile? Era solo un tentativo di depistaggio, dicono. Proprio come il telefono lasciato nella proprietà di Cliff… per far credere alla polizia che fosse coinvolto.» Jade mi guarda. «Sembra il genere di cosa che farebbe un tipo sveglio, no?»

Le lacrime mi bruciano gli occhi. «È mio fratello. Non riuscirai a convincermi che ha qualcosa a che fare con tutto questo.»

Jade mi guarda come se le facessi pena. «Non è nemmeno il tuo vero fratello.»

Ho già le dita sulla maniglia dello sportello. «Non voglio più parlare con te.»

Sembro patetica, come una bambina, e, già a metà del vialetto, comincio a piangere come se fossi davvero una bambina.

«Kacey» Jade chiama dal finestrino. «Se lo stai coprendo, non ti perdonerò mai.»

Poi esce dal parcheggio e io rimango sola.

In soggiorno, la signora Lao è tornata al suo talk show. Mi intrufolo in taverna, scavalcando Lauren, ancora rannicchiata con Jerome.

È qui che teniamo il computer di famiglia. Apro il primo cassetto e ringrazio mentalmente Ashley per essere sempre così organizzata. C'è un foglio con le password di tutti gli account di famiglia, le banche online, l'abbonamento a Netflix. Insomma, tutto.

Perché la polizia sembra pensare che Andrew sappia qualcosa? Lui e Bailey erano amici da bambini, ma adesso quasi non si parlavano più. Ed Ellie Knepper non ha chiesto di Andrew il primo giorno che è venuta a interrogarmi a casa.

Se adesso Burke è interessato, deve avere scoperto qualcosa di nuovo.

Qualcosa tipo i tabulati telefonici che aveva in mano venerdì.

Con le mani che mi tremano, digito l'indirizzo web del nostro gestore di telefonia mobile e, quando me lo chiedono, inserisco il nome utente e la password. Sono tutti numeri, una combinazione dei compleanni di Andrew e Lauren.

Clicco sul numero di Andrew e visualizzo il suo registro delle chiamate recenti. Non ci sono molte chiamate in uscita; Andrew non è uno che parla molto al telefono. Preferisce parlare faccia a faccia con le persone.

Faccio scorrere un dito sullo schermo, fermandomi quando vedo le prime tre cifre del numero di telefono di Bailey.

Andrew l'ha chiamata due volte, alle 23 e 15, la notte in cui è scomparsa.

Poco prima dell'ultimo anno
Agosto

Sto impazzendo. Devo avere le allucinazioni. È l'unica spiegazione per quello che è successo oggi.

Fammi fare un passo indietro. Oggi era il giorno in cui prestiamo servizio per la comunità, quello che temiamo tutti e da cui nessuno riesce a liberarsi. (Alicia Rivera ci ha provato, dicendo che la sua artrite precoce non le permetteva di stare sotto il sole tutto il giorno; sono sicura che se n'è pentita, visto che la signora Gonzalo le ha fatto passare la giornata alla casa di riposo di Broken Falls a giocare a bingo con i vecchietti.)

Il compito della nostra classe oggi era di "abbellire" un parchetto di merda fuori Pleasant Plains; dovevamo trovarci a scuola per salire sugli autobus alle sei di mattina. Jade è uscita di casa appena in tempo. Ho dovuto chiamarla due volte per assicurarmi che si fosse alzata, perché la signora Gonzalo non ha voluto dirci cosa sarebbe successo se perdevamo l'autobus.

Jade ha continuato a frignare e lamentarsi per tutto il viaggio fino a scuola, usando lo specchietto retrovisore per mettersi l'eyeliner sugli occhi gonfi. «Quella stronza non può impedire alla gente di diplomarsi.»

Io, però, non volevo sfidare la sorte. A parte Bloomington, la mia prima scelta, ho già iniziato a fare domanda di ammissione per le università di cinque Stati diversi. College di provincia per studenti dai voti mediocri in cui probabilmente sarò ammessa, con squadre di football di seconda divisione e dormitori con danni alle tubature dell'acqua. Non vedo l'ora, cazzo.

Siamo arrivate nel parcheggio contemporaneamente a Andrew e Kacey; il sole stava già sorgendo caldo nel cielo. Kacey aveva i capelli tirati indietro con la bandana rossa che porta al lavoro. Ci ha giocherellato, come se fosse imbarazzata, mentre ci raggiungeva.

Quando Andrew ci ha salutato con un cenno per correre subito da Tyrell, mi si è rimescolato lo stomaco. Non sono riuscita a trattenermi: «È troppo figo per stare con noi o cosa?».

Kacey ha spalancato la bocca per la sorpresa. Jade mi ha dato una gomitata e, trattenendomi un paio di passi dietro a Kacey, mi ha sussurrato all'orecchio: «Se stai cercando di nascondere quello che provi per lui, stai facendo un lavoro di merda».

Un umore sgradevole mi ha invaso come un gas nocivo. Ero frustrata; dal compleanno di Lauren non avevo più avuto modo di stare un po' con Andrew. Ogni volta che io e Jade andavamo a trovare Kacey, lui era a casa di Tyrell o al suo stage estivo alla società storica. Quel momento assieme nella sua cucina sembrava essere passato da anni. Come un sogno, un delirio da febbre, che non era mai accaduto per davvero.

Davanti al tavolo delle firme si era radunata una folla di gente che borbottava o si lagnava.

«Anche i nostri autobus sono assegnati?» stava chiedendo Bridget Gibson, la reginetta delle lamentele. La signora Gonzalo, sgargiante in jeans e maglietta, ha scacciato Bridget e Val dal tavolo. «Non possiamo fare a cambio con qualcuno?» ha chiesto Val, contrariata.

Mentre firmavamo, mi sono accorta del problema: Bridget era sull'autobus 1 e Val sull'autobus 2, con Kacey e me.

«Fanculo!» ha mormorato Jade a voce bassa. «È come se l'avessero fatto apposta.»

«I compiti sono stati assegnati a caso, signorina Becker!» Se ha sentito Jade imprecare, la Gonzalo non ha ritenuto opportuno fermarsi a rimproverarla. Si è unita agli altri insegnanti che stavano facendo salire i ragazzi sugli autobus.

Io e Kacey abbiamo fatto coppia, raggiungendo il nostro. Il signor White, seduto in prima fila, stava chiacchierando con la signorina Stefani, la nuova insegnante di arte, perché tutti sanno che scopano.

«Ehi, signor W.» gli ho detto in tono lezioso. «Ha pescato il bastoncino più corto?»

«Cosa te lo fa pensare?» Ha sorriso. «Non riesco a immaginare un modo migliore di passare il mio sabato mattina.»

Io e Kacey ci siamo sistemate in due sedili vuoti; lei dalla parte del corridoio, io del finestrino. Mentre parlavamo di questo e di quello – il caldo, il saggio per la domanda di ammissione al college che doveva rileggere per me – io tenevo d'occhio la porta dell'autobus.

Sotto il mio finestrino, Andrew ha salutato Tyrell facendo pugno contro pugno, poi si sono divisi. Tyrell è andato verso l'autobus di Jade, Andrew è venuto verso il nostro. Ho sentito come un tuffo al cuore.

«Bay?» Kacey mi stava fissando con quei suoi occhi strambi, pazienti e concentrati.

«Sì?»

«Ti ho chiesto se me l'hai già mandato per mail.»

Il mio saggio per la domanda di ammissione. «Oh, no. Lo faccio subito.»

Ho tirato fuori il telefono, consapevole della presenza di Andrew sull'autobus; ci è passato accanto, dando un colpetto alla spalla di Kacey con la sua, di proposito. Lei ha sorriso, mentre le guance le diventavano rosa. Ho deglutito a fatica, finendo di inviarle il saggio.

«Ehi» ho detto. «L'ultimo fine settimana di ottobre vado a visitare Madison. Perché non vieni anche tu?»

«Vuoi dire l'università?»

«Certo, cretina, l'università.» Non voglio frequentare un college nel Wisconsin, non l'ho mai voluto, anche se i miei mi costringono a visitare la scuola del mio Fratellone Prodigio. *Ben l'adora.* Ma del resto adora pure i bar lerci, Kanye West e le tette.

Kacey teneva gli occhi fissi sull'anello che portava al pollice; l'ha fatto girare. «Non sarò mai ammessa alla Madison.»

«Probabilmente nemmeno io. Ma tu vieni e basta. Vedrai che ci divertiamo.»

«Non so se posso liberarmi dal lavoro. Ma provo a chiedere un permesso.»

L'autista ha chiuso la porta e messo in moto l'autobus. La signora Gonzalo ha soffiato nel suo fischietto – la prima volta per attirare la nostra attenzione e la seconda per farci stare zitti – e ha iniziato a leggere i nostri incarichi di gruppo per il parco.

«Gruppo A: Bailey Hammond, Valerie Diamond, Eliot Butler e Thomas Alonzo.»

Ho sentito una stretta allo stomaco. *Maledetta Val.* La immaginavo rabbrividire nel suo posto in fondo all'autobus. Ero così persa nei miei pensieri che quasi non ho sentito la signora Gonzalo annunciare il gruppo successivo: «... Andrew Kang e Kacey Young».

Mi sentivo la pelle bollente; il calore mi è arrivato alla testa, sconvolgendomi il cervello. *Andrew e Kacey. Kacey e Andrew.* Quando siamo scesi dall'autobus, uno a uno, formando i nostri gruppi, non riuscivo a staccare gli occhi da quei due.

Il compito del nostro gruppo era di strappare le erbacce; Kacey e Andrew dovevano ridipingere il gazebo al centro del parco assieme ad altri due.

Io e Val abbiamo lavorato in silenzio; sapevo che non mi avrebbe detto nulla. Non parla mai con me. Mi guardava come un uccello ferito, come se fosse lei a subire un torto. Nel frattempo, il gruppo del gazebo si stava divertendo un mondo.

È stato in quel momento che ho visto la scena: Andrew si è avvicinato a Kacey e le ha sfiorato il naso con la punta del pennello. Lei ha strillato e si è messa a ridere. È stato come un colpo a tradimento. Se avessi avuto le palle, si sarebbero ritratte nel mio stomaco.

Sono tornata a concentrarmi sulle erbacce. Val mi stava osservando; sapevo che l'aveva notato anche lei, quanto fossero disgustosi Andrew e Kacey. Così ho detto: «Non si dovrebbe flirtare con il proprio fratellastro, no?».

«Credi che stiano flirtando?» mi ha chiesto con un filo di voce.

Mi sono accovacciata con il sedere sui talloni, togliendomi lo sporco dalle ginocchia. «Non hai visto come lo guarda?»

Val ha sollevato lo sguardo, con le dita strette ancora attorno alle radici dei denti di leone. Per un attimo non ha detto nulla. Poi ha esclamato: «Wow!».

Ho sentito un brivido lungo la schiena, anche se il sole caldo ci batteva sopra. Ho sentito tutto il peso delle mie parole. Avevo appena passato a qualcun altro il seme del sospetto; presto si sarebbe diffuso rapidamente, come un virus. *Kacey Young vuole scoparsi il fratellastro.*

Perché Val non riesce a tenere la bocca chiusa. Non è mai stata capace di farlo.

Più tardi, prima di risalire sull'autobus, Jade è venuta da me mentre Kacey stava usando il bagno chimico. «Perché stavi parlando con Val?»

Invece di risponderle, le ho chiesto: «Pensi che ci sia qualcosa di strano tra Kacey e Andrew?».

Jade ha stretto le labbra. «Ti prego, Bay!»

Le ho detto quello che avevo visto. Le ho ricordato di quella sera con Andrew, Kacey e Lauren in gelateria: Kacey ci aveva guardato come se avessimo interrotto qualcosa. Ho pensato a tutte le scuse che trovava per non invitarci a casa sua – *Mio padre sta dormendo. Mia sorella vorrà stare con noi* – e ho sentito una vampa di calore sul mio viso.

Sta cercando di tenersi Andrew tutto per sé.

Ho studiato il volto inespressivo di Jade. «A cosa stai pensando?» le ho chiesto.

«Penso che… sei un po' ossessionata da lei.»

Non sapevo cosa dire. È in momenti come quello che penso che Jade sappia dei miei viaggi notturni in auto a casa di Andrew. Ho pensato di dirglielo, in quelle rare sere in cui suo padre aveva il doppio turno al lavoro e noi approfittavamo della sua scorta di erba nel cassetto dei calzini. Bastava che lo spiattellassi nella nebbia del fumo: *Vado a casa sua. Non mi avvicino mai abbastanza per vederlo; mi piace solo sapere che è lì.*

Ma non dico mai nulla. Perché ci sono cose che sono troppo incasinate per dirle anche alla tua migliore amica.

Capitolo venti

Andrew mi ha mentito. La polizia non voleva parlargli di *me*. Sanno che ha chiamato Bailey appena prima che lei se ne andasse dalla festa.

Fisso lo schermo. Le telefonate durano entrambe solo una ventina di secondi ciascuna. Troppo brevi per una vera conversazione, ma sufficienti per fissare un incontro da qualche parte.

Ma *perché*? Bailey e Andrew si parlavano appena; non sapevo nemmeno che Andrew avesse il suo numero. Pensavo di essere io l'unica cosa che avevano in comune. I giorni ritratti nelle foto appese in corridoio – con Andrew e Bailey che fanno "dolcetto o scherzetto" vestiti da Power Rangers rosso e rosa – sono passati da tempo. Non c'è stata nessuna rottura tra loro, nessun evento catastrofico: semplicemente si sono allontanati col tempo.

O almeno, questo era quello che pensavo.

Devo affrontare Andrew. Chiedergli perché mi ha nascosto le telefonate. Farmi dire dov'è andato sabato sera e perché ha tirato fuori quella scusa del cavolo della ricetta in farmacia quando gliel'ho chiesto. Salgo al piano di sopra con passi determinati, rabbiosi, e picchio alla porta della sua stanza. Non m'interessa se la signora Lao mi sente.

Nessuna risposta.

«Andrew» sibilo. Aspetto cinque secondi, poi apro la porta.

La sua stanza è vuota; guardo fuori dalla finestra che dà sul vialetto. Anche la sua auto è sparita. Quando mi volto per uscire, il mio sguardo si posa sul suo telefono, sul comodino. Ovunque sia andato, se l'è dimenticato.

Fanculo. Lo prendo e scorro il dito sullo schermo. Il codice di accesso di Andrew è il suo compleanno, facile.

Scorro le sue chiamate fino a raggiungere quelle di sabato sera scorso.

Bailey, Bailey. Dov'è Bailey?

Ma non risulta che l'abbia mai chiamata. È anche vero che non ci vuole nulla a cancellare una chiamata dal telefono, come se non fosse mai successa.

Quando scendo al piano di sotto, la signora Lao è ancora rapita dalla televendita del frullatore.

«Dov'è Andrew?» le chiedo sopra il rumore dell'elettrodomestico sparato dal nostro sistema surround.

La signora Lao toglie l'audio della televisione. «Da Tyrell. A studiare per il compito di fisica.»

Rimango come paralizzata. Qualcosa si tende, giù nel mio stomaco. Perché non è possibile che Andrew abbia un altro compito di fisica, abbiamo già fatto i test di metà trimestre solo due settimane fa.

Domenica mattina non nevica, quindi le forze dell'ordine di Broken Falls e di Pleasant Plains si uniscono per una massiccia ricerca sul campo di Bailey. Almeno, così dicono i notiziari. La temperatura è ancora appena sopra lo zero; penso a tutti quegli agenti di polizia con i loro parka pesanti, gli scaldamani infilati nei guanti, e lascio che il mio corpo si abbandoni a un brivido.

È da ieri che aspetto di trovare Andrew da solo per metterlo alle strette sulle telefonate e sulla storia del compito di fisica che si è inventato per uscire di casa, ma Ashley ci controlla come un falco, restando sveglia nella taverna per assicurarsi che io non lasci la mia stanza nel cuore della notte.

La mia punizione, però, è sospesa. Almeno per oggi. La domenica è il giorno più affollato della settimana al caffè e la ragazza che di solito sta alla cassa si è data malata, così Ashley ha ammesso controvoglia che aveva bisogno di me per darle una mano.

Io e Paula Schulz, che lavora qui quando non promuove le riunioni dell'Associazione Genitori Insegnanti o non accompagna i figli a danza e a calcio, ci spartiamo i compiti alla cassa e al banco per i clienti abituali del mattino. Quando escono, Paula si fionda in cucina senza dirmi una parola.

Una sensazione di inquietudine mi assale. Mi tengo occupata pulendo il bancone con uno straccio bagnato, mentre cerco di origliare la conversazione tra Paula e Rob in cucina. Ma, più che altro, è Paula che parla *a* Rob: «Mi sorprende che la gente entri, considerando che...».

Il cuore mi balza in gola. Metto in un sacchetto gli avanzi del toast di Tom Cornwell e aspetto che se ne vada, poi affronto Paula mentre esce dal bagno. «Allora, come va?» le chiedo. «È da un po' di tempo che non lavoriamo assieme.»

Di solito questo basta a scatenare una valanga di pettegolezzi. Paula sa cosa succede nella mia scuola ancora prima di me: chi non ha passato il corso di francese avanzato, quale coppietta della settimana si sta lasciando. Ma stavolta non mi guarda nemmeno. «Niente di che. Ti spiace se faccio la mia pausa sigaretta adesso?»

Annuisco, con la gola stretta. «Certo. Tanto il locale è quasi vuoto.»

Troppo vuoto per essere domenica. Quando Ashley esce dal suo ufficio a fine giornata per contare l'incasso, guarda perplessa il numero di scontrini. «Fa freddo fuori» dice. «Probabilmente se ne stanno tutti a casa.»

Penso a come Paula mi ha liquidato e devo mettermi a sedere. Non è il freddo a tenere lontana la gente dal Milk & Sugar.

Sono io.

Alla fine della giornata, sediamo in silenzio nel SUV di Ashley, fino a quando lei dice: «Il prossimo fine settimana mando Lauren dallo psicologo di Andrew».

Uso i denti per strappare via una pellicina secca dalle mie labbra. «Mi dispiace.»

«No. Volevo dirti che non è colpa tua.» Dalla sua voce sembra che stia per piangere. «Sono stati due anni difficili per tutti noi. Con i problemi di Andrew e tuo padre che non c'è mai… non credo che sia stato un pigiama party con una stupida seduta spiritica nel fienile a ridurre Lauren in questo stato.»

Ripenso a quanto è stato difficile all'inizio per Lauren quando mi sono trasferita da loro. «È colpa mia. Di punto in bianco ha dovuto iniziare a dividere te e mio padre con una ragazza incasinata.»

«Non dire così.» Ashley prende la mia mano fredda nella sua. «Sono contenta che tu sia venuta a stare da noi. È solo che... pensavo di avere ancora un paio d'anni prima di dover fare da genitore a un'adolescente. Pensavo che sarei stata *aiutata*.»

Sta dicendo che mio padre non ha fatto un cazzo per farmi da genitore da quando mi sono trasferita.

«Quando ho conosciuto tuo padre, Andrew aveva due anni» dice Ashley. «E, quando è venuto a sapere di te, eravamo fidanzati da poche settimane. Non credevo di poterlo fare. Volevo lasciarlo, annullare tutto. Mi ha convinto che non sarebbe cambiato nulla, che io, Andrew e la nostra famiglia saremmo stati al primo posto. Ha lottato per me e io sono rimasta, perché ero giovane e avevo un bambino orfano di padre e volevo che qualcuno lottasse per avermi.» Ashley si asciuga gli occhi. «Solo quando abbiamo avuto Lauren mi sono resa conto che *tu* saresti dovuta venire per prima.»

Non voglio piangere.

«E poi ti ho conosciuta e ho capito che il tuo posto era con noi. Non sei chi pensi di essere, Kacey. C'è del buono dentro di te.»

Inizio a piangere.

Ashley mi stringe la mano. «Se sai qualcosa, *qualsiasi cosa*, di quello che è successo a Bailey, ti prego di dirmelo. Ti giurò che non smetterò di amarti, qualsiasi cosa sia.»

Una crepa mi si apre nel mezzo. Tutte le storie con Burke e i pettegolezzi alla fine hanno avuto la meglio. Ashley crede che sia stata io a uccidere Bailey, o almeno che sappia chi è stato.

Andrew l'ha chiamata al telefono. È uscito di casa. Penso che sia coinvolto. Ho le parole sulla punta della lingua. Non devo nulla a Andrew, ma mi sembra comunque un tradimento imperdonabile anche solo prendere in considerazione che abbia a che fare con la scomparsa di Bailey. Perciò tengo la bocca chiusa, pensando che è questo lo svantaggio di avere una famiglia: anche quando non gli devi nulla, ti senti come se gli dovessi tutto, cazzo.

Lunedì mattina, mentre mi vesto per andare a scuola, ho come la sensazione di preparami per il patibolo. Dopo il nostro litigio di sabato Jade non mi ha più chiamato, né mandato messaggi, e questo posto è così dannatamente piccolo che probabilmente tutti sanno già che siamo in rotta.

Mi infilo i jeans e un maglione di pile. È da sabato che non mi faccio la doccia e non me ne può fregare di meno.

Mentre mi passo il correttore sulle macchie del mento, davanti al lavandino del bagno, sento Andrew e Ashley che discutono in cucina. Lei vuole accompagnarci a scuola, ma Andrew insiste che si sta comportando in modo ridicolo. Dovrà andare a prenderlo all'allenamento di atletica e tornare di corsa a casa per prendere Lauren e portarla alla sua lezione di danza delle cinque e mezza.

Ashley cede. Ci guarda dalla finestra della cucina, mentre Andrew esce in retro dal vialetto. Le prime note di una canzone di Tom Petty fanno da sottofondo al DJ della stazione di rock classico che si lamenta di un altro freddo lunedì mattina. Aspetto che Andrew sia uscito dalla rotatoria, poi spengo la radio.

«Perché non mi hai detto che hai chiamato Bailey la notte in cui è scomparsa?»

Mi aspetto che spari qualche scusa del cavolo, ma si

limita a sospirare. Sento l'odore del suo dentifricio. «Come fai a saperlo?»

Sono entrata nel tuo piano telefonico perché non so più se posso fidarmi di te. Ma che diritto ho io di parlare di fiducia? «Lo so e basta, ok? Perché l'hai fatto?»

Andrew tiene una mano sul volante. Usa l'altra per togliersi una crosticina dall'occhio. «La polizia mi ha convocato alla stazione per chiedermi come mai l'avevo chiamata e io ho detto che dovevano essere state delle chiamate partite per sbaglio mentre stavo guidando con il telefono nella tasca di dietro.»

«Non sapevo nemmeno che avessi il suo numero.»

«Era anche amica mia. Ci conosciamo da una vita.» Andrew si gratta la nuca.

Poggio la tempia sul finestrino e chiudo gli occhi. Penso che ha cancellato le chiamate a Bailey dal suo telefono. Non sono pronta ad ammettere di averci ficcato il naso mentre lui non era in casa. Non voglio aggiungere una grave violazione della privacy alla mia lista di crimini recenti. «Delle chiamate partite per sbaglio? Non avevi una scusa migliore?»

«Una scusa migliore? Che vuoi dire?»

«Che dovrei crederti quando mi dici che il tuo telefono ha chiamato *per caso* Bailey mentre eri in giro a guidare, più o meno nella stessa ora in cui è scomparsa?» Il freddo si insinua nel mio collo dove la sciarpa non arriva. «Spero almeno che tu abbia inventato una storia migliore per la polizia.»

«Un momento! Pensi che io abbia qualcosa a che fare con tutto questo?» Andrew finalmente sembra arrabbiato. «Non dirai sul serio, vero?»

Mi avvolgo un lembo di sciarpa attorno al dito. «Sto solo pensando a come potrebbe sembrare dal punto di vista della polizia.»

«Be', non farlo. Perché io non avevo motivo di fare del male a Bailey e non posso credere di doverlo dire proprio a te.»

Deglutisco. «Eri davvero da Tyrell ieri?»

«Ma che diavolo... Certo che ero da lui.»

«Allora perché hai detto alla signora Lao che ci andavi per studiare? Non è possibile che oggi tu abbia un altro compito in classe, quando i test di metà trimestre erano due settimane fa.»

«Perché pensavo che altrimenti non mi avrebbe lasciato andare. Non dopo che mia madre si è messa a fare l'agente segreto con noi.» Andrew scuote la testa. «È tutto così incasinato. Mi stai interrogando peggio di quanto abbia fatto quel detective.»

Rimaniamo tutti e due a cuocere nel nostro brodo per il resto del viaggio verso la scuola. Andrew riaccende la radio. Ha chiazze rosse sulle guance. Immagino i pensieri che gli passano per la testa: sta cercando un modo per star dietro a tutte le sue bugie o sta davvero dicendo la verità ed è arrabbiato con me perché non gli ho creduto?

Penso a quello che mi ha detto Jade, che non mi perdonerà mai se scopre che sto coprendo Andrew. È per questo che Burke ci sta addosso? Perché pensa che Andrew abbia ucciso Bailey e che io stia mentendo per lui?

Quando Andrew accosta al suo solito posto nel parcheggio della scuola, nessuno dei due si muove per uscire.

«Kace» dice. «Ti rendi conto di quanto sia assurdo tutto questo, vero? Io non ho niente a che fare con quello che è successo a Bailey.»

Mi formicolano i piedi. Non riesco a respirare dentro questa macchina, ma non credo che riuscirò a respirare nemmeno in quella maledetta scuola. «È mai successo qualcosa tra voi due?» sbotto.

Andrew mi fissa sbattendo due volte le ciglia scure. *Quelle ciglia che potrebbero far impazzire una ragazza*, penso.

«Io e *Bailey*?» Sembra sorpreso.

Mi tiro su la sciarpa fino al mento. «Lei voleva che succedesse.»

«Sì, ma non è successo.» Andrew spegne il motore. «Anche se fosse, sarebbe un bel salto da lì a un cazzo di omicidio.»

Andrew ha detto la parola "cazzo". Non dice mai parolacce, né con i suoi genitori, né con Lauren, né con i suoi amici e sicuramente non con me. Tutto quello che riesco a dire in risposta è: «Faremo tardi».

Andrew fa un verso di disgusto. «Non posso credere che tu abbia anche solo pensato questo di me. È davvero uno schifo, Kacey.»

«Ho solo... visto il filmato di sicurezza di lei che svoltava nella nostra strada. Ammettilo, sembra proprio che tu l'abbia chiamata per incontrarvi...»

«Non l'ho fatto...» Andrew spalanca gli occhi, con espressione implorante. «Pensavo che tu sapessi chi sono.»

È il *cliché* più banale di tutti, ma penso: *Non so più chi sia nessuno*.

Ormai faremo sicuramente tardi per la prima ora. Guardo la folla di ritardatari che si affretta dal parcheggio verso l'ingresso laterale, anche se non fa differenza se arrivi con un minuto di ritardo o dieci.

«Allora ci vediamo alla fine delle lezioni» dice Andrew.

«Sì.»

Mi slaccio la cintura di sicurezza e noto che una ragazza mi sta guardando mentre passa davanti alla Mazda. Val Diamond, con un mazzo di garofani viola in una mano.

Il suo sguardo si sofferma su di me e su Andrew un istante di troppo. Scendo dall'auto e lei gira la testa, sgattaiolando verso l'edificio come se non ci avesse visti.

Fanculo questo posto.

Tutto inizia nell'ala dove ci sono gli armadietti di quelli dell'ultimo anno. Qualcuno ha appeso in corridoio lo striscione della veglia: RIVOGLIAMO INDIETRO BAILEY. I garofani viola di Val spuntano dai fori dell'armadietto di Bailey. La gente si affolla lì davanti, guardando a bocca aperta o aspettando di attaccare messaggi sullo sportello.

Jade non si vede da nessuna parte.

Dopo la campanella la vicepreside Gonzo si schiarisce la gola al microfono. Nell'altoparlante la sua voce suona terrorizzata, come se qualcuno alle sue spalle le stesse sussurrando le parole nell'orecchio. Dice che sa che c'è molta *incertezza* e *disagio*, ma che questo è un giorno di scuola e dobbiamo continuare come se fosse tutto normale.

Dopo la prima ora perlustro di nuovo i corridoi alla ricerca di Jade. Ma questo mi fa arrivare in ritardo nell'aula di educazione artistica, che è al piano di sotto.

Il signor White non dice nulla, si limita a guardarmi con un'espressione triste, mentre vado verso il mio banco. Il posto di Jade è vuoto, come mi aspettavo. Quando raggiungo il mio banco, Meghan Constanzo dà una gomitata alla sua compagna di banco, che era di spalle. Mike

Lin guarda da un'altra parte, quando mi siedo, e tutti si zittiscono come se fino a quel momento stessero parlando di me.

Il signor White abbassa il volume della sua radio. Oggi porta i dreadlock raccolti all'indietro. Il laboratorio avanzato di educazione artistica è solo per gli studenti dell'ultimo anno. Fa un breve discorso dicendo che abbiamo questa ora per elaborare i disegni preliminari dei nostri progetti 3D e che lui è a disposizione se abbiamo bisogno di parlare.

Quando alza il volume della radio, ci alziamo tutti in piedi per prendere i nostri album da disegno dallo scaffale vicino alla finestra. Dobbiamo lasciarli qui alla fine di ogni lezione, così il signor White può dare un'occhiata ai nostri lavori.

Mi metto in fondo alla fila per non dover guardare negli occhi nessuno. Quando prendo il mio album, guardo fuori dalla finestra. Una figura con il cappuccio calato sulla testa sta andando verso il campo da calcio, costeggiando il boschetto al lato del parcheggio. Riconosco la felpa e lo zaino di Tyrell.

Mi metto l'album sottobraccio e, invece di tornare al mio banco, vado dal signor White. Lui mi guarda con i suoi caldi occhi color cioccolato. «Tutto a posto, ragazza?»

«Posso avere il pass?»

Il signor White aggrotta la fronte. «Veramente oggi dovrei limitarli.»

«Per favore.» Il piede mi trema un po'. «Ho bisogno di andare un minuto in bagno.»

Mi porge con discrezione il pass per il corridoio, un ingombrante tessera di plastica con un foglio per l'uscita che nessuno usa mai. Mentre è distratto da Meghan che gli chiede un parere sul suo disegno, io mi stringo il pass al petto e prendo la mia borsa.

Il corridoio è silenzioso, a riprova che le lezioni di arte e di musica sono state ridotte in seguito ai tagli al bilancio dell'anno scorso. Tiro fuori il mio telefono e mando un messaggio a Tyrell: *Aspettami.*

Attraverso la pesante doppia porta laterale e socchiudo gli occhi al riverbero del sole che rimbalza sulla neve del campo da calcio. A qualche metro di distanza, Tyrell si ferma e mette una mano in tasca. Deve aver sentito la notifica del mio messaggio.

Faccio una corsa per raggiungerlo perché so dove sta andando: dietro il campo da calcio, lo spiazzo sovraffollato dove sei costretto a parcheggiare se arrivi in ritardo la mattina, e poi finisci per essere doppiamente in ritardo per colpa della lunga camminata verso la scuola. Dubito che abbia dimenticato qualcosa in macchina; è più probabile che stia saltando la lezione.

Tyrell si gira al rumore dei miei passi. «Ehi, che stai facendo?»

«Quello che fai tu» ansimo.

Acceleriamo il passo, per non farci vedere da una guardia di sicurezza che si affaccia sulla passerella del secondo piano.

Tyrell non dice niente; il rumore dei nostri passi che scricchiolano sulla neve riempie il silenzio.

«È un po' presto per saltare le lezioni» dico. «Tanto valeva non venire proprio, no?»

Lui scuote la testa. «Tutta questa merda, questa gente che non la conosceva nemmeno e adesso si mette a fotografare il suo armadietto… ci ho provato, ma non ce la faccio. Non posso stare qui.»

«Dove vuoi andare allora?» La madre di Tyrell lavora da casa. Gestisce un'attività per donne che organizzano feste per promuovere articoli di cucina.

«Non lo so.» Arriviamo alla sua auto, una berlina argentata.

Deglutisco. «Ti va di prenderci un caffè a Pleasant Plains? Devo parlarti di una cosa.»

Tyrell guarda indietro, verso la scuola, come se, adesso che mi sono aggiunta al mix, l'idea di saltare le lezioni sia doppiamente pessima. Sblocca la portiera del lato passeggero e la apre per me.

Salgo a bordo. Non è che abbia un altro posto dove andare.

Siamo seduti a un tavolo sul retro del locale; la cameriera ci ha squadrati dalla testa ai piedi prima di farci accomodare e prendere le ordinazioni. Probabilmente dibattuta tra l'obbligo morale di chiederci perché non siamo a scuola e la promessa di una mancia in una mattinata fiacca. Il mio caffè caldo è una benedizione per le mie dita intirizzite; lo tengo stretto, scongelandomi le mani. Tyrell sorseggia il suo tè freddo da un bicchiere con la condensa.

Alla fine è lui il primo a parlare. «Si tratta di Andrew?»

Penso a come lui e Andrew rispondono al telefono, cercando ogni volta di usare dei soprannomi sempre assurdi. Di solito i ragazzi si comportano come se avessero paura di perdere l'uccello se usano il termine "migliore amico". Ma non Andrew e Tyrell: loro sono proprio sfacciati nel loro amore l'uno per l'altro.

«Ti ha detto qualcosa?» gli chiedo. «Sul perché la polizia l'ha interrogato l'altra sera?»

Tyrell fa guizzare gli occhi nervosi dall'orlo del suo bicchiere a me.

Mi sporgo in avanti, mi viene automatico di sussurrare, anche se non siamo più a Broken Falls. «Ho visto i tabulati del telefono» dico alla fine. «Andrew l'ha chiamata prima che lei lasciasse la festa. Due volte. È stato l'ultima persona con cui ha parlato.»

«È stato *Andrew*?» Tyrell spalanca gli occhi di scatto e torna a guardarmi. «Non è possibile, c'è qualcosa che non quadra.»

Traccio una linea con la punta del dito sulla condensa dal mio bicchiere d'acqua. «Lo so. Ma sembra proprio che Bay sia andata via per incontrarlo. Che schifo, vero?»

Tyrell fa un sospiro cupo, sfregandosi gli occhi. «Una merda.»

Mi ritrovo a incastrare il coltello tra i rebbi della forchetta e lo sollevo come se fosse una pistola, come faceva sempre Andrew quando venivamo qui mentre Lauren era a danza. Lo poso immediatamente. «Sto solo cercando di capire.»

Non gli dico delle tracce di pneumatici vicino all'auto di Andrew la mattina di domenica scorsa, né che mi ha mentito su come le ha fatte. Anche se si tratta di Tyrell, mi sembrerebbe un tradimento. Qualsiasi cosa mi esce di bocca adesso può arrivare al detective Burke.

«Capire cosa?» chiede Tyrell. «Credi davvero che Andrew abbia a che fare con tutto questo?»

La cameriera ci porta le ordinazioni: una pila di toast per me, uova strapazzate per Tyrell. Quando se ne va, riesco a malapena a guardare il cibo. Tyrell mi sta ancora fissando. In attesa.

«Non credo che abbia fatto del male a Bailey» dico alla fine. «Ma se avesse avuto un motivo per farlo, se fosse stato incazzato con lei per qualcosa, vorrei sapere di cosa si tratta. Visto come mi sta addosso quel detective.»

«Mi stai chiedendo se penso che Andrew avesse un problema con Bailey.» Tyrell posa la forchetta. Non è una domanda, è un'accusa.

Giungo le mani e me le stringo allo stomaco. Voglio una seconda possibilità. Voglio tornare indietro al momento in cui pensavo che Andrew non fosse capace di questo. Voglio ancora credere che sia il ragazzo che ha dei conati di vomito quando vede il ketchup uscire dalla bottiglia e che non potrebbe mai fare qualcosa che comporti sporcarsi le mani di sangue.

«Kacey.» La voce di Tyrell è dura. «Conosci Andrew... non è stato lui.»

«Sì.» Abbasso lo sguardo. Non voglio che veda quello che sto pensando, mentre spruzza il ketchup sulle sue uova. Perché tutto quello che riesco a vedere è la macchia di sangue nel fienile, e tutto quello che riesco a pensare è quanto dev'essere intelligente l'aggressore di Bailey per averla fatta depistando l'intera ricerca.

«Merda.» Tyrell si tocca la tasca posteriore. Capisco dall'espressione del suo viso che il suo telefono sta vibrando. Terrore puro. Poso il mio toast sul piatto, mentre Tyrell prende il telefono e guarda lo schermo.

«È mia madre» dice. «Siamo fottuti.»

La scuola deve averla chiamata. Dovrei essere terrorizzata per quello che mi farà Ashley per aver saltato le lezioni, ma nella testa continuano a girarmi solo gli ultimi minuti in loop.

Tyrell aveva capito quello che gli stavo chiedendo – se Andrew avesse un motivo per fare del male a Bailey – ma non mi aveva risposto.

Ultimo anno
Ottobre

Ho combinato un casino. Ho esagerato, rischiando di rovinare tutto. O forse ho già rovinato tutto. Resta da vedere, perché questo fine settimana è stato una vera e propria schifezza.

Io, Jade e Kacey dovevamo uscire assieme. Lo facciamo ogni fine settimana, siamo Kacey&Jade&Bailey. Ero perfino disposta a perdonare il flirt spudorato con Andrew durante il servizio al parco. Il giorno successivo ho deciso di non mandarle nemmeno un messaggio. Lei me ne ha scritti tanti, in cui voleva delle risposte. Piccola, patetica Kacey, sempre così bisognosa di conferme.

Stai bene?

Ho fatto qualcosa?

Dopo ventiquattro ore le ho risposto: *Certo che no. Vediamoci.*

Kacey è come un cucciolo maltrattato. Più la ignori, più lei ti vuole. In un certo senso mi fa piacere, perché adoro essere desiderata. Ma ora so per certo che non ci si può fidare di quella stronza.

È successo sabato sera. Era da tutto il giorno che tempestavo Kacey di messaggi: *Cosa facciamo stasera?* Ma lei non ha mai risposto, così quando alle nove sono andata a prendere Jade alla taqueria alla fine del suo turno, l'abbiamo chiamata. Deve aver premuto il tasto "vaffanculo", perché è partita subito la segreteria telefonica. Allora ho cercato il suo numero di casa.

Jade si è messa a sedere dritta come un suricato. «Che diavolo stai facendo?»

«Mi procuro altre informazioni, ovviamente.»

Lauren ha risposto al terzo squillo. Ho messo il vivavoce e Jade si è avvicinata.

«Ehi, piccola» ho detto. «Dov'è tua sorella?»

«A Madison» ha risposto Lauren. «Lei e Andrew stanno visitando l'università.»

«Ah, davvero. E sono andati da soli?» Ho fissato Jade, come per dire: *Te l'avevo detto, stronza.*

«No, mia madre è andata con loro.»

«Tuo padre è in casa?»

«Sì, sta dormendo. Ha lavorato mezza giornata.»

Adoro i ragazzini più piccoli: ti danno tutte le informazioni del mondo, se pensano che continuerai a parlare con loro. M'immaginavo che Lauren, crescendo, sarebbe diventata una di quelle ragazze disposte a darti il loro numero di previdenza sociale e i dati del loro conto in banca, se questo significava che le avresti incluse in qualcosa.

«Allora esci di nascosto» ho detto. «Vieni a farti un giro con me e Jade.»

Jade mi ha dato una bella gomitata nelle costole e, solo con il labiale, ha detto: *Ti sei bevuta il cervello, cazzo?*

«Ehm...» ha fatto Lauren con un filo di voce. «Come faccio?»

Questa ragazzina non aveva mai visto un film di adolescenti? «Metti i cuscini sotto il copriletto come se stessi dormendo, chiudi la porta ed esci» ho detto. «Ma non fare rumore. Saremo lì tra dieci minuti.»

Mi aspettavo che dicesse di no, invece si è limitata a chiedere: «Ma... che cosa facciamo?».

«Qualcosa lo troveremo» ho risposto. «Questa è la parte divertente.»

Ho riattaccato e Jade è scoppiata a ridere. «Non vorrai farmi davvero uscire con una fottuta ragazzina di terza media?»

Ho guardato dall'altra parte per evitare che Jade potesse leggermi in faccia. Non volevo che fiutasse quello che stavo pensando. *Se non possiamo avere Kacey, prenderemo la piccola Markham.* «Perché no? Magari diventa davvero una tipa interessante.»

«Lo fai per Kacey, vero?» ha detto Jade. «Stai cercando di vendicarti di lei attraverso Lauren.»

«Che t'importa?»

Jade ha fatto un sorrisetto. «Spero che tu sappia quello che stai facendo.»

Lo spero anch'io. Ho spento i fari mentre accostavo in Sparrow Road, dietro la casa dei Markham. Lauren è uscita dalla porta sul retro. Aveva una giacca a vento North Face nera con la zip chiusa fino al mento e dei leggings infilati dentro gli Ugg. Quando è montata sul sedile posteriore, era senza fiato.

Jade mi ha mostrato il telefono. «Tyrell mi ha mandato un messaggio per dirmi che ha invitato gente a casa.»

Nello specchietto retrovisore ho visto gli occhi di Lauren illuminarsi. Era un'idea terribile, anche se alle feste di Sully avevo visto ragazze dell'età di Lauren, come Keelie March, la sorellina tettona di Brendan March. Mi sono avvicinata a Jade e ho sibilato: «Non possiamo portarla da Tyrell. Lo direbbe subito a Andrew».

Lauren ha fatto una faccia delusa e Jade ha alzato gli occhi al cielo. «Andiamo da Taco Bell.»

«Un momento.» Un'idea si è fatta strada nel mio cervello. «Ben è andato a trovare un suo amico a Milwaukee» ho detto. «Lo chiamo per sapere se c'è qualcosa in ballo.»

«Milwaukee, l'università?» ha squittito Lauren.

Jade mi ha fissato come se stessi fumando crack. «È a un'ora e mezza da qui.»

«Sono solo le nove. Smettetela di fare le sfigate, tutte e due.»

Dove sei?, ho scritto a Ben. *Sto venendo a Milwaukee.*

Adesso? Cristo, Bay.

E dai! Mi sto annoiando.

Immaginavo mio fratello che sospirava. Poi sono spuntati i tre puntini nella casella di testo. Ci stava mettendo un sacco a rispondere.

Festa alla confraternita di Billy più tardi. Casa dei Kappa Tau. Cosa dirai a mamma?

Che dormiamo da Jade, ovvio!

Quando siamo arrivate a Milwaukee, Jade ha iniziato a lamentarsi che Lauren non sarebbe mai passata per una matricola del college. Ho squadrato la ragazza dalla testa ai piedi. Era alta per la sua età, così ho pensato che, se avesse tenuto la giacca, nessuno avrebbe notato il suo petto piatto. Ho preso il mio eyeliner dalla borsa e ho fatto una piccola magia.

Ho guardato Jade, che stava giocherellando con i suoi occhiali da vista. La sua allergia è così forte che non porta le lenti a contatto da settimane.

«Dai a Lauren i tuoi occhiali» ho detto a Jade.

«Ma che cazzo...» ha risposto lei.

«La faranno sembrare più grande.»

«Vorrei essere in grado di vedere lo spettacolo penoso che sta per accadere, grazie.»

«Non è che senza sei cieca.» Ho sfilato gli occhiali dal viso di Jade. «È come se ti avessi dato la visione da birra e tu non devi nemmeno scolarti una Natty.»

«È una marca di birra, vero?» ha chiesto Lauren aggiustandosi gli occhiali sul viso.

Jade l'ha fissata per un attimo, poi mi ha guardato. «Tuo fratello si cagherà addosso quando la vedrà.»

Ho scacciato quel pensiero dalla mia testa e ho chiuso a chiave la macchina. Molto probabilmente, Fratellone Prodigio non avrebbe nemmeno riconosciuto la piccola Lauren Markham. Non la vedeva da anni.

Mentre salivamo i gradini della casa della confraternita, potevo praticamente sentire Lauren tremare dietro di me. Il tipo alla porta era un ragazzo con la faccia da roditore, un estremo bisogno di crema antibrufoli e un corpo decente. Probabilmente si trattava di un candidato alla confraternita. Ero pronta a fare il nome di Ben, ma il tizio si è limitato a sbadigliare e ci ha detto che l'ingresso costava cinque dollari a testa. Ho tirato fuori i soldi dalla borsa mentre Jade borbottava che la casa sembrava un covo di tossici.

«Rilassati.» Le ho ficcato un bicchiere di plastica in mano mentre ci mettevamo in fila per il fusto di birra.

«Rimarrò sobria e guiderò io. Ma, per favore, tu sbronzati, così non dovrò sorbirmi le tue lagne.»

Mi sentivo particolarmente cattiva, probabilmente ero ancora scossa al pensiero di Kacey e Andrew insieme a Madison. Vedi, più mi sento a mio agio con qualcuno, meno ho paura di comportarmi come un mostro totale. Ma Jade sembrava davvero offesa, così le ho messo un braccio sulla spalla come un'offerta di pace.

«Spero solo che tu sappia cosa stai facendo» ha ripetuto piano, mentre incitavo Lauren con una gomitata a farsi riempire il bicchiere dal tipo patetico che presiedeva il fusto della birra (un altro candidato alla confraternita).

Ci siamo fatte largo a spallate fino al tavolo di flip cup piazzandoci alla fine della fila. Lauren sembrava terrorizzata dal bicchiere che aveva in mano. Io ho spinto la base con un dito facendolo inclinare verso la sua bocca. Lei ha ridacchiato, con della schiuma sul labbro superiore. Un po' di birra l'è sfuggita di bocca rovesciandosi sul pavimento.

«Sei a una festa di una confraternita» le ho detto. «Scommetto che quella Comesichiama che ti sta dando fastidio non è mai stata a un party del genere.»

«Keelie March» mi ha corretto Lauren. «Ha portato della vodka alla festa del cast del musical *Oklahoma!* e si sono ubriacati tutti.»

In quel momento ho incrociato lo sguardo di un ragazzo con la maglietta dei Kappa. Lui e i suoi amici ci sono piombati addosso come degli squali. Ci ha chiesto se frequentavamo l'Università di Washington.

«Siamo solo in visita» ho detto. «Ma credo di volerci venire l'anno prossimo.»

Il ragazzo Kappa Tau mi ha offerto un tour del suo dormitorio di quand'era matricola. Gli ho detto che forse l'avrei accettato. Jade ha alzato gli occhi al cielo. Ho provato un impulso irrefrenabile a darle uno schiaffo. Ogni volta che parlavo di università, lei faceva così. Si comportava come se fossi patetica e ordinaria. Non capisce che quella merdosa confraternita piena di gente mediocre sarà anche stata al di sotto il nostro livello, ma allo stesso tempo non lo è. Sono disposta a fare questo gioco se mi aiuta ad andarmene da questa cazzo di Broken Falls.

A volte penso che, per Jade, l'unico modo di andarsene da qui sia una fuga alla *Thelma e Louise*. Volevo afferrarla, scuoterla, dirle che quel film non è reale. *Questa* è la nostra alternativa al rimanere a Broken Falls per sempre.

Non ho avuto modo di prenderla da parte e di chiederle che problema avesse, perché il ragazzo Kappa Tau ci ha detto che al piano di sopra stavano fumando erba, e Jade è sparita come un cane dietro a uno scoiattolo. Lauren e io siamo rimaste ad aspettare il nostro turno al tavolo del flip cup.

«Sembra difficile» ha detto. «Credo che guarderò e basta.»

«Ce la puoi fare» l'ho incoraggiata dolcemente. «Tuo fratello è bravissimo in questo gioco.»

«Mio fratello va alle feste?» mi ha chiesto Lauren. Ha fatto una smorfia come se avessi parlato dei suoi genitori che facevano sesso.

«Una volta» ho detto. «Quando eravamo al primo anno.»

«Adesso è proprio un nerd. Ogni volta che andiamo a Pleasant Plains dobbiamo fermarci in quel negozio di giochi dove quei tizi si sfidano a *Magic*. È così *imbarazzante*.»

«Sembra che sia molto legato a Kacey» l'ho incalzata. Ho colto un guizzo nei suoi occhi. Gelosia, forse.

«Lo siamo tutti e due. Voglio dire, è nostra sorella.»

«È *tua* sorella. Lui non è il suo vero fratello.» Ho alzato un sopracciglio, come se ci avessi pensato solo in quel momento. «Escono spesso da soli?»

Lauren ha allungato il collo per guardare il tavolo da flip cup. Mi ascoltava solo a metà. «Cioè, non saprei. Sono sempre lì a discutere e ridono di cose stupide, e quando gli chiedo di che cosa stanno parlando non me lo dicono mai.»

Mi si sono attorcigliate le budella. Il pensiero mi faceva ribollire il sangue, ma non c'era più tempo per torchiare Lauren, perché nel frattempo si erano liberati due posti al tavolo del flip cup. Lauren era così negata che sarebbe stato divertente se non fosse stato per delle tipe un po' fanatiche nella nostra squadra che le lanciavano occhiate affilate come rasoi ogni volta che ci faceva perdere. Ci hanno cacciato via dopo due partite.

«È stato *divertente*. E *difficile*.» Lauren ridacchiava, al limite dello svampito. Avrei dovuto sapere che sarebbero bastate un paio di birre. Non potevo portarla a casa in quelle condizioni, e comunque ne avevo abbastanza di quella stupida festa. Il mio telefono diceva che eravamo lì da un'ora e non avevo ancora visto Ben.

«Vado a chiamare Jade» ho detto. «Aspettami qui.»

Errore da principiante, lo so, ma trascinarmi il suo culo su e giù per le scale era più problematico che lasciarla lì. Ho strappato via Jade dalla soffitta, era già bella che fumata. Avevo sottovalutato i Kappa Tau; ovviamente i ragazzi avevano della roba di qualità.

Quando siamo tornate di sotto, Lauren era ancora nell'angolo dove l'avevo lasciata, solo che adesso aveva compagnia: l'amico con la maglietta della Kappa, quello che mi aveva offerto una visita guidata del suo dormitorio. Si è sporto su di lei e ha premuto le sue labbra su quelle di Lauren. Dalle scale la vedevo che ridacchiava e girava la testa per evitarlo.

«Ma che cazzo?» Li ho raggiunti in pochi secondi e le ho strappato via il tipo di dosso per il retro della polo. «Ha *tredici* anni.»

Il tizio mi ha guardato a bocca aperta, con gli occhi iniettati di sangue, ma non ha avuto nemmeno modo di rispondere perché alle mie spalle una voce tonante ha pronunciato il mio nome.

Era Ben. Superincazzato.

Non mi ha detto una parola finché non siamo tornati alla mia auto, nonostante Jade e Lauren ridacchiassero aiutandosi a vicenda a non finire spalmate faccia a terra sulle crepe del marciapiede.

«Hai bevuto?» Ben mi ha squadrato dalla testa ai piedi.

Ho scosso la testa, troppo stanca per ribattere: *Mi hai detto tu che potevo venire.*

«Torna a casa.» Gli tremava la voce per la rabbia. «Portala a casa.»

Ha indicato Lauren, che stava strappando da terra

dei denti di leone per soffiarci sopra. Jade tirava fuori la lingua per intercettare i semi.

«Hai fatto davvero un bel casino» mi ha sussurrato Ben. «Io... C'è davvero qualcosa di sbagliato in te, se pensi che questo vada bene.»

Ho fatto sedere Jade sul sedile posteriore per tutto il viaggio di ritorno, perché era strafatta e mi faceva incazzare. Lauren ha vomitato sul fondo dell'auto, davanti al sedile anteriore, e io ho iniziato a piangere, esausta all'idea di dover pulire tutto con la pompa all'una di notte quando sarei tornata a casa. Jade mi ha detto: «Tranquilla, è a questo che servono i tappetini per tutte le stagioni».

Lauren si è messa a ridere e io ho detto a tutte e due di chiudere il becco.

C'è davvero qualcosa di sbagliato in te.

Comincio a pensare che Ben abbia ragione.

Lunedì a scuola abbiamo aspettato Kacey vicino al suo armadietto. Le ho chiesto con la massima disinvoltura che cosa avesse fatto nel fine settimana.

«Ho dovuto finire il mio saggio per la domanda di ammissione» ha detto, raccogliendosi i capelli in uno chignon lasco.

Jade l'ha squadrata dalla testa ai piedi. «Tutto il fine settimana?»

Kacey ha lasciato cadere le braccia, rinunciando a legarsi i capelli. «Sì, e sono uscita con Lauren. Ashley era via.»

Sei una fottuta bugiarda. Una fottuta terribile bugiarda. Sentirla mentire a quel modo mi faceva sudare i palmi delle mani. Jade ha continuato a sorridere; mettendo il tacco dello stivale contro l'armadietto accanto a quello di Kacey e appoggiandosi con la schiena. Kacey ci ha guardate, sbattendo le palpebre. Come se fosse sorpresa che fossimo ancora lì.

«E voi cos'avete fatto?» ha chiesto.

Il sorriso di Jade si è trasformato in un ghigno. «Il fratello di Bay ci ha fatto entrare a una festa della confraternita.»

«Dove?» Kacey mi ha guardato, con gli occhi improvvisamente spalancati. Potevo praticamente vedere il sangue fermarsi nelle sue vene.

«Eau Claire» ho detto. In quel momento è suonata la prima campanella. Kacey ha riportato lo sguardo sul suo portfolio. Era sollevata nel sentire che non eravamo state anche noi a Madison?

«È stato un vero disastro.» Jade si è aggiustata la tracolla della sua borsa di iuta sulla spalla. Mi ha guardato negli occhi per un attimo. Volevo dirle solo con il labiale: *Cosa diavolo pensi di fare?* Voleva confessare a Kacey cosa avevamo fatto? Che avevamo portato Lauren alla casa dei Kappa Tau e che aveva vomitato nella mia macchina?

Jade mi ha stretto il polso per salutarmi e ha detto: «Ci vediamo a pranzo» con un ghigno da lupo. Per lei era tutto un gioco, lo sapevo. Ero stata io a *convincerla* che era tutto un gioco. Era stata mia l'idea di chiamare a casa di Kacey per dimostrare che stava mentendo, di andare a casa sua e di trascinare la sorellina a una festa universitaria.

In bocca ho sentito un sapore acido mentre guardavo Kacey e Jade che andavano assieme verso l'aula di educazione artistica. Così ho fatto una corsetta per raggiungerle. «J! Fammi dare un'occhiata ai tuoi compiti di mate, dai.»

Jade si è girata e mi ha guardato, stupita. «Farò tardi.»

Ho scrollato le spalle – *Come se te ne importasse qualcosa!* – mentre Kacey se ne andava in classe, brava bambina diligente.

«Cosa c'è, Bay?» mi ha chiesto Jade, dopo un pesante sospiro.

«Non puoi giocare con lei a quel modo. Se scopre quello che abbiamo fatto, siamo nella merda fino al collo.»

«Tipo che smetterà di parlarci?» ha detto Jade. «E che t'importa, se la odi così tanto?»

Avevo detto molte cose su Kacey, ma non avevo mai detto di odiarla. La odio? Non lo so nemmeno più. Certo, lei occupa la maggior parte dei miei pensieri, e ogni tanto penso a quanto mi piacerebbe darle un bel pugno su quella sua stupida faccia di cazzo, ma non è che voglia liberarmi di lei. Anzi, il pensiero mi angoscia. Perché se perdo lei, perderò anche Andrew.

«È solo che non voglio mettermi nei guai» ho detto. «Non me ne frega niente di quello che pensa Kacey.»

Jade si è messa a ridere. Ha riso davvero, come se l'idea che a me non importasse di Kacey fosse uno spasso. «Bay, sei così maledettamente ossessionata da lei che non riesci nemmeno a ragionare.»

Per la prima volta in cinque anni, non sapevo cosa dirle. Ma per qualche motivo mi è uscita di bocca la cosa più patetica: «Non piace neanche a te».

Jade mi ha fatto un sorrisetto ironico. «Non è quello che volevi?»

Ora sono in aula studio e sto ancora male per quella conversazione. Non è mai stato così tra me e Jade prima d'ora, non c'è mai stato così tanto sottinteso nelle nostre parole. Non posso perderla. Jade è la mia amica, l'unica persona a cui voglio veramente bene in questa città. Ci prendiamo cura l'una dell'altra, abbiamo bisogno l'una dell'altra.

Preferirei morire piuttosto che perdere Jade.

Capitolo ventuno

Per qualche miracolo il mio telefono inizia a squillare solo dopo che abbiamo pagato la nostra colazione, mentre ci stiamo affrettando verso il parcheggio. Faccio una smorfia prima di accettare la chiamata.

«Dove diavolo sei?» sbraita Ashley.

Rabbrividisco. «Con Tyrell. Stiamo tornando a scuola.»

«*Tornando* a scuola» ripete lei. «Ma lo sai che tuo padre voleva chiamare la polizia quando ci hanno telefonato per riferirci che eri uscita? Per fortuna la telecamera di sicurezza ti ha ripreso mentre te ne andavi via con Tyrell, altrimenti l'avrei fatto io.»

Sfuggendomi dall'occhio, una lacrima mi brucia la pelle della guancia irritata dal vento. «Mi dispiace.»

«C'è qualcosa che devi dirmi, Kacey?»

Non ce la faccio. Scoprirà comunque che Andrew ha telefonato a Bailey; dubito che Burke abbia già finito con lui, e di sicuro Ashley non gli permetterà più di parlare da solo con lui.

«Torna a scuola» dice Ashley. «Giuro che se non lo fai chiamo io stessa lo sceriffo.»

E poi, per la prima volta, mi riattacca il telefono in faccia.

Accanto a me, Tyrell sussulta, poi, sottovoce, si lascia sfuggire un "caaaaaaazzo!". «Mi si è accesa la spia della benzina. Dobbiamo fermarci a fare il pieno.»

«Davvero?»

«Siamo già nella merda fino al collo. Che differenza fanno cinque minuti in più?»

Si ferma al distributore di benzina e scende dall'auto. Io inclino la testa verso il finestrino per guardare un tipo con la felpa dei Badgers che esce dalla cassa.

È Ben, il fratello di Bailey. Quando i suoi occhi incontrano i miei, mi sembra di non avere più saliva in bocca. Assomiglia così tanto a Bailey da far paura: naso coperto di lentiggini e grandi occhi nocciola. Sporgo una mano dal finestrino mentre Ben viene verso l'auto di Tyrell.

Apro la portiera e scendo. Ben ha gli occhi rossi. «Ehi, Kace» dice. «Non dovresti essere a scuola?»

Infilo le mani nelle tasche del pile. «È... È solo che non mi andava di stare lì.»

Ben lancia un'occhiata a Tyrell e lo saluta con un cenno della testa. Torna a voltarsi verso di me. «Ti capisco. Mi hanno appena dato il congedo per tornare a casa e stare con i miei.»

«Mi dispiace tanto» dico, in mancanza di meglio.

«Avrei dovuto essere qui. Avrei dovuto tornare subito a casa per aiutare a cercarla. Adesso probabilmente è troppo tardi.»

Ben si lascia cadere le spalle, cominciando a piangere. C'è qualcosa di così sgradevole e doloroso nel vedere un uomo adulto che piange.

«Scusa.» Ben si asciuga gli occhi con la manica della felpa. «Per tutto il viaggio di ritorno ho continuato a pensare a come non ho fatto abbastanza per lei.»

«Cos'altro avresti potuto fare?» dico. «L'importante è che adesso sei qui.»

«Avrei dovuto dire ai miei genitori quanto si stava comportando in modo strano. Era fuori controllo. Portare tua sorella a quella festa della confraternita!»

Per un attimo mi sembra di avere dei tappi nelle orecchie. *Mia sorella? A una festa della confraternita?* Devo aver sentito male. Torno a fissare Ben. «Cosa?»

Ben tira su il muco che gli cola dal naso. «Oh, merda. Pensavo che lo sapessi...»

«Bailey ha portato Lauren a una festa della confraternita?» Non riesco a controllare la rabbia che trapela nella mia voce. Parlo così forte che Tyrell si volta a guardare. «C'era anche Jade?»

Ben annuisce. «Quando le ho viste, le ho fatte tornare subito a casa. Avrei dovuto chiamare mio padre e farle venire a prendere.»

Deglutisco. «Quando è successo?»

«Il secondo o forse il primo fine settimana di ottobre? Era la festa di inizio anno di Milwaukee.»

Nel mio cervello i pezzi del puzzle scivolano al loro posto con un *clic*. Hanno portato mia sorella a una festa della confraternita mentre io ero alla Madison a visitare l'università con Andrew e Ashley.

Tyrell si schiarisce la gola, poggiando il braccio sul tettuccio della macchina. «Kace, hai finito? Dobbiamo andare.»

«Sì.» Mi volto verso Ben. Ingoio la mia rabbia. «Grazie per avermelo detto. Di Lauren.»

Lui annuisce. «Abbi cura di te, ok? Rimaniamo in contatto.»

Quando risalgo in macchina, mi ci vuole tutto l'autocontrollo per non prendere a pugni il cruscotto di Tyrell. Ben pensa che sia troppo tardi per Bailey, che sia morta, e per la prima volta spero che lo sia davvero. Perché se torna a Broken Falls viva, non sono così sicura che non la ucciderò io stessa.

Non avevo mai avuto intenzione di mentire a Bailey e a Jade su dove fossi andata quel fine settimana. Ma è anche vero che la trasferta a Madison con Ashley e Andrew non era pianificata.

La sera del ricevimento degli insegnanti sono tornata a casa dopo essere stata da Bailey e ho visto l'opuscolo dell'Istituto d'Arte di Madison sul tavolo della sala da pranzo.

«È stato il signor White a darmelo» ho sentito la voce di Ashley alle mie spalle. Era raggiante di orgoglio. «Pensa che potrebbero prenderti. Ha perfino detto che avrebbe scritto lui la tua lettera di raccomandazione.»

Mi sono toccata le labbra intorpidite. Sapevo che al signor White piacevano i miei lavori, ma addirittura l'Istituto d'Arte?

«Pensavo che potremmo farci un salto questo fine settimana» ha suggerito Ashley, massaggiandomi la spalla. «E, visto che siamo in zona, Andrew potrà dare un'occhiata a Madison. Sarà divertente.»

Invece di essere eccitata, ho provato un brivido di panico. Quando la scorsa estate Bailey mi aveva chiesto di visitare assieme Madison le avevo detto di no. Mi immaginavo già la sua reazione, se le avessi detto che sarei andata con Andrew e la mia matrigna. *Fa niente, Kacey.*

Ma, prima che potessi rispondere ad Ashley, mio padre è entrato nella stanza con in mano una confezione di *noodles* da asporto. Ashley gli ha mostrato l'opuscolo, sorridendo.

«Non sarebbe fantastico se Andrew e Kacey studiassero tutti e due a Madison?» Ashley era entusiasta. «Potrebbero tenersi compagnia nei fine settimana.»

Mio padre ha sbirciato l'opuscolo. «Istituto d'Arte? Eh.»

L'orgoglio che avevo provato è svanito di colpo. Avrebbe potuto anche dire "scuola di circo", considerato il disprezzo nella sua voce.

Qualcosa è balenato negli occhi di Ashley. «Qual è il problema? Ha abbastanza talento.»

«Non ho detto che c'è un problema» ha risposto mio padre, evitando di guardarmi. «È solo che pensavo a qualcosa di più pratico, tipo una scuola di cucina o una scuola professionale per un paio di anni.»

Ashley ha posato l'opuscolo. «Il signor White dice che un diploma d'arte le darebbe una marcia in più nel mondo del design culinario. E comunque, vogliamo solo dare un'occhiata.»

In altre parole: "Per favore, chiudi subito quella cazzo di bocca!". Mio padre mi ha finalmente guardato, sforzandosi di sorridere. «Come volete voi.»

Volevo vomitare. Ho cercato di dire ad Ashley che non potevo prendermi il fine settimana libero, che al caffè avevano bisogno di me, ma lei ha insistito che saremmo andate a Madison e che domenica avremmo visto l'Istituto d'Arte e questo era quanto.

Abbiamo trascorso il sabato al college di Madison per Andrew e la notte in un hotel non lontano dall'Istituto d'Arte. Dopo cena Andrew ha insistito per giocare a *Scarabeo* nella hall dell'hotel mentre Ashley è tornata in camera. Io mi sentivo un po' stronza e ho borbottato qualcosa, tipo che non ero in vena di farmi stracciare da lui.

«Cosa ti preoccupa davvero?» mi ha chiesto. Eravamo su due poltrone vicino al bar dell'hotel, stavamo guardando una donna che mescolava un Martini, nel bel mezzo di un'intensa discussione al telefono. Andrew cercava di farmi ridere riempiendo i vuoti, fingendo di essere lui la persona all'altro capo.

«Niente» gli ho detto.

«Sì, certo.» Ha raggruppato le sue lettere in un mucchio. «Stai solo pensando a quanto ti mancherò quando andrò all'università?»

Non mi andava di mentire. Avevo passato la maggior parte della mia vita a mentire per non mettere a disagio gli altri. Gli ho raccontato quello che era successo con mio padre all'inizio della settimana.

«Credevo che sarebbe stato entusiasta» ho detto. «Per quello che aveva detto il signor White.»

«È uno che non si emoziona per le cose. È fatto così.»

«Per le partite di football sì, però» ho ribattuto.

«Sì, ma il football è il football.»

Quando ho alzato lo sguardo, Andrew mi stava guardando, come se avesse compassione per me.

Mi sono stretta le ginocchia al petto. «Non gli ho mai chiesto niente. Non mi aspetto certo che mi paghi l'università.»

«Lo so» ha detto Andrew. «Però dovresti lasciarglielo fare. In un certo senso è in debito con te.»

Mi si sono riempiti gli occhi di lacrime. «Non voglio avere nessun debito con *lui*. Devo già molto a tua madre, per avermi dato un lavoro. E lei non è nemmeno mia parente.»

Andrew si grattava l'inizio di un buco nel ginocchio dei jeans. «Perché parli così?»

«Così come?»

«Non so, come se non facessi veramente parte della nostra famiglia.»

«Non intendevo dire questo» ho detto. «È solo che... Non lo so.»

«No» ha detto Andrew. «In un certo senso ti capisco. Prima che tu venissi a vivere con noi, mi sentivo anch'io così.»

Per un po' nessuno dei due ha detto niente. Non avevamo bisogno di parlare del padre che lui non ricordava più o delle occhiate che la gente ci lanciava in pubblico: *Quel ragazzo deve essere stato adottato*. Siamo rimasti seduti lì, a sistemare le nostre tessere dello *Scarabeo*, sapendo che – anche se la sensazione fosse svanita quando saremmo tornati a casa, nei nostri letti sotto le lenzuola – in quel momento non dovevamo sentirci soli.

Stavo componendo la parola "nuotare" quando il mio telefono ha vibrato. Un messaggio di Bailey: *Dove sei, ragazza? Cosa facciamo stasera*?

Ero stata stupida a mentire, dicendo che dovevo rimanere a casa a lavorare sul mio saggio per la domanda di ammissione. Il giorno dopo Andrew, Ashley e io saremmo tornati a Broken Falls nel primo pomeriggio e lei e Jade non si sarebbero mai accorte di nulla.

Credevo davvero che sarebbe stato così facile, avere qualcosa tutto per me solo per una notte. Una conversazione davanti al fuoco con l'unica persona con cui ero riuscita ad aprirmi completamente. Ero stanca di sentirmi come se ogni mia mossa dovesse essere approvata dalle mie amiche.

Ma alla fine Bailey mi aveva scoperto. E quando non aveva potuto avere me, aveva preso Lauren al mio posto.

La Gonzo aspetta me e Tyrell sui gradini dell'ingresso con una guardia di sicurezza, come se fossimo dei fuggitivi che stanno per costituirsi. Ashley deve aver chiamato e detto alla scuola che saremmo tornati.

Non ha senso, le lezioni sono praticamente terminate.

Quando ci vede, la Gonzo si agita tutta. Devo impedirmi di alzare le mani e dire: *Vengo in pace, agente.* Non c'è niente di divertente in tutto questo, ma è così patetico da rasentare il ridicolo. Se proprio vuoi saltare la scuola, tanto vale non presentarsi affatto. Andarsene a metà giornata è stato un classico errore da principianti. È come se non riuscissi nemmeno più a fare una cazzata come si deve.

Mentre le mie amiche sono riuscite a portare mia sorella a una festa a Milwaukee e a tenermelo nascosto per mesi. Immagino di spiattellare tutto alla Gonzo, come se fosse una sorta di giustificazione per il mio comportamento. *Ma lei lo sapeva che Bailey Hammond ha portato una tredicenne a una festa universitaria?*

La Gonzo fa entrare prima Tyrell per interrogarlo. Io mi siedo fuori dal suo ufficio, sulla sedia della vergogna, con le lacrime che mi scorrono sulle guance. Non è imbarazzo che sento, ma rabbia, e in questo momento piangere mi sembra la soluzione meno autodistruttiva.

Mi sento così dannatamente stupida. Ripenso alla faccia di Jade quando ha visto Lauren la sera del fienile, a come ha guardato Bailey, come a dire: *E se spiffera tutto?* Non avevano paura che Lauren facesse la spia dicendo ad Ashley che eravamo uscite di nascosto. No, temevano che mi avrebbe detto della festa della confraternita, se non l'avessero lasciata venire al fienile.

In fondo alla sala la segretaria della Gonzo mi guarda con un'espressione comprensiva. «Vuoi un fazzoletto, tesoro?»

«No, grazie.»

«Sai, tua madre era molto preoccupata per te.» Dà una pacca rassicurante sulla scrivania, rendendosi conto di essere troppo lontana da me per consolarmi. «Scommetto che la signora Gonzalo ci andrà piano con te. Magari ti metterà solo in punizione invece di sospenderti.»

Chiudo gli occhi e mi mordo la lingua perché sta provando davvero a farmi sentire meglio.

Sento parlottare dietro la porta della Gonzo. Tyrell esce dall'ufficio, mi guarda e dice *in punizione* solo con le labbra, poi fa spallucce. La Gonzo fa ticchettare sullo stipite le sue unghie smaltate di rosso e io mi alzo.

Tengo gli occhi sulla finestra alle sue spalle, mentre ci sediamo e la Gonzo inizia la sua tiritera su quanto lei e i miei genitori siano preoccupati per me. Non ci siamo mai parlate prima di questo momento. Fuori, gli autobus cominciano ad accostare al marciapiede.

«Quando vorresti scontare la tua punizione?»

La guardo negli occhi. Sono pieni di scuse, come se fosse lei ad aver fatto qualcosa di sbagliato.

«Oggi, credo.»

«Va bene, allora.» Sceglie una penna dalla tazza a forma di gatto sulla sua scrivania. Comincia a compilare i dettagli dei miei crimini su un blocco dalle pagine rosa. Scorgo un guizzo nero tra gli autobus. Un SUV ci passa in mezzo e trova un posto nei parcheggi riservati ai visitatori. Il detective Burke scende dalla portiera del conducente, schermandosi gli occhi dal sole, e scruta la scuola.

«Kacey?» La Gonzo batte sulla scrivania con la penna. «Ti ho chiesto come tornerai a casa dopo la punizione.»

«Mio fratello mi darà un passaggio... o posso prendere l'autobus...» Non riesco a staccare gli occhi da Burke che sale la rampa esterna. Scompare dietro la facciata dell'edificio mentre suona la campanella.

La Gonzo strappa il foglio rosa dal suo blocco e me lo porge. «Vai dritta al seminterrato, ok? Niente deviazioni. Ti stanno aspettando.»

Annuisco, infilando il foglio in tasca. Mi butto la borsa in spalla ed esco di corsa dall'ufficio, ma è troppo tardi. Burke è già qui, a registrarsi alla segreteria.

Quando mi vede, sorride. Faccio finta di non averlo visto e vado verso l'aula della punizione. Lui non mi segue, e così so che non è qui per me.

Quando torno a casa, Ashley è così arrabbiata che mi parla a malapena, se non per dirmi che sono ufficialmente in punizione. Dopo la scuola devo tornare subito a casa. Ma forse la punizione peggiore di tutte è che mio padre vuole parlarmi. È seduto al tavolo della cucina, la sedia vuota di fronte a lui mi sta aspettando.

«Capisco che ultimamente stai attraversando un periodo molto difficile.» Mio padre fa un respiro profondo. «Ma tu non sei il tipo di ragazza che salta la scuola.»

Non sai che tipo di ragazza sono, vorrei dirgli. *Mi conosci solo da un anno.*

L'unico momento in cui vedo mio padre è di domenica, davanti allo schermo piatto a LED che si è concesso per il solo scopo di guardare le partite di football. E in quelle occasioni, anche se siamo tutti nella stanza, di solito è interessato a parlare solo con Andrew. La mia interazione più degna di nota con mio padre è stata il giorno in cui Ashley gli ha detto che una delle mie sculture sarebbe stata esposta alla fiera d'arte della contea; mi ha dato una stretta alla spalla, dicendo: «Be', non è una cosa da poco».

Non la prendo sul personale: non ha nulla in comune con Lauren e me; gli facciamo paura, con il nostro interesse quasi alieno per libri che lui non leggerà mai e la minaccia sempre presente di trovare un assorbente interno nella spazzatura. Alcuni uomini semplicemente non sono tagliati per essere padri di ragazze adolescenti.

Ma almeno Lauren ha dei ricordi di un tempo in cui il loro rapporto era diverso. Quando mio padre era il tipo di uomo che giocava a prendere il tè con la sua bambina e non si faceva problemi a farsi fotografare agghindato con una corona e degli orecchini a clip. Quando Lauren piangeva perché si era sbucciata un ginocchio o aveva dimenticato al ristorante il suo peluche preferito e lui poteva risolvere questi problemi.

Quando guardo indietro io non ho nulla di tutto questo. Vorrei che la cosa mi rendesse solo triste, non incazzata, ma la mia tristezza e la mia rabbia hanno sempre avuto un rapporto di codipendenza. E, quando penso che quello che sono adesso non va bene, che non sono più una bambina, non riesco a provare altro che rabbia. Perché è di questo che nessuno vuole parlare. Che a un certo punto tutte le bambine crescono e si rovinano.

«Va bene» gli dico. «Non succederà più.»

Mio padre si lascia sfuggire un sorriso di sollievo, e solo

in quel momento me ne rendo conto: le parole che sono appena uscite dalla sua bocca sono le stesse di Ashley, quando l'altro giorno mi ha detto: *Non sei il tipo di ragazza che esce di nascosto*. Tutto questo è stato architettato perché potessimo avere un profondo momento padre-figlia.

Mio padre prende il suo piatto e io devo inghiottire il grumo di rabbia rovente che mi è rimasto in gola. «Come puoi farlo? Fai finta che io... non hai idea di che tipo di vita facessi prima che tu mi facessi venire qui.»

Mio padre si gira e mi guarda come se non mi avesse mai visto prima. «Cosa?»

«Ero una *bambina cattiva*. Saltavo sempre la scuola. E, quando litigavo con mia madre, io, andavo fuori di testa, come se fossi pazza.»

«Smettila» dice. «Non sei pazza.»

«Ma tu pensi che lei sia pazza. Per questo l'hai lasciata.»

«Kacey, probabilmente tu conosci tua madre meglio di chiunque altro.» Mi guarda con occhi imploranti. «Ha molti problemi. E io non ero attrezzato per affrontarli, così me ne sono andato. Non avevo intenzione di lasciare anche te, ma lei non voleva che facessi parte della tua vita.»

«Ma ha detto davvero che non avevi il permesso di vedermi? O era solo una tua scusa per uscire di scena?»

Mio padre si sfrega il mento, guardandomi con i suoi occhi da cucciolo triste.

Vorrei picchiarlo. «Hai idea di quanto sono incasinata?» dico.

Mio padre mi guarda a bocca aperta, come se fossi un'estranea. Mi chiedo se stia pensando: *Mia figlia è davvero così squilibrata da uccidere la sua migliore amica?*

Sento una chiave che gira nella serratura della porta d'ingresso. Andrew entra in cucina. Anche Ashley, che ha sentito la porta, ci raggiunge dal soggiorno. Senza dubbio ha origliato tutta la conversazione tra me e mio padre.

Scruta Andrew dall'alto in basso. «Hai detto che saresti tornato a casa dall'allenamento di atletica un'ora fa. Ti ho chiamato.»

«Non sono andato all'allenamento.»

«Allora dove diavolo eri?» Ashley sposta lo sguardo da lui a me, come se io avessi qualcosa a che fare con tutto questo. Penso all'arrivo del detective Burke a scuola questo pomeriggio e mi si stringe il petto.

«Sono stato alla stazione dello sceriffo» dice Andrew. «Volevano parlarmi di nuovo.»

Ashley si volta lentamente verso di me. «Kacey. Per favore, vai nella tua stanza.»

La discussione dura mezz'ora. Per la maggior parte non riesco a sentirla, ma quello che capisco è decisamente grave.

Mio padre: «Non importa se hai diciotto anni. Avremmo dovuto essere lì con te».

Ashley: «Pensano che tu abbia qualcosa a che fare con Bailey?».

Andrew: «Certo che no, sono solo domande di routine...».

Ashley: «Su cosa? Su Kacey? Quel detective ce l'ha con lei...».

Andrew: «Stanno parlando con tutti, non solo con me e Kacey».

Non gli dice dei tabulati telefonici. Sta mentendo... per non farli preoccupare, forse. Vuol dire che, qualsiasi cosa sia successa oggi nella stanza degli interrogatori, adesso anche Andrew pensa che ci sia motivo di preoccuparsi.

Più tardi, quella sera, devo lavarmi i denti al piano di sopra mentre Lauren si fa la doccia, perché Andrew è a mollo nella vasca, nel bagno di fronte alla mia stanza. Quando torno in camera, vedo il mio telefono lampeggiare e lo prendo.

C'è un messaggio di Andrew.

Vediamoci in bagno. C'è qualcosa che devo dirti.

Capitolo ventidue

Quando apro la porta, Andrew è seduto sul tappeto del bagno. Prendo posto sulla tavoletta del water portandomi le ginocchia al petto. L'acqua scorre nella vasca e il rumore è abbastanza forte da coprire la nostra conversazione.

«La notte in cui Bay è scomparsa non ho fatto un giro in macchina» dice. «Verso le dieci, quando mia madre è andata a dormire, ho guidato fino all'ospedale di tuo padre.»

Mi stringo di più le ginocchia. «Perché?»

«Volevo controllare se stava davvero lavorando.»

Le braccia mi cadono dalle ginocchia. «Cosa? E perché non avrebbe dovuto lavorare?»

«Perché pensavo che mentisse su tutti i suoi doppi turni.» Andrew si prende il viso tra le mani. «Due settimane fa, quando siete andate al caffè, mia madre ha dimenticato il cellulare sul tavolo. Ha ricevuto una telefonata da un numero sconosciuto, così ho pensato di rispondere e dire a chiunque fosse di chiamare il caffè.»

Non so dove voglia andare a parare con questa storia, ma non mi piace. Mi lecco le labbra. «Chi era?»

«Una certa Beth Schrader. Non mi sembrava il nome di

una sua amica, così l'ho cercato su Google.» Andrew mi guarda con gli occhi stanchi. «È un avvocato divorzista di Madison.»

Divorzista. La parola mi colpisce come un pugno al rene. «Perché non me l'hai detto?» chiedo. Anche se Andrew voleva mantenere il segreto con Lauren, a me avrebbe potuto dirlo.

Gli occhi di Andrew brillano. «Ho chiesto spiegazioni a mia madre. Lei mi ha fatto promettere di non dirlo né a te né a Lauren. Mi dispiace tanto, Kace.»

Sto tremando. Un milione di pensieri mi frullano in testa: dove andrò? Tutto quello che temevo di più – di far incazzare Ashley, di essere rimandata a New York, di dover vivere di nuovo con mia madre – tutto questo era già stato messo in moto prima ancora che io entrassi in quel fienile.

Ma ovviamente tutto torna: la costante rabbia di Ashley, gli orari di lavoro di mio padre. Il discorso che mi ha fatto l'altro giorno in macchina: *Volevo che qualcuno lottasse per avermi.*

Volevo così tanto che la mia nuova vita fosse perfetta da essere disposta a ignorare quello che avevo proprio davanti agli occhi.

Un pensiero squarcia la coltre di nubi del mio cervello: *Non posso perderli.* Ashley otterrà senza dubbio la custodia di Andrew e Lauren, e la casa…

«Non rivedrò più né te, né Lauren» sbotto. «Non posso vivere da sola con mio padre. Lo conosco appena. Dovrò tornare da mia madre.»

«Non dirlo. Credo che Ashley voglia aspettare che finiamo le superiori, e se andremo tutti e due a Madison ci vedremo sempre.»

Sempre che mi prendano all'Istituto d'Arte. Altrimenti, chissà cosa mi succederà? Non posso pensarci in questo momento. «Perché vuole lasciarlo? È per colpa mia?»

«Certo che no. Non ha voluto discutere con me, così ho pensato che magari...»

«Avesse una relazione.»

«È quello che ho pensato. Ma quella notte ho visto la sua macchina nel parcheggio e mi sono sentito uno stronzo e sono tornato a casa.»

Inspiro. Espiro. «Hai raccontato tutto alla polizia?»

«Certo che l'ho fatto. Ma nessuno mi ha visto davanti all'ospedale. Nessuno può confermare che ero lì. Sembra che io abbia sparato solo un sacco di cazzate su dove sono andato quella notte.»

«È grave» dico con voce fioca. «Non bastava la storia delle telefonate... adesso c'è anche il fatto che te ne sei uscito di casa di nascosto. La situazione è davvero grave.»

Andrew si tiene la testa tra le mani. «Puoi smetterla di dirlo? Lo so che è grave. Quante dannate possibilità ci sono che quella sera il mio telefono abbia selezionato da solo proprio il numero di Bailey mentre ce l'avevo in tasca?»

Tiro un respiro. «Giurami che non ci sei mai andato a letto.»

«Lo giuro su Dio.»

Giurami che è stata solo una telefonata partita per caso. Giurami che hai davvero guidato fino all'ospedale sabato sera. Giurami che non ti sei incontrato con Bailey.

Ma rimango in silenzio. E il dubbio rimane, da qualche parte in fondo alla mia mente.

«*Kacey.*» Andrew mi guarda con gli occhi spiritati. «Non puoi pensare una cosa del genere. Non avevo nessun motivo di fare del male a Bailey, tanto meno di ucciderla.»

Non posso dirgli quello che vuole sentire da me: che lo conosco e so bene che non è in grado di fare del male a nessuno, tantomeno a una ragazza che è stata sua amica per tutta la vita. Voglio credere così tanto che Andrew non stia mentendo e che si sia trattato davvero solo di una chiamata partita per caso. Voglio credere che non sia un bugiardo. Ma tutto ciò che ho creduto finora era sbagliato.

Così dico l'unica cosa che mi viene in mente: «Faresti meglio a trovare un modo per convincere Burke di questo».

Mi sveglio alle quattro del mattino sentendomi morire. Ho i crampi, crampi veri, da mestruazioni, non quelli inventati per togliermi di torno la signora Lao. Finisco rannicchiata su un fianco sul pavimento del bagno. Dopo un'ora Ashley scende a vedere come sto. Mi chiedo se ieri sera sia andata a letto o se invece è rimasta sveglia a origliare ogni mio movimento.

Mi preme una mano fredda sulla fronte, poi la toglie e si siede accanto alla tazza del water. «Sei riuscita a dormire almeno un po'?»

Scuoto la testa.

«Oggi rimani a casa.» Sparisce e penso che sia finita lì. Ma, pochi minuti dopo, sento il *bip* del forno a microonde e Ashley torna con un sacco di fagioli caldo che profuma di lavanda. Me lo porge e io me lo premo contro la pancia.

Stare a casa non è così semplice. Ashley è rimasta a farmi compagnia e, anche se giura che Paula è in grado di gestire il caffè da sola, mi sento comunque una merda. Mi appisolo per un paio d'ore sul divano del soggiorno e, quando mi sveglio, i miei libri di scuola e la borsa a tracolla sono sul tavolino.

Sono così indietro con i compiti, anche se ammetterlo mi fa venire una nuova fitta alla pancia. Sono praticamente prigioniera – Ashley è seduta all'isola della cucina con il suo portatile, in modo da avere la vista sul soggiorno – e, senza novità online sugli sviluppi del caso Bailey, non ho altra scelta che mettermi al lavoro.

Recupero il titolo del tema per il mio saggio di domani. Buttare giù anche solo trecento parole delle settecentocinquanta minime che dobbiamo scrivere è più doloroso del mio utero che implode. Sono così impantanata che salto per aria quando, verso le due e mezza, sento suonare il campanello.

Ashley si alza di scatto per andare a rispondere. Sento la voce gradevole, approvata dai genitori, di Val Diamond: «Sono passata solo per lasciare a Kacey i compiti per casa che si è persa».

«Che pensiero gentile» dice Ashley. «Perché non ti fermi per una cioccolata calda?»

Strascino le mie ciabatte in cucina, dove Val se ne sta goffamente accanto all'isola, togliendosi i guanti. Mi rendo conto di quanto sia surreale la scena: Val Diamond è in casa mia. Val Diamond, che mi guarda a malapena durante le lezioni di spagnolo, è venuta a portarmi i compiti.

Ashley mette il bollitore sul fornello. «Che pensiero gentile da parte di Val portarti i compiti, vero?» dice. Il suo, però, è un sorriso a labbra strette, mentre mi studia. «Ti senti meglio?»

«Non proprio» dico. «Abbiamo ancora quell'antidolorifico extra forte?»

So che è di sopra, nel suo bagno, dove si trovano tutte le medicine. Ashley annuisce. «Ci pensi tu al bollitore?»

Lo sguardo di Val mi sfiora mentre Ashley esce dalla cucina. «Ti ho portato davvero i compiti di spagnolo.»

«Grazie.» Mi siedo. Val prende posto sullo sgabello di fronte a me. Lo sta facendo davvero: si ferma per la cioccolata calda.

Dopo un attimo di silenzio, dice: «L'altro giorno, al caffè. Mi dispiace che Bridget sia stata così scortese».

«È per questo che sei venuta? Per scusarti per lei?» Sento che sto aggrottando la fronte. Bridget che si comporta in modo sgarbato è una cosa all'ordine del giorno e non è certo un motivo per presentarsi a casa mia.

Val stringe le labbra in una linea. «È solo che... immagino che non sia facile per te. So come può essere Bailey.»

Sta girando intorno a qualcosa; mi chiedo cosa sappia. Può essere così grave da farle sentire il bisogno di venire qui e dirmelo?

«Senti» dico. «So che Bailey ha fatto delle cose... terribili alle mie spalle.» Non riesco a dirle che ha portato mia sorella in una confraternita. Non quando non so nemmeno come affrontare Lauren riguardo alla festa.

Sento un rumore al piano di sopra, come se, non trovando l'antidolorifico, Ashley avesse rovesciato l'intero contenuto della cassetta dei medicinali.

«Non si è comportata così solo con te» dice Val. «Ha fatto lo stesso con me alle medie. Eravamo molto unite. Pensa che, quando eravamo piccole, ci vestivamo allo stesso modo. Poi da un giorno all'altro ha smesso di parlarmi e ho cominciato a sentire in giro che mi dava della "stronza ipocrita".»

Val ha lo sguardo perso nel vuoto. Mi chiedo quanto tempo abbia aspettato di raccontarlo a qualcuno che le credesse.

Val è popolare, la sua migliore amica è Bridget Gibson. Naturalmente, guardando lei e Bailey, ti aspetteresti che sia stata Val a scaricarla.

«Mi dispiace molto» dico, e lo penso davvero. «Mi dispiace di averti sempre ignorata solo perché lo faceva anche lei.»

Val si asciuga una lacrima che le scende lungo la guancia. «Non sono nemmeno più arrabbiata con lei, è questa la cosa triste. Non credo nemmeno che volesse scaricarmi.»

«Che vuoi dire?»

«Bailey aveva così tante amiche prima di conoscere Jade. Poi, quando Jade si è trasferita qui, Bay ha iniziato a *scartarle* una a una. Ho sempre pensato che Jade avesse qualcosa a che fare con questo. Ad esempio, se Bailey sentiva delle voci su di me che sparlavo alle sue spalle, probabilmente era stata Jade a metterle in giro.»

Il bollitore inizia a fischiare sul fornello. Mi alzo di scatto e lo tolgo dal fuoco. Quando mi giro, vedo Val che si asciuga un'atra lacrima dalla guancia.

Le porgo una salvietta di carta. Lei si soffia il naso. «Scusa. Sono ridicola» dice. «Solo che... penso che dovresti stare attenta. Di chi ti fidi.»

«Vuoi dire Jade.»

Val inizia a strappare a strisce il bordo asciutto del tovagliolo. Ed è in quel momento che lo capisco: non è venuta qui per un vago avvertimento. Ha sentito qualcosa, qualcosa che ha paura di dirmi.

«Val. Cosa dice la gente?»

Val alza lo sguardo. «Io... niente di specifico. Solo... delle voci.»

La mia pazienza si sta esaurendo. «Di che tipo?»

«Su te e Andrew.»

Sentendo il tono allusivo nella sua voce, un crampo mi torce il basso ventre. Non ho bisogno che si spieghi meglio. «È il mio fratellastro. Chi cazzo direbbe una cosa del genere?»

Val mi guarda da sotto le ciglia. Il mascara ha formato dei grumi per le lacrime di prima. «Quest'estate, alla giornata di servizio al parco... Bailey mi ha detto qualcosa.»

Certo che è stata Bailey. Mi sento un'idiota anche solo per averglielo chiesto. «Non sapevo che aveste ripreso a parlare.»

«Infatti non ci parlavamo» dice Val. «Ma, mentre stavamo strappando le erbacce al parco, abbiamo visto te e Andrew dipingere il gazebo.» Il suo viso diventa rosso. Il guizzo di un ricordo – Andrew che mi sporca il naso di vernice con il suo pennello – mi fa torcere le dita dei piedi.

Il volto di Val è dispiaciuto. «Bailey mi ha guardato e mi ha detto: "Non si dovrebbe flirtare con il proprio fratellastro, no?".»

Annuisco, stupidamente, come un pupazzo rotto. «Grazie per avermelo detto, credo.»

Val stringe le labbra. «Pensavo fosse solo gelosa. Ma poi oggi ho sentito dire che voi due... hai capito, insomma.»

Per fortuna sono seduta. È questo che Tyrell mi stava nascondendo l'altro giorno? Che aveva sentito le voci su me e Andrew? Perché accuse del genere – io che vado a letto con il mio fratellastro – sarebbero sufficienti a far sì che uno dei due volesse uccidere Bailey.

Alla fine mi rendo conto di quanto sia stato stupido rompere con Jade nel modo in cui l'ho fatto. Avrei dovuto sapere che mi si sarebbe rivoltata contro. Ha iniziato a farlo da quando Ellie Knepper le ha riferito quello che le avevo detto, che Bailey poteva essere scappata.

Il pavimento sopra di noi trema e Ashley entra in cucina, ansimante. «È rimasto solo un antidolorifico. Vuoi che esca a prenderne dell'altro?»

Scuoto la testa. Quando Ashley è girata dall'altra parte, Val mi tocca la mano e sussurra: «Fai attenzione, ok? Jade mi fa paura. Tutte e due mi fanno paura».

Ultimo anno
Novembre

Odio Kacey Young così tanto che mi faccio paura. Odio i suoi grandi occhi strambi che urlano: *Amami!* Odio l'effetto che ha sulle persone, quel misto di pietà e ammirazione. È la ragazza che ha bisogno di essere salvata. Quella che il ragazzo prende in braccio alla fine di ogni film di merda, asciugando le sue lacrime con i baci e rendendola di nuovo completa.

Mi spaventa quanto sia facile nascondere agli altri il mio odio per lei. È strano... più la odio, più voglio starle vicino. Stiamo assieme quasi ogni giorno dopo la scuola, a volte da sole, quando Jade lavora, e io mi comporto come se nulla fosse, come se la notte, per addormentarmi, non immaginassi di spingerla giù da un ponte.

Ho googlato il suo nome migliaia di volte, cercando di trovare quella parte di lei che ci tiene nascosta. Ho trovato qualcosa – un vecchio blog registrato allo stesso indirizzo di posta elettronica che usa ora – ma è privato. Ho provato centinaia di diverse combinazioni di password. Ho perfino provato a imparare i rudimenti per diventare una hacker. Ecco quanto desidero spaccare la testa di Kacey come se fosse una noce. Estrarre tutti i pensieri all'interno e analizzarli uno per uno.

Anche Jade la odia. È quasi l'unica cosa di cui parliamo adesso quando Kacey non c'è. È bastato che un giorno a pranzo Kacey ci sventolasse in faccia la sua domanda di ammissione all'Istituto d'Arte di Madison, perché Jade cominciasse a inacidirsi. Jade non può permettersi di frequentare un'università esclusiva, ma prima non glien'era mai importato niente. Adesso, però, non può sopportare l'idea che *Kacey* realizzi un sogno che avrebbe dovuto essere il suo.

So come ci si sente: come se ti avessero rubato qualcosa, anche se non ti è mai appartenuto.

Credo davvero che io e Andrew avremmo avuto una possibilità se Kacey non si fosse intromessa nelle nostre vite. Andrew finalmente mi aveva *vista*. L'unico problema è che lei si è messa in mezzo, proprio tra noi. *Guardatemi! Una povera ragazzina abbandonata dal papà, venuta a rovinare tutto.*

So che c'è qualcosa tra loro. Non è più solo un flirt innocente. *L'ho visto.*

Questa settimana sono stata a casa dei Markham ogni sera. Ho detto ai miei genitori che facevo il turno di chiusura alla Farmacia Amica, anche se loro odiano che io esca dal lavoro quando è buio. Invece, sono a casa di Jade dalle quattro alle otto e mezza, preparando maccheroni al formaggio e oziando sul suo letto con i nostri telefoni. Jade non mi ha chiesto come mai passassi così tanto tempo a casa sua. Se lo facesse, le direi che io e mia madre abbiamo litigato.

Per le nove sono in Sparrow Road, pronta per la mia

visita in auto. Per le prime notti non ho visto nulla, forse lo sfarfallio di una luce nella taverna, o la lampada di Kacey accesa nella sua camera da letto.

Ma ieri notte. Ieri notte ho visto qualcosa che mi ha fatto venire la nausea. Tutte le luci erano accese nella taverna; potevo vedere Andrew e Kacey sul divano, sdraiati alle estremità opposte. I loro piedi si toccavano al centro. Stavano ridendo, di cosa, non lo saprò mai. Ma non importa. Se avessi visto il modo in cui lui la guardava. Tutto quello che riuscivo a pensare era: *Nessuno mi ha mai guardata così.*

Adesso ho la mia risposta alla domanda: *Dove va Andrew Kang quando se ne va?* Da lei. Lui la ama. Lo so.

Odio Kacey Young, cazzo. La odio così tanto che vorrei fosse morta. La odio così tanto che vorrei essere io a ucciderla.

So che dicono che l'odio può distruggere una persona. Ma io non mi sono mai sentita così viva.

Capitolo ventitré

Devo parlare con Lauren, sapere da lei se quello che Ben ha detto sulla festa è vero, ma riesco a rimanere da sola con lei solo dopo cena, quando Ashley va di sopra per telefonare a sua sorella. Lauren si è già cambiata per la lezione serale di danza classica – body nero, calze rosa e una gonna di tulle. È rannicchiata in un angolo del divano del soggiorno, curva sul suo telefono, intristita. Mi chiedo se ne valga veramente la pena o se tra dieci anni rimpiangerà tutta questa dedizione. Perché Ashley non la fa smettere di ballare se le lezioni la rendono così infelice?

Quando mi siedo accanto a lei, Lauren smette di far scorrere il dito sullo schermo del suo telefono. Indico la sua gonna. «Danza stasera?»

«Già. La signorina Longo dice che, se non riesco a stare sulle punte entro la primavera, l'anno prossimo sarò costretta a scegliere danza jazz.»

Abbasso lo sguardo sulle gambe di Lauren: ha cosce e polpacci muscolosi, forti. È tutto l'anno che combatte con questa cosa delle punte, tornando a casa dalle lezioni in lacrime perché la signorina Longo la prende di mira. Mi chiedo se la sua postura traballante abbia qualcosa a che fare con la presenza di Emma e Keelie March nella sua classe. Probabilmente stanno sempre lì a scrutarla e a sperare che cada.

Da quanto tempo Lauren è depressa? Può essere che sia iniziato tutto dopo quella maledetta festa della confraternita a cui l'hanno trascinata le mie amiche? Le stringo il ginocchio. «Tutto bene? Mi stai spaventando. Non sembri nemmeno tu.»

Lauren stringe le labbra in una linea ostinata. Continuo a premere il ginocchio. «Laur, è successo qualcosa di brutto? Qualcosa di cui non vuoi parlare?»

«No. Non so proprio a cosa ti riferisci?» Arriccia il naso. «Sembri la mamma.»

«So che Bailey e Jade ti hanno portata a una festa a Milwaukee.»

Lauren si blocca. Sento il contenuto del mio stomaco che si agita. Mi immagino mia sorella in mezzo a un gruppo di ragazzi arrapati della confraternita, che accetta un drink da Bailey e Jade, mentre loro pensano che sia uno spasso e si credono fottutamente scaltre per aver portato una ragazzina a una festa universitaria.

Una vocina fastidiosa nella mia testa mi ricorda che io avevo solo un anno in più di Lauren la prima volta che ho permesso a un ragazzo di infilarmi la mano sotto la camicia. Ma Lauren non è me; lei è troppo ingenua, si fida di tutti, e vive ancora nella torre di Raperonzolo con le sue creature marine di peluche.

«Lauren. Qualcuno alla festa ti ha fatto qualcosa, qualcosa che non volevi...»

«Cosa?» quasi urla. «Che schifo! No.»

Finalmente mi guarda negli occhi. Sta dicendo la verità. «Hai intenzione di dirlo a mamma?»

Mi mordicchio l'interno del labbro. «No. Ma è stata davvero una cosa stupida, Laur.»

«Bailey non ha detto cos'avremmo fatto. Mi ha solo chiesto se volevo uscire di nascosto e unirmi a loro.»

Mi sento un mucchio di spazzatura. Non ero qui per lei. Non ero lì per proteggerla quella notte, né la notte nel fienile. «Loro… loro non sono tue amiche. Sei troppo giovane per uscire con loro.»

Lauren abbassa lo sguardo.

«So che ti senti sola, ma non lo sei. Al diavolo Emma e Keelie. Ti farai delle nuove amiche. E nel frattempo hai me. Hai Andrew.»

«È vero?» Lauren sussurra. «Che tu e Andrew avete fatto sesso?»

Sento lo stomaco in picchiata e il vomito che mi sale in gola. «Chi diavolo te l'ha detto?»

«Austin Schulz» confessa Lauren. «Mi ha chiesto se era vero.»

«Il figlio di Paula?» Il cuore comincia a battermi più forte. Paula Schulz, quella che lavora al Milk & Sugar, ha un figlio che ha l'età di Lauren. Mi ricordo come Paula evitasse di guardarmi l'altro giorno e sento una morsa nelle viscere. Da quanto tempo circolano queste voci?

«È vero?» ripete Lauren con un filo di voce.

«No. Lauren, certo che non è vero. Austin ti ha detto chi gliel'ha detto?»

Lauren scuote la testa. «Ma non… non è la prima persona che mi ha detto qualcosa.»

Scommetto che so chi è stato. «Bailey?»

«Più o meno.» Lauren si rosicchia una pellicina delle unghie. «A quella festa… continuava a chiedermi se tu e

Andrew facevate cose da soli. Come se pensasse che fossi stupida e non capissi perché mi faceva quelle domande.»

Ma Bailey non c'è più – è morta, dicono tutti – quindi c'è solo una persona che avrebbe potuto dire a tutta la scuola che io ho scopato con il mio fratellastro.

Finalmente trovo il coraggio di chiamare Jade. Dopo uno squillo scatta la segreteria e sento la sua voce che dice: «Ehi, o sto dormendo o non ho voglia di avere a che fare con te. Lascia un messaggio…».

Ecco di nuovo quella sensazione di vuoto, come una ventosa nello stomaco. Jade ha ignorato la mia chiamata e non le importa niente che io lo sappia. È un gigantesco vaffanculo.

Così mi viene in mente una reazione al tempo stesso uguale e patetica: blocco Jade su tutti i social che ho e mi butto a letto, senza curarmi di aver appena fatto una dichiarazione di guerra.

La mattina mi sto lavando la faccia prima di andare a scuola, quando sento odore di fumo.

Qualcosa sta bruciando in cucina. Corro in corridoio e, quando giro l'angolo, vedo Lauren che fruga nel tostapane con un cucchiaio di legno. La scaccio via e tiro fuori i resti carbonizzati di un toast.

«Ero di sopra» spiega Lauren.

«Dov'è tua madre?» chiedo.

«Ha dovuto portare Andrew alla stazione dello sceriffo per un altro interrogatorio.»

Con due dita butto il toast bruciato nella spazzatura, trattenendo l'impulso di vomitarci sopra. Vogliono ancora interrogare Andrew. Certo che vogliono farlo: è l'ultima persona che ha chiamato Bailey.

Penso a quello che Lauren mi ha detto ieri sera, a quello che le persone stanno dicendo di me e Andrew, e sento le ginocchia che mi cedono.

«Perché tua madre non è venuta a svegliarmi per dirmelo?» chiedo a Lauren.

«Voleva lasciarti dormire.» Lauren è ancora in pigiama. «Devo svegliare papà per farci accompagnare a scuola.»

Hai tredici anni, voglio gridarle in faccia. *Dovresti essere in grado di prepararti la colazione e di prendere un autobus.*

Mi faccio forza. Sono orribile. Ashley vuole solo che sua figlia arrivi a scuola sana e salva. Non è così irragionevole, ora che le ragazze stanno cominciando a scomparire da queste parti. Irragionevole è invece quello che penso io, cioè che tutti debbano crescere come sono cresciuta io, come un cane randagio.

«Andrew è nei guai?»

Non ho il coraggio di mentirle e di dirle che va tutto bene. «Non lo so, Scimmietta. Ti preparo un altro toast. Intanto tu vai a svegliare papà.»

Lauren fugge dalla cucina senza voltarsi a guardarmi. Ha gettato il coltello da pane nel lavandino, in una ciotola piena di acqua insaponata, con a mollo i resti del sugo degli spaghetti di ieri sera. Non ho tempo di lavarlo.

Ashley ha un altro set di coltelli, che prima poteva usare solo lei, fino a quando non le ho dimostrato di saper tagliare le cipolle a dadini senza affettarmi le dita. È un set professionale in acciaio inossidabile e probabilmente costa un migliaio di dollari. E ne sto usando uno per tagliare un toast in due.

Prendo la scatola dei coltelli dallo sportello in alto, la

apro, e faccio scorrere il dito sui manici alla ricerca del coltello da pane. Mi soffermo per un attimo sullo spazio dove dovrebbe trovarsi il coltello da chef.

Dovrebbe.

Scosto la pila di piatti sporchi nel lavello, scervellandomi per ricordare l'ultima volta che ho visto Ashley usare il coltello da chef. Questa settimana non ha mai cucinato, tranne che per preparare lo stufato per gli Hammond, e quella mattina i piatti li ho lavati io.

Con il cuore in gola, tiro fuori il cestello della lavastoviglie, anche se tutti sanno benissimo che è meglio non lasciare lì dentro i preziosi coltelli inossidabili di Ashley con le stoviglie sporche. Il coltello da chef va lavato e messo via ogni volta che viene usato.

Mi lascio scivolare a terra, con il pomello dell'armadietto che mi scava la schiena. Non significa nulla.

I coltelli da chef da quindici centimetri non scompaiono da soli. Proprio come le persone.

Mi copro la bocca con le mani. Rivedo le mie conversazioni con Andrew. Le analizzo alla ricerca di qualsiasi indizio che mi abbia preso in giro per tutto il tempo. Il suo viaggio notturno. Le telefonate. Aveva spiegato tutto così facilmente. Come diavolo spiegherà il coltello scomparso da casa nostra?

Tiro fuori il telefono dalla tasca dei jeans e chiamo Andrew, anche se so che non può rispondere. Lo lascio squillare per tutto il tempo, solo per poter ascoltare il messaggio della segreteria. *Dimmi che mi sto sbagliando. Di' che non hai preso tu quel coltello. Di' che non sapevi niente delle voci su di noi. Di' che non faresti mai del male a Bailey, anche se sapevi che era stata lei a metterle in giro.*

Sento un rumore di passi sulle scale. Mi rialzo in piedi, rendendomi conto di aver dimenticato di preparare a Lauren un altro toast.

Quando arrivo a scuola, capisco perché Ashley voleva che mio padre mi accompagnasse: tutti sanno già perché Andrew non è con me.

Il mare di corpi nel corridoio sembra dividersi per farmi passare. Non ci sono sussurri o sguardi taglienti, ma quello che pensano posso leggerlo chiaramente sulle loro facce.

Andrew Kang non è un assassino.

Andrew Kang è il ragazzo più gentile della scuola.

Ma quella lì ha davvero fatto sesso con il fratellastro?

Hanno davvero ucciso Bailey insieme?

Pensi che lui la stia coprendo?

La mia rabbia si decuplica quando arrivo all'armadietto di Jade – ogni mattina di solito è lì – e non la trovo. Dev'essersi accorta che l'ho bloccata e non ha nemmeno il coraggio di affrontarmi di persona e chiedermi perché.

Alla prima ora, educazione artistica, Jade non c'è, ma ogni tanto capita che entri con qualche ora di ritardo. Alla terza ora, spagnolo, la mia ansia è alle stelle. Mentre vado nell'aula della signora Callahan, mi fermo al banco di Val.

«Ciao.» Lei mi rivolge un debole sorriso prima di controllare se qualcuno ci sta guardando. Non vuole che gli altri la vedano parlare con me.

«Hai visto Jade oggi?»

«Sì, alla seconda ora.» Si gratta la nuca, lanciando un'occhiata a Bridget, che siede accanto a lei.

«L'hai vista in giro prima?» le chiedo.

«No, credo sia arrivata tardi.»

Giusto in tempo per la seconda ora, così non avrebbe dovuto vedermi. Quando torno al mio banco, sono già in collera. Al suono della campanella tiro fuori il telefono dalla tasca e mando un messaggio a Jade. So che attirerà la sua attenzione.

Dov'è DAVVERO tua madre, Jade?

Tutto sta cadendo a pezzi e io ho un disperato bisogno di trascinare qualcuno giù con me.

Alla fine dell'ora ricevo una risposta.

Vediamoci al tuo armadietto.

Quando suona la campanella, mi alzo di scatto. Farò tardi per algebra se prima devo passare dagli armadietti di quelli dell'ultimo anno, ma che si fotta.

Jade è già lì che mi aspetta e, prima che io possa aprire bocca, cerca di darmi un pugno. Ma io lo schivo. Lo schianto delle sue nocche contro il mio armadietto fa girare la gente.

«Vaffanculo, Kacey» dice, a voce abbastanza alta da farsi sentire da tutti, e poi si gira sui tacchi. Io l'afferro per il braccio.

«Ho ragione, vero? Hai mentito su tua madre proprio come hai mentito su Andrew e me.»

Jade fissa la mia mano sul suo polso. «Mollami.»

«Dimmi solo perché. Sai dov'è Bailey?»

Jade si libera dalla mia presa con uno strattone così violento da farmi perdere l'equilibrio per un attimo. Ignoro il bruciore al polso e le assesto un manrovescio in piena faccia.

Qualcuno inizia a gridare che c'è una rissa. Ho dato davvero uno *schiaffo* a Jade! Ancora incredula e tremante, m'incammino lungo il corridoio, allontanandomi dell'aula di arte. In quel momento Jade mi afferra e mi sbatte contro la fila di armadietti. Sento un dolore tremendo sulla fronte e il cervello che mi rimbalza dentro il cranio.

La mia fronte è scorticata. Il punto in cui ho sbattuto contro la porta dell'armadietto mi brucia. Sangue. Trascino le mie unghie sulla sua faccia.

La uccido.

Sento delle grida – tante grida – poi qualcuno mi afferra per le spalle e mi blocca contro gli armadietti. È il signor White: «Che cos'hai? Sei impazzita?».

Mi trascina verso l'ufficio della Gonzo, passando accanto alla guardia di sicurezza che trattiene Jade: il naso le sanguina dove ha il piercing con il brillantino. La Gonzo corre fuori dal suo ufficio, sbraitando ai presenti di andare subito in classe.

Mi fissano tutti mentre si allontanano. Il signor White non mi guarda nemmeno. Sono davvero fottuta, ma il mio battito è regolare. Mi sento stranamente calma, come se finalmente mi fossi messa alle spalle qualcosa di importante che dovevo fare da un pezzo. Il mio unico rimpianto è di non averla fatta sanguinare di più.

«Che diavolo ti passa per la testa?»

Mi volto a guardare la Gonzo.

Continuano a chiedermelo tutti, ma poi non vogliono sentire la risposta vera. «Non lo so.»

La Gonzo si alza e cammina su e giù per l'ufficio. Ha gli occhi arrossati. «L'unico motivo per cui non ti sto espellendo all'istante è che mi hanno appena chiamato dall'ufficio dello sceriffo.»

«Che cosa?» Alzo lo sguardo, il punto della fronte dove ho sbattuto contro l'armadietto mi pulsa.

La Gonzo mi guarda. «Oggi pomeriggio ci sarà una conferenza stampa. Annullerò tutte le attività del doposcuola» annuncia con un tremito del labbro superiore.

Lo stomaco mi precipita nei piedi. «Perché? Hanno trovato Bailey?»

«Non lo so.» Prende un fazzoletto di carta dalla scatola sulla sua scrivania. «Vai in infermeria e fatti dare un impacco di ghiaccio per la fronte.»

L'infermiera mi lascia rimanere sul lettino dell'infermeria invece di mandarmi di nuovo nell'ufficio della Gonzo, dove Jade sta aspettando che suo padre venga a prenderla. Per fortuna qualcuno capisce l'imbarazzo e la vergogna di dover affrontare la persona che ti ha appena conciato per le feste. Ho una busta di ghiaccio premuta contro la tempia.

Suona la campanella. All'inizio dell'ora successiva, la Gonzo annuncia all'altoparlante che tutte le attività del doposcuola sono annullate.

«La signora Gonzalo si è messa in contatto con tua madre» mi dice l'infermiera quando viene a cambiarmi il ghiaccio. «Lei e tuo padre hanno un po' da fare in questo momento, ma uno di loro verrà a prenderti appena si libera. Ti dispiace dire l'alfabeto per me?»

È il suo modo di controllare che non abbia una commozione cerebrale.

Le parole "un po' da fare" mi rimbalzano per la testa come una pallina del flipper.

Sono con Andrew. Alla stazione di polizia.

Quando l'infermiera non mi guarda, tiro fuori il telefono. Sparo una raffica di messaggi a Andrew.

Che succede?

Cosa ti stanno chiedendo?

Ne mando uno anche ad Ashley: *Tutto a posto??*

Ma passa più di un'ora e non mi risponde nessuno. All'ora di pranzo arriva un tipo del primo anno, tutto brufoli, che vomita in un sacchetto di plastica. L'infermiera si alza di scatto dalla sua poltrona per occuparsi di lui. Sento la guardia che l'ha accompagnato dire che i genitori sono stati avvisati, ma nessuno può venire a prenderlo.

Mentre l'infermiera è distratta, tiro fuori gli auricolari dalla borsa. Li collego al telefono e vado nel sito web del telegiornale locale. Tra dieci minuti trasmetteranno in diretta la conferenza stampa su Bailey. Mi giro sul fianco, coprendomi gli auricolari con i capelli. Non importa; la matricola ha vomitato sul pavimento e l'infermiera è occupata a pulire.

La conferenza stampa inizia; il mio schermo diventa nero mentre il video sta caricando. Quando riprende, il detective Burke è davanti all'ufficio dello sceriffo di Broken Falls. Cathy, Ed e Ben Hammond sono ai lati del leggio. Ben sta singhiozzando così forte che Cathy deve sorreggerlo.

Burke si schiarisce la gola. «All'alba di questa mattina, siamo stati informati del ritrovamento di resti umani in una proprietà al confine con il Minnesota.»

Mi si gela il sangue nelle vene.

«A malincuore posso confermare che il corpo è quello di Bailey Hammond.»

Ultimo anno
Dicembre

Ho sempre pensato che, se uccidessi qualcuno, non mi farei beccare. Ho guardato abbastanza tv da conoscere bene tutti gli stupidi errori che mandano la gente in prigione per il resto della vita. (I tracciamenti del cellulare! Come si fa a essere così stupidi? O una telecamera di sicurezza che ti riprende mentre compri la candeggina, dei sacchi per la spazzatura e una pala al centro commerciale, come se una cosa del genere non destasse sospetti.)

Ho passato più tempo di quanto vorrei ammettere a progettare omicidi, pensando a tutti i modi in cui potevo occultarli e cavalcare verso il tramonto mentre la polizia si gratta le palle. Avere un complice può essere il fattore chiave, per confondere le acque e instillare il dubbio, in modo che la legge non riesca a capire chi sia veramente il colpevole. Ovviamente la cosa ti si può ritorcere contro, se non fai le cose per bene o se uno dei due non riesce a tenere la bocca chiusa.

Ma credo di avere tutto sotto controllo.

Per prima cosa scegli la scena dell'omicidio. Deve essere un posto facile da pulire, dove anche dopo settimane sarà difficile che qualcuno senta l'odore di candeggina – o quello del sangue, se tutto va a puttane e sei costretta a scappare di corsa. Un posto come un fienile in cima a una collina, dove nessuno possa sentire le urla della tua vittima. L'attirerai lì con una scusa, ma deve essere convincente, qualcosa che la persuada a non spifferare nulla. Perché non vuoi che dica a nessuno in anticipo dove andrà o con chi sarà. Vuoi che tutti credano che una notte sia semplicemente uscita dalla finestra e sia scomparsa per sempre. Quindi inventati una storia assurda, tipo una seduta spiritica nel fienile per evocare il fantasma della Dama Rossa con cinque candele, perché sai che la tua vittima non sarà il tipo di ragazza che andrà a raccontarlo in giro. E poi ti senti un fottuto genio, perché sai che è così disperatamente bisognosa di amicizia, che farà tutto quello che vuoi e ti seguirà ovunque.

Poi c'è la parte più importante: l'arma. Una pistola non va bene, perché procurarsela non è affatto facile. Puoi rubare il fucile da caccia di tuo padre, ma possono sempre risalire al proiettile, se trovano il corpo. E se qualcuno sente lo sparo? Molto meglio un coltello. Uno bello grosso, da caccia con un manico lungo in modo da non ferirti mentre sferri i tuoi colpi. Lei urlerà, ma voi siete in due: una per tenerla giù e coprirle la bocca e l'altra per fare il lavoro sporco. Incontri un piccolo intoppo quando ti rendi conto che devi avere diciotto anni per possedere un coltello da caccia, quindi ti fai aiutare dall'unica persona a Broken Falls che non ha nessun motivo per aiutarti. In nulla. Mai. Solo che lui è un bastardo spilorcio e, quando gli offri il doppio del valore del coltello per acquistarlo in nero, lui lascia passare ore prima di risponderti. Quando vi incontrate, il coltello sembra così magico nelle tue mani che ti senti come Harry Potter o Gandalf.

Poi c'è lo smaltimento del cadavere. Una volta che l'hai attirata nel fienile e hai fatto quello che dovevi fare, avvolgi il corpo in un telo di plastica e guidi più lontano che puoi, sapendo che devi essere di ritorno prima che tutti si sveglino al mattino e scoprano la sua scomparsa. Nascondi il cadavere sotto foglie e rami. E magari, se hai un po' di fortuna, uno strato di neve fresca coprirà il tutto entro la mattina. Devi pensare anche ai tuoi vestiti. Saranno imbrattati di sangue e quasi impossibili da far sparire. Li seppellirai, dopo averli messi in un sacchetto di plastica. Ma, se mai li troveranno, devi assicurarti che non possano risalire a te. Quindi vai nel più schifoso di tutti i centri commerciali, uno a trenta chilometri di distanza, dove non ci sono telecamere di sicurezza e nessuno ti riconoscerà. Compri dei pantaloni della tuta e una felpa con cappuccio nel reparto maschile per depistare i poliziotti. Nessuno sospetta mai delle ragazze, perché noi siamo tutte zucchero e miele e quanto di più carino al mondo, giusto? Paghi in contanti e annuisci quando la cassiera ti chiede se i vestiti sono per il tuo ragazzo. C'è il problema che lei vedrà te e la tua complice vestite da uomo, quindi decidi di lasciare le tute nel bagagliaio e di cambiarti in fretta quando lei è girata di spalle.

E poi ci sono i telefoni. Sei così paranoica che, anche se non fai chiamate in uscita dal tuo cellulare, hai paura che saranno in grado di ricostruire i tuoi spostamenti la notte dell'omicidio. Quindi lasci il telefono a casa, anche se ti senti nuda senza. Ma prima le mandi un messaggio, dicendole che stai andando a prenderla. Sai che si tirerà indietro, come fa sempre, troverà qualche scusa per non uscire. Dici: *Va bene,* ma ci vai lo stesso, perché se ti presenti lì e basta non potrà opporsi. Ma i tracciamenti mostreranno che il tuo telefono è rimasto sul comodino per tutta la notte, il che conferma la tua storia che eri a letto e stavi dormendo quando lei è uscita dalla finestra, per non farsi più vedere. E per quanto riguarda un alibi, tu e Jade avete tutto quello che vi serve.

L'un l'altra.

Capitolo ventiquattro

Deve trattarsi di un errore.

Non possono aver trovato il corpo di Bailey. Non può essere davvero morta.

Anche se tutti gli elementi portano lì, io non credo a Burke. Devono essersi sbagliati.

Ragazza scomparsa. Ragazza trovata morta. È una storia che conosco già, ma volevo comunque che finisse in modo diverso. Desideravo egoisticamente che questo incubo stesse accadendo a qualcun'altra, in un'altra città, come capita di solito.

L'infermiera affaccia dentro la testa e sussurra: «Kacey. Tua madre è qui».

Mia madre? Non è possibile…

Scendo dal lettino e mi precipito fuori dalla porta, fino all'ufficio principale.

Ashley. Ma certo, è Ashley! Sta aspettando su una delle sedie accanto alla scrivania della segretaria, con il viso opaco di lacrime secche. Lo sa. Ormai lo sanno tutti. Quando mi vede, si alza di scatto. Il modo in cui mi guarda la faccia fa pulsare il livido che ci ha lasciato Jade.

«Vogliono parlarti» mi dice, quando siamo in macchina.

«Andrew ha un avvocato. Ha accettato di presenziare al tuo interrogatorio.»

Deglutisco. «Quindi immagino che l'interrogatorio non sia facoltativo.»

Ashley ignora la mia domanda. «Come va la testa?»

«Mi fa male da morire.»

Non mi dice nient'altro per tutto il tragitto fino alla stazione dello sceriffo.

Quando arriviamo, Ellie Knepper ci scorta in una sala interrogatori, come se fossimo dei VIP. Il detective Burke ci aspetta dentro e non è in vena di perdere tempo.

«Il laboratorio ha ricavato delle impronte parziali dalla striscia di sangue nel fienile. Stranamente non corrispondono a quelle di Andrew.»

«Quindi pensate che corrisponderanno alle mie» dico.

«Saresti disposta a fornire le tue impronte digitali? Per escluderti dai sospetti, ovviamente.»

Annuisco. «Ok. Qualsiasi cosa. Tanto non sono stata io.»

«Voglio crederti, Kacey. Ma chiunque abbia ucciso Bailey – e devi capire che sembra che quella persona sia Andrew – è stato aiutato.»

Mi si gela il sangue nelle vene. *Jade.* Ma non ha senso.

«È stato un lavoro pianificato» dice Burke. «Qualcuno ha ucciso Bailey, è andato fino al confine per sbarazzarsi del suo corpo, ha guidato fino a Sparrow Hill per lasciare quella striscia di sangue, e poi ha gettato via i vestiti insanguinati e abbandonato il telefono e l'auto. È possibile che l'abbia fatto da solo. Ma non credo che sia andata così.»

«Non sono stata io. Non posso aiutarvi.»

Burke posa un foglio sul tavolo. È la copia di una ricerca su Internet. *Massacro Leeds. Foto della scena del delitto.*

«Oggi abbiamo sequestrato il vostro computer di famiglia. La ricerca è stata fatta su questo computer» dice Burke. Posa due foto sul tavolo: una, una stampa sgranata dell'impronta della mano insanguinata, l'altra, la striscia di sangue dell'altro giorno. «È stato un ottimo depistaggio. Ci ha fatto perdere un bel po' di tempo. Fortunatamente per chiunque abbia fatto quell'impronta della mano, tu sei andata nel fienile e l'hai trovata proprio mentre stavamo intensificando le nostre ricerche.»

«Credete che l'abbia fatto di proposito? Vi ho detto che sono andata al fienile solo perché Chloe Strauss aveva detto di aver visto la Dama Rossa.»

«Vedi, abbiamo parlato con Chloe Strauss.» Burke incrocia le dita. «E pensiamo che abbia effettivamente visto una donna coperta di sangue verso le tre del mattino. La tempistica combacerebbe: ci vogliono tre ore di viaggio andata e ritorno per raggiungere il confine. Sappiamo che Bailey ha lasciato la festa verso le undici e mezza.»

Burke spinge il foglio verso di me. «Siamo riusciti a estrarre il contenuto di quei messaggi cancellati dal telefono di Bailey. Perché non ci dai un'occhiata?»

Il cuore mi precipita nello stomaco mentre faccio scivolare il foglio verso di me. Alle 23 e 15 Bailey ha mandato un messaggio a Andrew.

Ehi. Volevi chiamarmi?

Sì, certo. C'è qualcosa di cui devo parlarti. Possiamo vederci di persona?

Sento la schiena sudata contro la felpa. Posso solo immaginare cosa stesse passando per la testa di Bailey. Il ragazzo che amava da una vita le stava chiedendo di vederla per una confessione in piena notte. Continuo a leggere.

Ok, ma... a proposito di cosa?

Di Kacey.

Il sangue mi defluisce giù dalla testa. Sento gli occhi di Ashley su di me, disperata di vedere cosa sto leggendo. Abbasso lo sguardo sul foglio. Cinque minuti dopo l'ultimo messaggio di Andrew, Bailey ha risposto: *Ok... Posso essere a casa tua tipo tra quindici minuti se ti va bene.*

No, non voglio svegliare i miei. Possiamo vederci al Leeds Park?

Certo.

Grazie. Ci vediamo tra poco.

E poi, diciotto minuti dopo: *Sono qui.*

Burke si riprende la stampa. «È tutto. Questo è l'ultimo messaggio che ha inviato.»

«Credo di non dover più parlare con voi» dico.

Stanno trattenendo Andrew, il che significa che o sta collaborando con l'interrogatorio o hanno abbastanza prove per trattenerlo. Non ho il coraggio di chiedere ad Ashley quale delle due cose sia; lei singhiozza in silenzio per tutto il viaggio di ritorno. Mi tocco il livido sulla fronte.

Mio padre ci aspetta in salotto. Non riesco a guardarlo negli occhi.

Quando Ashley lo vede, si lascia sfuggire un singhiozzo. Lui si precipita verso di lei, le tiene gli avambracci per sorreggerla.

Non mi sono mai sentita così tanto un'intrusa.

Mi infilo nell'ingresso, tendendo le orecchie per sentirli mentre scalcio via gli stivali. Stanno discutendo a bassa voce: mio padre vuole tornare alla stazione di polizia con Ashley. La risposta di Ashley è calma e pragmatica: qualcuno deve restare con le ragazze.

«Cosa dice l'avvocato?» mormora mio padre. «Hanno abbastanza per trattenerlo?»

Ashley sembra sconfitta. «È inutile. Il DNA sotto le unghie di Bailey è parzialmente compatibile con quello di Andrew.»

Per la seconda volta in un giorno tutto il sangue mi defluisce verso i piedi.

«DNA?» La voce di mio padre è un grido trattenuto. «Perché diavolo hanno il suo DNA, Ashley?»

«Perché glielo ha fornito lui!» urla Ashley. «È un adulto, maledizione. Mi sono fidata di lui quando ha detto che l'avrebbe escluso dai sospetti.»

Affaccio la testa nella porta. «Significa che è stato lui?»

«No, non necessariamente. Significa che ha avuto contatti con lei prima che morisse» dice Ashley.

«Ashley, non dovresti parlare così davanti a...»

«Davanti a chi, Russ?»

«Mia figlia, maledizione.»

Mio padre si preme l'attaccatura del naso. Un tremito. Un singhiozzo silenzioso.

Ashley non gli va vicino. Nemmeno io posso farlo, anche se mi ha appena chiamato sua figlia.

Mio padre si asciuga gli occhi. «Andrò io da Andrew. Tu cerca di dormire un po', Ash.»

Quando sentiamo il rumore della porta d'ingresso che si chiude, Ashley si lascia cadere su uno degli sgabelli dell'isola.

Sento ancora che sono in debito con la mia famiglia – che gli devo ancora tutto, cazzo – ma non riesco più a tenere la bocca chiusa. Non per Jade, che ha detto che non mi perdonerà mai, ma per Bailey, che non importa quale tipo di porcata abbia fatto alle mie spalle, è morta e non merita di esserlo.

«Uno dei tuoi coltelli è sparito» dico ad Ashley. «Me ne sono accorta stamattina.»

Lei solleva la testa dalle mani. «Cosa?»

«Uno di quelli belli. Quello grande, da chef. L'ho cercato dappertutto.»

Ashley si copre di nuovo il viso con le mani. «Oh Dio. Oh Dio.»

Ho una fitta al petto. *È tutto vero. È stato lui. Ma perché l'ha fatto?*

«Non so più cosa fare» dice Ashley, distogliendomi dai miei pensieri.

Nemmeno io so cos'altro fare, così riempio di caffè la tazza da viaggio di Ashley mentre lei chiama la vicina.

«La signora Lao terrà d'occhio la casa» dice Ashley. «Sei sicura che tu e Lauren starete bene?»

Faccio di sì con la testa, anche se un nodo mi stringe la gola. «È giusto che tu sia lì.»

Quando se ne va, c'è silenzio. Mi sdraio sul divano, lasciando che i singhiozzi mi scuotano fino alle dita dei piedi. Bailey è morta. Jade è una bugiarda. Andrew è un assassino.

Un'ombra si muove sul divano dietro di me.

Mi volto e vedo Lauren sulla porta. Inclina la testa verso di me. «Kacey?»

«Sì, Scimmietta?»

«Hanno arrestato Andrew?»

«Credo di sì» rispondo.

«Perché?» chiede lei.

«Hanno il suo DNA. Corrisponde a quello trovato… su Bailey.»

Lauren inizia a piangere, con singhiozzi pesanti e terribili. Tiro giù le gambe dal divano, mettendomi a sedere, e la guardo. Il suo viso è rosso a chiazze. Contorto dalla paura.

«E se il DNA fosse di qualcun altro?» Lauren tira su con il naso. «Potrebbero provarlo?»

La mia testa fluttua. Perché Lauren dovrebbe fare una domanda del genere?

Qualcosa che Ashley ha detto mi scava nel cervello. Il DNA sul corpo di Bailey corrisponde solo *in parte*. Cioè, c'è una possibilità che non sia quello di Andrew. È solo *simile* al suo. Cerco di respirare. *Cazzo.*

«Lauren.» I piedi gelidi sul pavimento; non posso girarmi per incontrare gli occhi di mia sorella. Quando costringo il mio corpo a guardare verso di lei, il suo viso è raggrinzito e rosso, come quello di un neonato. Deglutisco. «Lauren, perché stai piangendo?»

«Perché – Andrew – ha – ucciso – Bailey.»

I miei pensieri si accavallano; penso agli sms che Burke mi ha mostrato.

Non voglio svegliare i miei.

«No, non l'ha uccisa lui.»

Non ho mai sentito Andrew dire "i miei": mio padre non è suo padre. È un dettaglio così piccolo che Bailey non avrebbe notato la differenza. Non si sarebbe mai accorta che non stava mandando dei messaggi a Andrew.

«Hai preso il telefono di Andrew.» Mentre lo dico ad alta voce, so che è vero. «Deve averlo dimenticato a casa, come gli capita spesso… tu hai preso il suo telefono e hai fatto finta di essere lui per convincerla a incontrarti.»

Lauren scuote la testa, i suoi lamenti raggiungono un crescendo. «No, no, no.»

«Perché l'hai fatto?» Il cuore mi batte all'impazzata. La mia testa sta per esplodere, mentre cerco di mettere insieme i pezzi, di dare un senso a tutto questo.

«Mi ha detto che dovevo farlo» grida Lauren.

Salto su dal divano e mi precipito da Lauren. «Chi? Chi è che te l'ha detto? È stata Jade?»

Mia sorella mi fissa con gli occhi spalancati. «*No*, è stata la Dama Rossa.»

La afferro per i polsi. «Che diavolo stai dicendo?»

Lauren si allontana da me, con una sorta di urlo selvaggio. «Tu non capisci. Ho dovuto farlo. *Mi ha detto che dovevo farlo.*»

«Lauren.» La fisso negli occhi – uno sguardo fermo, anche se tutto il mio corpo sta tremando. «Hai ucciso tu Bailey?»

Mia sorella emette un altro gemito. Stringe le mani a pugno e si percuote la testa.

«Lauren, *fermati*.» Le afferro un braccio. Mi spinge via con uno strattone; qualcosa mi schiocca sotto la clavicola. Nella frazione di un secondo in cui mi rimetto a posto la spalla con un sussulto, Lauren scappa via, attraversa il soggiorno e toglie la sicura alla porta d'ingresso.

Le corro dietro, reggendomi al muro per non scivolare sul parquet. Lauren sta già correndo giù per i gradini. Le urlo di fermarsi, ma la mia voce si perde nel vento. La neve e il ghiaccio mi picchiettano il viso; sono senza scarpe, ho solo i calzini.

Mi si intorpidiscono le dita dei piedi: Lauren gira l'angolo della casa, verso il bosco. *Sparrow Hill.* Se cerca di attraversare la strada in queste condizioni, le auto che scendono dalla collina non riusciranno a fermarsi in tempo.

«Lauren» grido. «*Fermati.*»

Si ferma sul bordo della strada, si gira e mi guarda mentre un'auto le sfreccia accanto, sollevandole i capelli dalla schiena, come un velo. Scalcio via la neve e la raggiungo in tre passi. Quando la afferro, inizia a dimenarsi e a gridare di nuovo.

«Lascia morire anche me.» La sua voce è gutturale, come se un'entità si fosse impossessata del suo corpo. Le stringo le braccia attorno. La tiro giù, a terra, usando le ginocchia per immobilizzarla in modo che non possa scappare. Le mie lacrime le cadono sul viso. «Cos'hai fatto?»

Non risponde. Continua a strillare e a singhiozzare mentre digito il 911 e dico di mandare i soccorsi a Sparrow Road il prima possibile.

Capitolo venticinque

Ho le dita dei piedi in fiamme. Sono sul divano del soggiorno, con le ginocchia al petto. Uno dei paramedici continua a chiedermi se posso muovere le dita dei piedi.

«La poverina è sotto shock» dice lo sceriffo Moser. «Vai a prendere un'altra coperta, per favore.»

Quando il paramedico scompare, alzo lo sguardo verso Moser. «Mi ha detto… mi ha chiesto di lasciarla morire. Devo stare con lei.»

«Sono sicuro che la stanno sedando» dice lo sceriffo. «I tuoi genitori stanno già andando in ospedale. C'è qualcuno che posso chiamare per te?»

«Ehm, Ashley ha una sorella. La zia di Andrew e Lauren.» La mia testa è ancora confusa. Fuori dal bovindo, la neve riflette le luci rosse e blu della volante sulle pareti del soggiorno.

Il paramedico torna con una spessa coperta marrone e me la stende sulle spalle, mentre Moser dice all'agente nell'angolo della stanza di cercare quella mia zia.

Non è mia zia, vorrei urlare. *Non vedi che non ho nessuno?*

Moser si gratta la pancia e si siede sulla poltrona reclinabile in modo da guardarmi negli occhi. «Lo so che è stato un pomeriggio difficile, ma, ehm, ho bisogno di sapere cosa è successo, come mai tua sorella, sì insomma, è andata fuori di testa.»

Annuisco. Ho le labbra intorpidite. Le parole mi sembrano tutte ingarbugliate mentre racconto a Moser degli sms e del parziale riscontro del DNA. Quello che ha detto quando l'ho messa alle strette e le ho chiesto se aveva ucciso Bailey.

«Ha detto che qualcuno *le ha ordinato di farlo*» dico. «Ha detto che era stata Josephine Leeds. La Dama Rossa.»

Moser smette di scrivere sul suo taccuino. Posa la penna e mi guarda. «Santo cielo» esclama. «Questo sì che sarà un caso singolare.»

Mi interroga per un'altra ora. No, non avevo idea che Lauren fosse coinvolta. Sì, si era comportata in modo strano. No, non avrei mai pensato che Lauren fosse capace di fare una cosa del genere.

Quando ha finito, Moser si schiarisce la gola. «Tua zia dovrebbe essere qui tra poco. Vuoi che mandi qui un agente che rimanga con te fino al suo arrivo?»

«Chiamerò la mia vicina» dico, anche se so che la signora Lao verrà qui non appena vedrà le auto della polizia allontanarsi.

Dopo che Moser e il suo agente se ne sono andati, mi costringo a salire al piano di sopra. Frugo nel bagno alla ricerca del NyQuil che Ashley ha comprato la settimana scorsa. Mi fermo di colpo quando vedo il flacone arancione con su scritto il nome di Andrew.

Prendo due pillole di sonnifero e le ingoio prima di tornare al piano di sotto e mettermi a letto.

Quando mi sveglio, la stanza è buia. Qualcuno mi sta scuotendo. Sbatto le palpebre e guardo Andrew. «Che ora è?»

«Mezzanotte passata. Mia zia Christine è di sotto con la signora Lao. È venuta a prendermi alla stazione dopo che mi hanno rilasciato.»

Mi rizzo a sedere, strofinandomi gli occhi per vederlo meglio. I suoi sono rossi.

«Non volevi svegliarti» dice. «Mi hai spaventato a morte.»

«È tutta colpa mia» dico. «Ho portato Lauren al fienile dei Leeds. Le abbiamo fatto credere che quella merda fosse vera.»

Singhiozzo così forte che quasi non respiro più. Andrew si siede sul letto accanto a me. Appoggio la testa sul suo petto e lui scivola giù in modo da appoggiarci sul cuscino. Mi lascia piangere finché la sua camicia non è bagnata. Fino a quando i miei singhiozzi non si placano in un respiro corto e superficiale.

«Quella sera ho dimenticato qui il mio telefono» dice Andrew a bassa voce. «Devo averlo lasciato sul bancone della cucina, come faccio sempre. Lauren l'ha visto... l'ha rimesso di nascosto sul mio comodino prima ancora che tornassi a casa dall'ospedale.»

«Cosa pensi che le succederà?» sussurro.

Andrew si strofina un occhio con il palmo della mano. «Non lo so. Mi sembra che tutto questo non sia reale.»

«Bailey sarebbe viva se non fosse stato per me.» Mi premo una mano sulla guancia. È rigida di lacrime secche. Ho paura che se faccio una qualsiasi espressione facciale mi si spezzerà in due. «Se non mi fossi mai trasferita qui, Bailey sarebbe viva.»

«Non puoi saperlo» dice Andrew con voce spezzata. Lo

stringo in un abbraccio. Il suo corpo si irrigidisce, come non aveva mai fatto prima d'ora quando lo abbracciavo.

Sollevo il mento per incontrare i suoi occhi. «Sei arrabbiato con me. Per aver pensato che fossi stato tu.»

Andrew scuote la testa. «Non sono arrabbiato. Solo triste.»

Non lo dico, ma penso che sia peggio. Un singhiozzo si fa strada nella mia gola. «Mi dispiace. Mi dispiace tanto.»

Il corpo di Andrew si rilassa un po'. Mi mette le braccia intorno alle spalle e mi stringe. «Lo so.»

Continua a ripeterlo, anche quando i singhiozzi si impadroniscono di nuovo del mio corpo.

Lo so. Lo so.

Capitolo ventisei

Negli ultimi tre giorni io e Andrew siamo rimasti a casa della sorella di Ashley. La polizia è dovuta venire a perquisire la camera di Lauren, setacciare tutte le sue cose, esaminare la sua vita – come si seziona una rana in cerca di segni di qualcosa che non va – e Ashley pensava che la cosa ci avrebbe turbato.

Zia Chrissy – come mi ha chiesto di chiamarla – si è presa una pausa dal lavoro per dare una mano alla sorella. Mi piace abbastanza. È una versione più rotonda e meno vivace di Ashley. Parla tutto il giorno al telefono e non mi fa alzare dal letto. Passo la maggior parte del mio tempo online, dove i notiziari dicono solo che la polizia ha in custodia un sospettato per la scomparsa di Bailey Hammond, ma che non possono rivelare il nome perché è minorenne.

Quello che so è che Lauren ha confessato di aver attirato Bailey al Leeds Park. Stava per chiamarla dal fisso di casa nostra e dire che aveva bisogno di incontrarla per parlare di qualcosa, ma poi non ne ha avuto il coraggio. Finché non ha visto il telefono di Andrew sull'isola della cucina. Prima l'ha chiamata ma poi ha deciso di mandarle un messaggio, fingendo di essere mio fratello. Bailey è stata sorpresa di vedere Lauren, ma l'ha fatta salire in macchina. In quel momento Lauren l'ha colpita con il coltello, prima al collo e poi allo stomaco.

Il sangue nell'auto di Bailey confermava i dettagli di Lauren. Ma non vuole dire alla polizia cos'ha fatto con il coltello che ha usato.

Sono passate da poco le dieci quando suona il campanello; c'è un mormorio in corridoio e poi Christine apre la porta della camera degli ospiti.

«C'è qualcuno che vuole vederti» mi dice, come se ricevere visite a casa sua sia la cosa più normale del mondo.

Ellie Knepper è seduta al tavolo della cucina. Registra ogni mio dettaglio – i capelli unti, il pigiama – mentre mi siedo.

«Ti vedo bene» dice, e non riesco a capire se sta scherzando.

Ricambio il suo sguardo.

«Stamattina ho visto Ashley e tuo padre all'ospedale» dice. «Lauren sta migliorando. È molto più lucida.»

«Dovrei essere felice che non stia più delirando? Probabilmente finirà in prigione per il resto della sua vita.»

Ellie aggrotta la fronte. «Stai correndo troppo.»

«Non l'ha fatto da sola» dico. «Una persona della sua taglia non può spostare, né seppellire un corpo da sola. E portarlo fino al confine? Lauren non sa nemmeno guidare.»

Ellie sembra in imbarazzo, sulla sua sedia. «Non posso parlare con te dei dettagli del caso. Ma si tratta di un'indagine aperta e stiamo esplorando ogni possibilità.»

«Avete parlato con Jade?»

Ellie continua a studiare il mio viso. «Insiste che non sa nulla.»

«Non potete fidarvi di nulla di quello che dice.»

«Oh, tesoro, lo so dal giorno che l'ho conosciuta.»

Christine torna con una tazza di Disney World per Ellie. Lei sorride, mostrando la fila inferiore di denti storti. Quando accetta il tè, qualcosa sul suo dito cattura la luce. Brilla.

«Si è fidanzata?» le chiedo.

«Eh?» Ellie si guarda il dito, poi guarda me. «Oh, sì. Devo ancora farci l'abitudine.»

Non riesco a staccare gli occhi dalla sua mano. Qualche giorno fa, nella sala colloqui con Burke e Ashley, non aveva l'anello.

Mentre la mia famiglia andava in pezzi, Ellie Knepper ha trovato il tempo di fidanzarsi. Ho una strana sensazione allo stomaco. Non precisamente brutta. Anzi, sono contenta per lei. È la prima cosa che provo, oltre alla disperazione, da quel pomeriggio a Sparrow Road quando Lauren ha ammesso quello che aveva fatto.

«Jade si è messa in contatto con te?» chiede Ellie. E così, la sensazione di benessere svanisce subito.

Scuoto la testa.

Ellie aggrotta la fronte. «Non riesco a capire. Tutti dicono che lei e Bailey erano inseparabili. Se Jade è davvero coinvolta in tutto questo, perché si sarebbe messa contro la sua migliore amica?»

«Non esistono i migliori amici» dico. «Ognuno vuole solo proteggere se stesso.»

«Non lo pensi davvero» dice Ellie con voce pacata. «Il mondo non è così tetro come ti sembra in questo momento.»

Forse ha ragione.

«Devo parlare con mia sorella» dico. «Potrei essere in grado di darvi una mano.»

Ultimo anno
Febbraio

Tu ci credi negli angeli custodi? Adesso penso di aver capito perché la gente si beve tutte quelle stronzate. Kacey ha un angelo custode, questo è certo, e si chiama Lauren Markham.

Ogni cosa era a posto, il piano era a prova di bomba... e poi Lauren si è presentata nella stanza di Kacey quando dovevamo andare a prenderla. A quel punto tutto è andato a puttane. Nessuno avrebbe dovuto vedere Kacey uscire di nascosto con noi.

Mentre stavamo salendo la collina, Jade mi ha sussurrato all'orecchio: «E se ci liberassimo di tutte e due?».

Mi si è gelato il sangue nelle vene. «È una follia.»

«È la nostra unica possibilità» ha sibilato. «Ci penso io a tenerla ferma.»

Sapevo cosa mi stava chiedendo di fare. Voleva andare fino in fondo: uccidere Kacey mentre Lauren guardava.

«No.» Ormai avevo deciso. «È solo una bambina.»

Jade ha contratto la mascella; avrei voluto girarmi, dire che la seduta spiritica era un'idea balorda e riportarle a casa. Eravamo state così stupide a pensare di uccidere qualcuno senza essere beccate. Nessuno la fa franca dopo un omicidio.

Credo che Lauren abbia anche visto il coltello. Mentre stavamo uscendo dal fienile, mi è caduta la borsa. Ho anche perso lo stupido pendolo. Ho fatto l'errore di dire a Jade quello che Lauren ha visto mentre tornavamo a casa sua dopo aver accompagnato Lauren e Kacey.

«Siamo proprio fregate» ha detto. «E se dicesse qualcosa a Kacey?»

«Non credo che lo farà.» Ma, nonostante tutto, non riuscivo a fermare il tremito che mi scuoteva il corpo. E se avesse avuto ragione? Se Lauren avesse detto a Kacey che una delle sue amiche aveva un coltello da caccia nella borsa e lei si fosse insospettita?

«Le parlerò» ha detto Jade.

«È una pessima idea.»

«Perché?» è scattata Jade. «Tu ne hai una migliore?»

«Penso solo che dovremmo lasciar perdere. È stata davvero una stupida idea del cazzo.»

«È stata una idea *tua*» ha detto Jade in tono gelido.

«Non ho mai fatto sul serio. E non vale la pena rovinarsi la vita per una cosa del genere.» Non riuscivo a guardare Jade. «Ci beccherebbero. So che lo farebbero.»

«E te ne sei resa conto solo adesso?»

Sapevo che era arrabbiata; l'idea di chiedere a Cliff il coltello era stata sua. Avevo detto: «Vorrei tanto che Kacey sparisse, che fosse morta». E Jade aveva suggerito: «Allora perché non ce ne occupiamo noi stesse?».

«Dimentichiamocene» ho detto. «Sbarazziamoci di tutte le cose e non parlarne più. Per favore.»

«Come vuoi tu, Bay.»

L'ho accompagnata, poi ho deciso di tornare a casa, anche se avevo detto a mia madre che sarei rimasta a dormire da lei. Mi sento male a scriverlo. Qualcosa è cambiato tra noi: c'è un'enorme frattura. È iniziato tutto quando ho deciso di partire per l'università. Jade se l'è presa perché ha detto che volevo abbandonarla. Si è arrabbiata ancora di più quando ho basato tutta la nostra amicizia su Kacey, e ora è furiosa perché non voglio andare fino in fondo e liberarmi di lei. L'unico modo per riaverla è portare a termine il nostro piano, ma non ce la faccio.

Ecco qualcosa che non ho mai detto ad alta voce prima d'ora: Jade mi fa paura. Penso davvero che avrebbe ucciso sia Kacey che Lauren, se glielo avessi lasciato fare.

Quando sono tornata a casa, tutti dormivano e io sono entrata di nascosto senza problemi, come tutte le altre volte che sono uscita a fare un giro in macchina e sono tornata senza che se ne accorgessero. Ma non riuscivo a dormire; ero troppo spaventata da tutto quello che era successo durante la notte. Come se fosse una specie di segno.

Volevo mia madre. L'ho trovata che dormiva da sola nella sua camera da letto, raggomitolata su un fianco. Mio padre era stato esiliato nella vecchia stanza di Ben, perché russava troppo forte. Mi sono infilata nel letto con lei, come non facevo più da quando ero bambina e avevo sentito parlare per la prima volta della famiglia Leeds e temevo che qualcosa di simile potesse accadere a me, a Ben e ai miei genitori mentre dormivo.

Mia madre si è girata nel letto con un sussulto. Ha sbattuto le palpebre e, quando mi ha visto, si è sollevata su un gomito. «Bailey? Cosa c'è che non va?»

Ho cominciato a piangere – lacrime calde e silenziose.

Non riuscivo a trovare le parole. Mi avrebbe odiato se le avessi raccontato tutto quello che avevo fatto: la storia di Lauren e la festa della confraternita, i miei appostamenti davanti alla casa di Andrew, il piano per sbarazzarmi di Kacey. Dicono che i genitori siano in grado di perdonare qualsiasi cosa, ma io so che mia madre non mi avrebbe mai più guardato allo stesso modo, se avesse visto che mostro sono.

Mi ha scostato i capelli dalla fronte con la sua mano smunta. «Tesoro, hai litigato con Jade?»

Sì, non riuscivo a smettere di piangere. *Non voglio più essere così. Mi odio.* «Credo di aver bisogno di aiuto.»

«Aiuto?» Ho visto che passava in rassegna le possibilità nella sua testa. *È incinta.*

«Tipo, ho bisogno di parlare con qualcuno. Uno psicologo.»

«Ok. Va bene. Ne chiameremo uno domani mattina. Ssh, tesoro, va tutto bene.» Mia madre ha continuato ad accarezzarmi i capelli, scostandomeli dal viso. «Perché non dormi qui stanotte?»

E così ho fatto. Ora è mattina. Stasera, quando tutti dormono, brucerò questo diario. Ci sono troppe cose qui dentro che possono fottermi. Ci sono cose che ho detto che sono terribili, e ci sono cose che voglio custodire dentro di me, perché su queste pagine ho riversato tutta me stessa più di quanto non sia mai stata in grado di fare con un'altra persona.

Forse comprerò un nuovo quaderno. Magari oggi, dopo il lavoro. E comunque c'è qualcosa di affascinante in un quaderno vuoto. Pensa a tutte le possibilità!

Capitolo ventisette

Lauren è dimagrita e gli stabilizzatori dell'umore che i medici le stanno somministrando la rendono confusa. Ashley me lo dice mentre siamo ancora in auto, fuori dall'ospedale, perché non vuole che mi allarmi quando vedrò mia sorella. «Non aspettarti che abbia un aspetto o un comportamento simile al suo solito.»

Ellie Knepper e il detective Burke ci raggiungono in ospedale. Lauren non saprà che ci sono anche loro e comunque le è permesso di avere un solo visitatore alla volta nella stanza.

La polizia ci ha messo qualche giorno per ottenere l'autorizzazione dai medici: prima Lauren poteva ricevere visite solo da Ashley, mio padre o l'avvocato che avevano assunto. Burke non è fiducioso quanto Ellie: non crede che Lauren mi dirà dove si trova il coltello che ha usato su Bailey o chi l'ha aiutata a sbarazzarsi del corpo. Quando saluta me e Ashley nell'atrio dell'ospedale, c'è una curva di sdegno sulle sue labbra.

«Il dottore ti concede solo dieci minuti» dice Burke. «Non sei obbligata per legge a condividere con noi tutto quello che ti dirà. Ma scoprire se Jade Becker ha avuto un ruolo in questa storia darà agli Hammond la possibilità di mettere un punto sulla vicenda e voltare pagina.»

Ashley mi posa una mano sulla spalla. «Kacey farà la cosa giusta.»

Il medico mi dice che Lauren non è più legata, ma che c'è un pulsante di chiamata proprio accanto al suo letto in caso di necessità.

Mia sorella è tutta ossa sul letto. Quando mi vede le sue guance prendono un po' di colore. «Ciao» dice usando tutte le sue forze.

«Ciao, Scimmietta» rispondo. Vorrei uscire di corsa dalla stanza, salire sul primo autobus e tornare a New York. «Come ti senti?»

Lauren si stringe nelle spalle. «Le medicine mi rendono stanca.»

«Laur, so che non è stata la Dama Rossa a dirti di uccidere Bailey.»

Una lacrima le scivola sulla guancia. «Sì, invece.»

«No, non è stata lei. È stata Jade.»

Lauren scuote la testa.

«Allora chi è stato?» la incalzo. «Non l'hai fatto da sola. Lo sanno tutti. Se ti ha convinto lei a farlo... potrebbero diminuirti gli anni di prigione» dico. Non so se sia vero. Non so perché sta proteggendo Jade.

«Ha detto che ci avrebbe uccise tutte» sussurra Lauren.

«Jade ha detto questo? Jade ti ha minacciato?»

«No» dice Lauren. «È stata Josephine.»

Se la faccio agitare troppo, potrebbero proibirmi di vedere di nuovo mia sorella. E non voglio che succeda. Mi chino ad abbracciarla. Lei mi stringe attorno le sue braccia ossute, il suo respiro caldo sul mio orecchio.

Quando esco, Ashley mi aspetta. Scruta il mio viso con occhi spiritati. Dietro di lei, anche Burke mi fissa.

«Mi dispiace» dico. «Non vuole dirmi nulla.»

Capitolo ventotto

Jade era stata molto prudente: aveva trovato una proprietà abbandonata su Google Maps e aveva pianificato il suo tragitto in modo da non dover passare per nessun pedaggio autostradale. Ma una telecamera di sicurezza di una stazione di servizio vicino al confine l'ha ripresa mentre guidava l'auto di Bailey. La polizia è stata in grado di recuperare le immagini una settimana dopo il ritrovamento del corpo. Sono sgranate, di scarsa qualità, ma sono bastate per far arrestare Jade con l'accusa di smaltimento illecito di un cadavere e interferenza con un'indagine. Lei si è rifiutata di dire perché l'ha fatto, perché ha finto di piangere la scomparsa della sua migliore amica dopo aver abbandonato il suo corpo freddo sotto un cumulo di neve.

Poi Cathy ha trovato il diario di Bailey, nascosto in una fessura del materasso. Gli Hammond avevano finalmente deciso di mettere a posto la camera della figlia.

Sapevo che non sarebbe stato facile, quando il detective Burke ha chiamato i miei genitori e ci ha chiesto di andare alla stazione di polizia. Ellie Knepper ci stava aspettando con delle tazze di tè; il volto di Burke era cupo.

Non mi ha lasciato leggere le pagine, ma mi ha detto che

nel diario si parlava del piano di uccidermi. Bailey era ossessionata da me, fissata con l'idea che io e Andrew avessimo una specie di relazione segreta. Non si capiva chi avesse avuto l'idea di uccidermi nel fienile, ma quella notte, venendo con noi, Lauren mi aveva indubbiamente salvato la vita. Aveva visto il coltello da caccia nella borsa di Bailey. Il coltello che Bailey aveva preso da Cliff Grosso la settimana prima, lo stesso giorno in cui un vicino aveva notato la sua auto fuori da casa sua.

Dopo quella notte nel fienile Bailey aveva cambiato idea sul piano. Voleva tirarsi indietro, ma Jade non era per niente *soddisfatta.* (Parole di Burke – come se la differenza tra la mia vita e la mia morte potesse essere paragonata alla reazione di un cliente per delle uova troppo cotte.) Ecco perché Cliff e Bailey stavano discutendo la sera della festa a casa di Sully. Bailey aveva cercato di convincere Cliff a riprendersi il coltello, ma lui aveva detto che non poteva riportarlo al negozio di caccia senza che lo zio se ne accorgesse. Poi, quando Bailey è scomparsa, Cliff temeva che il coltello che aveva venduto a Bailey fosse quello usato nel crimine e potesse ricondurre a lui.

Gli investigatori hanno trovato il coltello da caccia nel vano portaoggetti di Bailey, senza alcuna traccia di sangue, ma non hanno mai trovato il nostro coltello da cucina.

Jade si è rifiutata di spiegare come Bailey fosse finita uccisa – accoltellata a morte da mia sorella – così il procuratore ha elaborato una teoria con l'aiuto di *profiler* criminali.

Jade aveva paura che Bailey si sarebbe lasciata sfuggire qualcosa e che tutti avrebbero scoperto il loro piano di uccidermi. Stava perdendo il controllo su Bailey, controllo che aveva mantenuto fin dalle scuole medie, da quando le aveva fatto credere che Val sparlasse in giro di lei. Jade voleva Bailey tutta per sé, per questo l'aveva allontanata da tutte le sue amiche.

Non riusciva a sopportare l'idea che Bailey fosse seriamente intenzionata a lasciare Broken Falls e, di conseguenza, anche lei. Quando Bailey si è rifiutata di portare a termine il piano dell'omicidio – l'unica cosa che le avrebbe unite per sempre – quella è stata la goccia che ha fatto traboccare il vaso.

Non sappiamo cos'abbia detto Jade a Lauren per convincerla a uccidere Bailey. Dopo la notte nel fienile, è venuta a casa mia, mentre mio padre dormiva, e ha detto *qualcosa* a Lauren. Posso solo supporre che si trattasse di un'ardente relazione tra me e Andrew. In qualche modo, deve aver convinto Lauren che dovevano sbarazzarsi di Bailey per farla tacere, altrimenti sarei stata rispedita a New York e Lauren non mi avrebbe più vista.

Sappiamo che ha detto a Lauren di rubare un coltello dalla nostra cucina, uno di cui non si sarebbe notata la mancanza. Le ha detto di lasciare l'auto e il corpo di Bailey a Leeds Park, una volta finito tutto. Dopo che Tyrell l'ha riaccompagnata a casa, alla fine della festa, Jade è andata a prendere l'auto di Bailey. Poi ha guidato per un'ora e mezza fino al confine con il Minnesota, dove ha scaricato il corpo della sua migliore amica. Mentre si trovava lì, si è liberata del coltello da chef e della giacca insanguinata che Lauren aveva lasciato in macchina.

Sulla via di casa, prima di lasciare l'auto nel garage della casa abbandonata, Jade è passata dal fienile dei Leeds per lasciare l'impronta della mano insanguinata, assicurandosi così che la polizia cercasse Bailey a Broken Falls. C'era così tanto sangue nell'auto che Jade si è imbrattata tutti i vestiti.

Era lei la Dama Rossa che Chloe Strauss aveva visto nelle prime ore del mattino.

Jade ha guidato su e giù per le strade tortuose di Broken Falls, sbarazzandosi dei vestiti – una felpa da uomo insanguinata e un paio di pantaloni che la polizia non ha ancora recuperato – prima di lasciare il telefono di Bailey nella proprietà di Cliff Grosso. Poi è tornata a casa, dove si è fatta la doccia, ha pulito la vasca con la candeggina ed è andata a dormire, fino a quando Cathy Hammond non l'ha chiamata.

Il giudice ha deciso che Jade si è approfittata di una ragazza giovane e vulnerabile, facile da manipolare. Uno psichiatra legale ha detto al procuratore distrettuale che, secondo lui, Lauren aveva avuto un crollo psicotico a causa dello stress della sua vita – al momento dell'omicidio non sapeva distinguere il bene dal male – e ha suggerito il minimo della pena.

Le hanno dato otto anni, da scontare in una struttura psichiatrica. È ancora convinta che sia stata Josephine Leeds, parlando per bocca di Jade, a dirle di uccidere Bailey. Pensano che con un trattamento adeguato si riprenderà. Che non ucciderà di nuovo.

La notizia è diventata di dominio nazionale. La foto di Jade è sulla copertina della rivista *People*, insieme alla didascalia: *Giovane, Carina e Psicopatica*.

Sua madre, Beth DiMassi – precedentemente Beth Becker – si è presentata all'udienza. Era molto sorpresa di scoprire di essere morta da dodici anni.

Epilogo

Non riesco a smettere di leggere tutti gli articoli in cui si parla del caso. È diventata un'ossessione, un bisogno di sapere che Jade starà alla larga da me, che non possa mai farmi del male.

Il mio desiderio viene esaudito a metà estate, quando Jade accetta un patteggiamento per tutte le accuse. In totale probabilmente sconterà il massimo della pena. Sessant'anni.

Non ce la faccio a presenziare alla sentenza, ma Bailey ha molti sostenitori in aula. Dopo il processo Val Diamond mi chiama per dirmi che Jade ha avuto la possibilità di fare una dichiarazione, spiegare la sua versione dei fatti e dire una volta per tutte davanti alla famiglia di Bailey perché ha ucciso la sua migliore amica.

Ma ha scelto di non parlare. Si è rifiutata anche di dare la colpa a Lauren, come avrebbe potuto fare. Tutto quello che ci rimane sono solo domande. La più grande: Perché? Perché continuare a proteggere mia sorella, quando è stata lei a ficcare il coltello tra le costole di Bailey?

Secondo il procuratore è perché Jade sa che non farebbe nessuna differenza. È lei che il pubblico odia, è lei la psicopatica che ha manipolato una ragazzina fragile e problematica. L'unico atto di altruismo che ha compiuto è stato quello di non trascinare Lauren con sé. O forse non le importa più di niente.

Qualche ora dopo la sentenza, scopriamo che si tratta della seconda ipotesi. Il procuratore distrettuale ci chiama per dirci che Jade aveva accumulato delle pillole per l'emicrania e ha tentato un'overdose. Un'altra detenuta l'ha trovata nel bagno, accasciata sul water.

È sopravvissuta. Giorni dopo, il suo avvocato mi inoltra una sua lettera. La grafia di Jade mi manda nel panico.

La lettera, lunga una pagina, è stata scritta prima del tentativo di suicidio. Jade mi dice che vorrebbe non avermi mai incontrato. Che Bailey era tutto quello che aveva e che io avevo fatto impazzire Bailey così tanto da rovinare la sua vita. Dice che si ucciderà perché non le è rimasto nulla. Vuole che io sappia che è tutta colpa mia.

Ripenso al suo sorriso quando Bailey ci ha presentate. Al dolore sul suo volto quella prima mattina in cui ci siamo accorte che Bailey era scomparsa. Al fatto che abbia dormito nel letto di Bailey la notte dopo la veglia, perché non poteva stare da sola. Mi chiedo se tutto questo fosse reale o se hanno ragione i media: Jade non è in grado di provare emozioni, sa solo imitarle per controllare e manipolare gli altri.

Mi chiedo cosa le sia passato per la testa quando ha deciso di voler morire. Vorrei tanto credere che avesse dei rimorsi e non riuscisse a convivere con quello che aveva fatto.

A volte è l'unico modo in cui riesco a vivere con me stessa.

Ashley non lascerà mio padre. Lauren avrà bisogno dei suoi genitori, quando uscirà. Probabilmente non dovrà scontare tutti gli otto anni a cui il giudice l'ha condannata. Il pensiero di poterla abbracciare di nuovo un giorno, di sentire il profumo di fragola del suo shampoo, mi fa venire una stretta al cuore. E mi spaventa anche. Perché, se ci ha messo così poco a rivoltarsi contro Bailey, chi mi dice che sarò mai al sicuro?

Lauren ha ucciso qualcuno. E il suo soggiorno lì dentro, per quanto lungo, non potrà mai cancellarlo. Che tipo di persona sarà, quando uscirà?

Ci stiamo trasferendo dalla casa di Sparrow Road. Ashley e mio padre, almeno. Hanno comprato una villetta vicino a Madison, a soli quindici minuti da dove Lauren è in cura. Andrew ha accettato la borsa di studio completa per Madison – non poteva rifiutare un'università gratuita, soprattutto considerando quanto sono costati gli avvocati di Lauren – e io mi fermo le ultime due settimane d'estate da mia madre, prima di iniziare una scuola professionale non lontana dal college di Andrew.

Nelle settimane successive all'arresto di Jade, Ashley mi ha trascinata dalla psicologa di Andrew, che mi ha suggerito di scrivere una lettera a mia madre senza spedirgliela. Ma io avevo bisogno che mia madre sapesse tutto. Così gliel'ho inviata, e lei mi ha risposto. Negli ultimi due mesi abbiamo parlato al telefono. Sembra diversa. Non so se siamo cambiate abbastanza. Ashley e mio padre mi hanno assicurato che mi avrebbero messo sul primo volo per casa se le cose fossero andate male.

È la prima notte a New York, nel nuovo appartamento di mia madre. È un edificio recente, uno di quei posti con un campo da golf che nessuno usa e gli interni tutti rifiniti in bianco. Quando entro, con i piedi che affondano nella moquette, mi fermo e inspiro.

«Cosa c'è?» Mia madre sembra nervosa. «Ho dimenticato di portare fuori la spazzatura?»

«No» dico io. «C'è il tuo odore. Sa di te.»

Quell'odore è quasi sufficiente a scongelarmi. Mi ricorda i giorni in cui eravamo solo noi due e tutto era bello. Mi chiedo se riusciremo mai a riaverli indietro.

Voglio crederci. Devo crederci.

Ho un po' di jet lag, così mia madre propone di ordinare una pizza. Ripenso ai pasti intorno al tavolo della casa di Sparrow Road – quando ordinavamo la pizza alla salsiccia e Andrew voleva la sua con l'ananas – e mi si apre una voragine nello stomaco.

«Perché non cucino io?» dico.

«Cosa vuoi cucinare?» Mia madre sembra preoccupata, mentre rovisto nella sua cucina alla ricerca di qualcosa da mettere insieme. La sua dispensa non è molto rifornita, ma trovo quello che mi serve per fare il formaggio alla griglia.

Ho bisogno di fare qualcosa con le mani, di tenerle occupate per non finire a googlare i nostri nomi sul telefono.

Kacey Young. Jade Becker. Lauren Markham.

Tutti hanno qualcosa da dire sulle ragazze che hanno causato la morte di Bailey Hammond.

«È delizioso, tesoro» dice mia madre dopo il primo boccone di formaggio grigliato. Si lecca via un filo di cheddar dal labbro. Lo so che la sto fissando, ma l'unica cosa che riesco a pensare è: *Aveva del formaggio in casa.*

Quasi mi sembra troppo, che avesse comprato il mio cibo preferito. Il mio viso è bagnato di lacrime e non riesco a inghiottire il boccone di sandwich che ho in bocca.

«Piccola, cosa c'è che non va?»

Mi limito a scuotere la testa. Non riesco a dirlo, non riesco a esprimere a parole quanto mi riesca difficile questa faccenda dell'essere amata. Certi giorni mi sembra perfino un peso.

Mio padre e Ashley non mi danno la colpa di quello che è successo, ma io non posso sopportare di vederli mentre si incolpano a vicenda. Forse, se si fossero concentrati meno sui problemi di Andrew e più su quelli di Lauren. Se l'avessero portata da uno psicologo dopo gli episodi di bullismo di Keelie March. Se si fossero amati abbastanza da impedire ad Ashley di fare quella telefonata a Beth Schrader. Forse si rimproverano solo di aver creato una bambina con un mostro dentro di sé.

Nei miei momenti più bui io do la colpa a me stessa. Se Lauren fosse andata alla festa di compleanno di Emma la notte del fienile, sarei stata io a morire, non Bailey. E adesso lei sarebbe in prigione con Jade, oppure l'avrebbero passata liscia e io sarei stata la ragazza svanita nel nulla. Quella che la gente avrebbe ricordato negli anniversari. Ai Markham sarei mancata, lo so, ma non sarebbero distrutti come lo sono adesso.

Come lo *siamo* adesso. *Noi.* Me inclusa.

Perché questa è l'unica cosa su cui Andrew aveva ragione: che io sono una della famiglia e lo sarò sempre.

Mia madre mi lascia andare a letto presto, senza tempestarmi di domande; insiste che dorma nel suo letto, nella camera grande, e dice che lei non ha problemi a dormire sul divano.

Ma quando mi sveglio nel cuore della notte, disorientata, con il respiro pesante, sento le sue braccia attorno a me.

«Stavi urlando» dice mia madre. Ha il viso rigato di lacrime. Mi rendo conto che è sotto le coperte con me.

«Non volevo lasciarti» fa. «Non avrei mai dovuto lasciarti andare via. Mai.»

Piango con il naso schiacciato contro la sua clavicola. L'incubo mi ha seguito fino a qui, quello in cui mia sorella affonda il nostro coltello da cucina nello stomaco di Bailey e poi lo rivolge contro di me. Ogni volta scappo. Non mi prende mai. Riesco sempre a svegliarmi in tempo.

Ultimamente, quando il mio cervello non riesce a reggere il peso di tutta questa storia, ho cominciato a pensare all'anello di fidanzamento di Ellie Knepper. Mi piace pensare che un giorno potrei avere anch'io una vita come la sua. Che alla fine sarò in grado di smettere di cercare casa e di crearne una per me stessa. Mi distraggo tentando di immaginare un futuro lontano. Un futuro in cui sono una pasticciera o un'insegnante d'arte, come il signor White, e dopo la scuola esco a bere con i miei colleghi e dimentico tutto quello che è successo a Broken Falls.

È meglio dell'alternativa, cioè pensare alle ultime parole che mi ha detto Lauren; quelle che mi ha sussurrato prima che io lasciassi la sua stanza d'ospedale quel giorno, quando le ho chiesto perché avesse davvero ucciso Bailey.

Avrebbe rovinato tutto.

Avresti dovuto lasciarci.

Ringraziamenti

Dietro a ogni libro c'è un intero villaggio di persone piene di dedizione che fanno succedere tutto, e anche questo libro non fa eccezione. Devo ringraziare un gruppo di persone per il loro sconfinato sostegno ed entusiasmo.

In primo luogo, Krista Marino merita una corona (e una vacanza) per il suo instancabile lavoro sulle diverse incarnazioni di questo libro. Non riesco a credere alle vette cui abbiamo portato questa storia. Grazie per avermi guidata verso il libro che ho sempre voluto scrivere, e per averlo fatto con così tanta pazienza! Grazie anche per aver condiviso i miei gusti oscuri e un po' perversi.

Suzie Townsend, la mia agente e paladina. Non lasciarmi mai. Morirei senza di te. (Sto scherzando. Ma, seriamente, non lasciarmi.)

Tutti quelli alla New Leaf Literary and Media – Joanna, Sara, Pouya, Mia, Kathleen, Jackie, Jaida, Danielle, Chris, Hillary e Mike – siete una squadra da sogno. Grazie per esservi sigillati la bocca con il nastro adesivo per me.

Aisha Cloud, la mia pubblicista, che lavora senza sosta per fare accadere miracoli per me. Aisha è anche incredibilmente cool.

La squadra assolutamente fantastica alla Random House Children's Books: Beverly Horowitz, Monica Jean, Kimberly Lauber, John Adamo, Mary McCue, Dominique Cimina, Adrienne Waintraub, Laura Antonacci, Alissa Nigro, Kate Keating e Angela Carlino.

Gli Slacker, in particolare Lindsey Culli e Steph Kuehn.

La mia famiglia e i miei amici per aver sopportato gli alti e bassi di volere bene a una scrittrice, soprattutto Kevin "Marito da Sogno" Thomas.

E il mio psichiatra, per avermi mantenuto sana di mente abbastanza a lungo da finire questo libro.

MISTO
Carta | A sostegno della gestione forestale responsabile
FSC® C005461

Stampato presso Rotolito S.p.A. - Seggiano di Pioltello (MI)